Dietrich Weichold

Falschmalerei

Andrea gele.

Dietrich Weichold

Falschmalerei

Ein Baden-Württemberg-Krimi

Silberburg-Verlag

Dietrich Weichold, geboren 1944, studierte in Tübingen Germanistik und Anglistik. Bis zu seiner Pensionierung 2008 unterrichtete er Deutsch, Englisch und Spanisch an verschiedenen Gymnasien in Tübingen, Madrid und Rottenburg. Neben kleineren Veröffentlichungen für den Schulgebrauch sind bisher auch einige Kriminalromane von ihm erschienen. Er lebt mit seiner Frau in Ammerbuch-Entringen.

1. Auflage 2012

Schönbuchstraße 48, D-72074 Tübingen.

Lektorat: Gertrud Menczel, Böblingen.
Umschlaggestaltung: Christoph Wöhler, Tübingen.
Coverfoto: © Mikhail Olykaynen – iStockphoto.
Druck: CPI books, Leck.
Printed in Germany.

ISBN 978-3-8425-1218-4

Prolog

Altbau der Staatsgalerie Stuttgart – Juli 2010.

Zunächst war dies ein Sonntagnachmittag wie viele andere. Im Raum 9 des alten Gebäudes der Staatsgalerie Stuttgart ging eine Führung ihrem Ende entgegen. Eine Gruppe von rund fünfzig Damen und Herren vorgerückten Alters, leicht zu erkennen an ihren grauen Köpfen und den gedämpften Farben ihrer Kleidung, hing an den Lippen einer jungen Dame in schwarzem Hosenanzug und hohen Schuhen. Die Kunsthistorikerin hatte ihnen in eineinhalb Stunden die Ausstellung der Graphischen Sammlung der Staatsgalerie kommentiert, die zum zweihundertjährigen Jubiläum ihrer Gründung veranstaltet wurde. »Nur Papier, und doch die ganze Welt« lautete ihr stolzer Titel.

Nachdem die älteren Herrschaften in ihrer Bewunderung der Werke sich bisher in harmonischem Einklang mit ihrer Führerin befunden hatten, veränderte sich die Stimmung nun doch etwas. Denn die junge Dame begann von der Überwindung des traditionellen Kunstbegriffs im 20. Jahrhundert zu sprechen, dem Aufbrechen der Gattungsgrenzen und ungewöhnlichen, bisher kunstfernen Materialien wie Marmelade, Schokolade und Fett. Man hörte Räuspern, Hüsteln, sah verächtliche Blicke, es wurde auch spöttisch gelacht – alles zunächst hinter vorgehaltener Hand. Erst als man beim im doppelten Sinne letzten Artefakt der Ausstellung angekommen war, reagierte die Gruppe weniger gehemmt. Kopfschütteln war vielerseits nicht mehr zu übersehen. Das Objekt, das allgemeinen Anstoß erregte, Work No. 88 von einem gewissen Martin Creed, war ein zusammengeknüllter unbeschriebener Papierbogen, weiß, DIN A4, »der im Alltag häufig Ausdruck von Ärger oder Frustration sein kann«, wie es in dem kleinen Begleitheft zur Ausstellung hieß. Den gewissen Humor, den das Begleitheft dieser Geste des Minimalismus zuschrieb, konnten die meisten Zuhörer nicht erkennen, am allerwenigsten der korpulente große Mann, welcher der Gruppe in der letzten halben Stunde gefolgt war, sich aber immer am Rande gehalten hatte. Immer wieder hatte er auf die Uhr gesehen, hatte nervös seine Eintrittskarte um seinen Zeigefinger gewickelt, hatte den einen und anderen unkonzentrierten Blick auf die Exponate geworfen, wodurch er mehrmals etwas zurückgeblieben war, um sich dann aber wieder der Gruppe anzuschließen. Am Applaus für die Führung beteiligte er sich nicht, sondern lauerte auf den ersten Moment, in dem er die junge Dame ansprechen konnte.

»Entschuldigung, darf ich Sie etwas fragen?«

»Aber gerne.«

»Ich hätte da eine Frage zu dieser Tiepolo-Zeichnung in dem Raum dort vorne, dieser Mann von hinten, Sie wissen schon.«

»Sie meinen den Rückenakt mit Schilfkranz?«

»Genau, ja, den.«

»Und? Was interessiert Sie daran?«

»Kann es sein, dass Tiepolo ihn zweimal gezeichnet hat?«

»Wie meinen Sie das? Auf andere Weise oder gleich?«

»Genauso wie hier.«

»Das halte ich für ausgeschlossen«, sagte die Kunsthistorikerin, ohne auch nur einen Moment nachzudenken. »Wissen Sie, diese Zeichnung wurde nicht bewusst als ein Kunstwerk gestaltet. Für den Künstler hatte sie nur als Skizze Bedeutung. Solche Zeichnungen sind nur Nebenprodukte, so schön und wertvoll sie auch für uns heute sind. Sie waren ursprünglich nichts als Arbeitsmaterial. Deswegen sind sie auch nie signiert. Sie haben in demselben Raum sicher auch die andere Zeichnung aus dieser Werkstatt gesehen, die der Sohn des Künstlers, Domenico Tiepolo, ausgearbeitet hat. Auch die hat keine Signatur. Man weiß aber, wozu sie gemacht wurde. Sie war als Erinnerungszeichnung gedacht. Heute hält man seine Arbeiten fotografisch fest, damals hat man sie abzeichnen müssen. Und was den Rückenakt anbelangt, kann ich Ihnen mit Sicherheit sagen, dass Tiepolo den garantiert nur als Skizze für eine Figur auf einem größeren Bild angefertigt hat.«

»Ich meine aber«, wandte der Mann nachdenklich ein, »dass das Blatt, das ich anderswo gesehen habe, mit ›GBT‹ signiert ist und sogar eine Jahreszahl trägt. Daher müsste es doch echt sein.«

»Eben gerade nicht«, lächelte die junge Dame. »Da haben Sie eine billige Kopie gesehen. Der Kopist hat zeigen wollen, was er da kopiert hat. Es ist ja ganz nett, wenn man so eine dekorative Kopie an der Wand hängen hat und der Betrachter gleich sehen kann, aus welchem Jahr das Original stammt. Es handelt sich mit Sicherheit um eine Kopie. Wir kennen uns da aus. Schließlich haben wir hier in der Staatsgalerie eine der größten Sammlungen von Tiepolo-Zeichnungen, und die sind alle nicht signiert.«

»Vielen Dank«, sagte der Mann, »ich glaube, Sie haben mir weitergeholfen.«

Aber danach sah es eher nicht aus. Vielmehr stand er einen Moment hilflos da und starrte Löcher in die Luft.

»Bitte, immer gerne«, sagte die junge Dame, ohne dass er es noch hörte.

Mit wehender Anzugjacke strebte er geradewegs dem Ausgang zu, trat hinaus in die Julisonne und eilte zur nächsten Tiefgarage, wo er seinen S 600 abgestellt hatte. Hemdsärmelig setzte er sich ans Steuer, lockerte seine bordeauxfarbene Krawatte und öffnete den Kragenknopf. Eine Weile schnaubte er vor sich hin und sah stumpf geradeaus, ohne etwas zu fixieren. Dann schlug er mit der Faust auf das Armaturenbrett.

»Dreißigtausend«, stieß er zwischen den Zähnen hervor. »Dreißigtausend. Dem drehe ich den Kragen um.« Schließlich fuhr er los.

Erster Teil

1

Kriminalhauptkommissar Siegfried Kupfer zog verbissen am Korkenzieher und bekam seine Rotweinflasche nicht auf. Er stellte sie auf den Tisch, schüttelte seine Hand locker und stöhnte: »Das darf nicht wahr sein.«

Dann versuchte er es ein zweites Mal. Er hielt den Atem an, blies die Backen auf und wurde rot im Gesicht. Der Korken kam. Sein Seufzer der Erleichterung wurde vom Telefon übertönt. Er nahm ab. Seine Miene verfinsterte sich.

»Ich bin gleich da«, sagte er und legte auf. »Verdammt, warum müssen sich die Leute ausgerechnet am Freitagabend den Schädel einschlagen!«

»Was ist denn schon wieder?« Marie Kupfer sah ihren Mann mitleidig an.

»Irgendjemand hat draußen im Schönaicher Gewerbegebiet einem Möbelhändler eins über den Schädel gezogen. Ein Pärchen hat ihn gefunden, in seinem Büro.« Er zog den Korken vollends aus der Flasche.

»Du trinkst jetzt aber nichts?«, fragte Marie erstaunt.

»Natürlich nicht, aber ein bisschen Luft tut dem gut, bis ich wieder da bin. Stell ihn bitte in den Keller. Sonst wird er zu warm.«

Es war den ganzen Tag drückend schwül gewesen, eine bedrohlich dunkle Wolkenwand war von Südwesten her übers Gäu herangezogen und entlud sich seit zehn Minuten in einem großartigen Gewitter über Böblingen. Ein Blitz folgte dem andern, der Donner rollte fast ununterbrochen über den Himmel, und der Starkregen prasselte gegen Fenster und Hauswand. Als Kupfer in der Diele seine Regenjacke anziehen wollte, stand er plötzlich im Dunkeln. »Auch das noch!«

Marie kam mit einer Taschenlampe aus der Küche. »Nimm auch einen Schirm.«

»Den dreht's mir bloß um.«

»Iss doch noch etwas, wenigstens einen Bissen. Du weißt ja gar nicht, wann du wiederkommst.«

Sie hielt ihrem Mann ein Stück Brot mit Käse hin, das er in der Dunkelheit nicht richtig sehen konnte. Aber er biss ab, murmelte so etwas wie »danke« und verließ kauend sein Haus in der Böblinger Jägerstraße.

Ringsum war es zappenduster. Er zog sich die Kapuze über, hielt den Kragen zu und rannte leicht gebückt zu seinem Auto. Es schüttete wie aus Eimern, der Scheibenwischer konnte keine klare Sicht schaffen, auch nicht im schnellsten Gang.

Bevor er in die Stuttgarter Straße einbog, zögerte er einen Moment. Über die Panzerstraße durch den Wald nach Schönaich zu fahren, wäre der schnellste Weg gewesen, den er aber nicht riskieren wollte. Ein umgestürzter Baum würde genügen, dachte er, und aus wäre es mit dem Zeitgewinn. Also bog er nach rechts ab und fuhr langsam durch das dunkle Stadtzentrum. Glücklicherweise waren die Straßen fast leer, aber überall schoss das Wasser die Fahrbahn hinunter und staute sich da und dort zu tiefen Lachen. Jedes Mal, wenn ein entgegenkommendes Fahrzeug vorüberfuhr, trommelte das Wasser gegen die Karosserie. Als er die Hochhäuser rechts der Schönaicher Straße passierte, gingen die Lichter wieder an, was ihm aber wenig nützte. Die schlechte Sicht und das Wasser auf der Straße zwangen ihn, langsam zu fahren. Überall lagen Blätter und kleinere Zweige auf der Fahrbahn, und er musste damit rechnen, dass plötzlich ein ganzer Ast auf der Straße lag. Aber er hatte Glück. Er atmete erleichtert auf, als er die Allee schließlich hinter sich hatte und ein paar hundert Meter hinter dem Rauhen Kapf nach links von der Hauptstraße abbiegen konnte. Langsam fuhr er die Wohnstraße zum Gewerbegebiet hinüber. Das Unwetter schien die Straßen leergefegt zu haben. Ohne noch jemandem zu begegnen, gelangte er an sein Ziel.

Der Parkplatz von »Möbel-und-Antiquitäten-Wels« wurde von den Scheinwerfern eines Sankas erhellt, der zwischen einem Streifenwagen und einem alten Opel Astra stand. Kupfer stieg aus und rannte gebückt auf den Eingang zu. Unter der Tür wischte er sich das Wasser aus dem Gesicht und sah sich einem Paar gegenüber, das, von einer jungen Polizistin bewacht, zusammengesunken dasaß. Er, ein brünetter Mittvierziger mit schulterlangen Haaren und tiefen Geheimratsecken, sah bedrückt vor sich hin und beachtete ihn nicht. Mit ausgebeulten Jeans und einem verwaschenen T-Shirt wirkte er fast ärmlich im Gegensatz zu seiner Begleiterin. Die blasse Schönheit mit dem kastanienbraunen gewellten Haar war geschmackvoll gekleidet. Sie zitterte am ganzen Leib und schaute tränenüberströmt zu Kupfer auf. Obwohl er in vielen Dienstjahren gelernt hatte, an einem Tatort keine Gefühle aufkommen zu lassen, tat sie ihm schon auf den ersten Blick leid. »Die Zeugen?«

Die Polizistin nickte.

»Ich komme gleich zu Ihnen«, sagte er freundlich zu den beiden und ging durch die offene Tür ins Büro.

Der Tatort bot ein seltsames Bild. Das Opfer der Gewalttat lag hinter seinem Schreibtisch wie leblos auf dem Rücken. Der Mann blutete aus einer Verletzung über seinem rechten Ohr. In seinem Schnauzer hing ein rotes Papierfetzchen, und weitere Schnitzel in Rot-, Gelb- und Brauntönen waren über ihn zerstreut. Der Täter hatte allem Anschein nach ein Bild zerrissen. Den Verletzten schätzte Kupfer auf Mitte vierzig, deutlich über eins achtzig groß und stabil bis korpulent. Er war recht froh, dass er nicht zu den Rettungsassistenten gehörte, die ihn später wegtragen mussten.

Auf dem Teppich um ihn herum glitzerten Glassplitter, die offensichtlich von dem zerbrochenen Bilderrahmen stammten, dessen dunkelgebeizte Profilleisten unter den Beinen des Verletzten hervorschauten. Zwischen seinen Knien lehnte eine bronzene Plastik: ein langer, spindeldürrer menschlicher Körper, der mit an den Rumpf angelegten Armen weit ausschritt. Die Plastik war etwas verbogen. Kupfer sah auf den ersten Blick, dass der Winkel zwischen dem Sockel und der Mittelachse der Figur erheblich von neunzig Grad abwich.

Der Notarzt kniete am Kopfende des Verletzten und betastete die Halsschlagader. Er sah auf und sagte mit bedenklicher Miene: »Noch lebt er.«

»Wäre es trotzdem möglich, diese Papierschnitzel zu sichern?«

Der Notarzt zog genervt die Brauen hoch, nickte aber: »Das wird schon gehen.« Dann wies er seine Helfer an: »Notverband, Infusion, Sauerstoffmaske, das volle Programm!«

Kupfer trat zurück, um den Rettungsassistenten nicht im Weg zu stehen, und wandte sich dem Streifenpolizisten zu, den er flüchtig kannte. »Böckle, was weiß man schon?«

»Net viel. Der Verletzte hoißt Holger Wels. Dem g'hert dia Firma. Dia zwoi, wo do draußa hocket, hen en so g'fonda, saget se. Aber do isch äbbes faul, dät i saga.«

Von den beiden sei der Anruf gekommen, fuhr er fort. Als er angekommen sei, habe er vom Parkplatz aus schon gesehen, dass »der Kerle do draußa« sich an den Ordnern im Regal zu schaffen machte, und als er zur Türe hereinkam, stand er mit einem Ordner in jeder Hand da.

»Ond wie i den frog, was er do duot, guggt der ganz verdattert ond secht: ›Ich räum auf und stell den Ordner hier ins Regal.‹ I han dia zwoi draußa onder Aufsicht g'schdellt.«

»Schon seltsam. Wir werden ja sehen, wie er das erklären will.«

»Ond no ebbes. I han dia Personalie scho uffg'nomma. Der Ma hoißt Fritz Tauscher. Ond jetz kommt's. Der do«, er deutet auf den Verletzten, »hot nommal d'Auga uffg'macht ond oi Wort g'sait: Tauscher.«

»Das kann viel bedeuten oder aber nichts«, antwortete Kupfer skeptisch. »Ich schau mich mal um.«

Trotz seiner großzügigen Geräumigkeit hatte das Büro etwas vom Wohnzimmer seiner Eltern in den Fünfzigerjahren. Vor einer Schrankwand in Eiche hell stand ein schwerer Eichenschreibtisch mit zugehörigem Stuhl, offensichtlich der Platz des Chefs. Zwei hellgrau melierte Clubsesselchen hatten seinen Gesprächspartnern als Sitzplatz gedient, direkt neben einem schwarzglänzenden Nierentisch mit Messingkante. Die Stirnwand links vom Schreibtisch war mit einem Regal zugestellt, in dem die Ablage der Firma untergebracht war. Zwei Ordner lagen noch auf dem Boden. Das Fischgrätparkett war größtenteils von einem Teppich bedeckt, dessen dunkelgraue Fläche mit grellbunten abstrakten Formen aufgelockert war. Ohne den Bildschirm auf dem Schreibtisch und den modern eingerichteten Arbeitsplatz für eine Schreibkraft hätte man sich in die hoffnungsfrohe Zeit des deutschen Wirtschaftswunders versetzt fühlen können.

»Und das ist ein Möbelhändler?«, fragte Kupfer. »Wohl eher Gebrauchtmöbel.«

»Ja klar, des isch dr Retro-Wels«, erklärte Böckle. »Nie äbbes von dem g'hert?«

Kupfer zuckte mit den Achseln. »Nein. Wir sind schon lange eingerichtet, und ich bin froh, wenn wir nichts Neues brauchen.«

»I han scho älles fodografiert«, sagte Böckle.

Kupfer trat vorsichtig über die Scherben und Papierschnitzel weg und inspizierte den Schreibtisch. Neben dem Bildschirm lag ein unordentlicher Haufen von Schnellheftern, Briefen und handschriftlichen Zetteln, die offensichtlich jemand durchwühlt hatte. Daneben stand eine kleine Bronzeplastik, die Kupfer irgendwie bekannt vorkam. Ein auf der Seite liegender Frauenkörper mit einem kleinen gesichtslosen Kopf, das Ganze etwa fünfundzwanzig Zentimeter lang und gute fünfzehn Zentimeter hoch.

»Ein Kunstgegenstand als Briefbeschwerer. Schick«, sagte Kupfer vor sich hin. Als er sich umdrehte, sah er das Bild neben der Tür: die Reproduktion eines Warhol-Siebdrucks, Elvis Presley als Revolverheld, in Schwarz auf blauem Grund.

Kupfer rief seinen Kollegen von der Spurensicherung an und bat ihn, Sorge zu tragen, dass bei der Sicherung der Papierschnitzel besondere Sorgfalt aufgewendet würde. Was da zerrissen worden war, müsse unbedingt möglichst bald zusammengesetzt werden, am besten von denen im LKA. Da die Spurensicherung binnen Minuten mit ihrer Arbeit beginnen würde und die Rechtsmedizin schon verständigt war, überflog er die Personalien der Zeugen, die Böckle ihm reichte, und wandte sich dem ungleichen Paar zu.

»Frau Liska, Herr Tauscher, mein Name ist Kupfer. Es tut mir furchtbar leid, dass ich Sie jetzt nicht nach Hause entlassen kann. Ich muss Sie leider auf die Polizeidirektion mitnehmen und bitte Sie um Verständnis. Aus dieser Situation hier ergeben sich doch ein paar Fragen, die man sofort klären sollte, wie ich meine. Wir sollten auch ein kleines Protokoll aufsetzen.«

Als die junge Frau »Polizeidirektion« hörte, zuckte sie zusammen. Der Mann legte ihr beruhigend seine Hand auf den Arm und schaute zu Kupfer auf.

»Schon recht. Tun Sie, was Sie tun müssen«, sagte er heiser, während er sich sonst gelassen gab.

»Sie haben ja den Notarzt weggehen sehen. Wels ist in einem sehr kritischen Zustand«, sagte Kupfer. Tauscher zeigte keine Reaktion, aber seine Begleiterin schluchzte laut auf. »Ist er noch bei Bewusstsein gewesen, als Sie ihn gefunden haben?«

»Ich glaubte zunächst, er sei tot. Aber als ich an seine Halsschlagader fasste, kam er wieder zu sich. Ich glaube, er hat mich noch erkannt. Aber dann hat er seinen Kopf auf die Seite sinken lassen und war weg.«

»Hmm«, machte Kupfer nachdenklich. »Wissen Sie, der Kollege drinnen sagt, dass er noch einmal zu sich gekommen ist und ein Wort gesagt hat.«

Tauscher schaute ihn fragend an.

»Ihren Namen, Tauscher, sonst nichts. Und dann hat er wieder das Bewusstsein verloren.«

»Dann hat er mich doch noch erkannt.«

»Zweifellos. Aber warum er Ihren Namen genannt hat, ist mir trotzdem nicht klar.«

»Aber Sie meinen doch nicht etwa, dass ich …« Tauschers Stimme überschlug sich.

»Ich meine gar nichts. Das war nur eine Feststellung. Aber Sie verstehen sicher, dass wir heute Abend noch in meinem Büro ein offizielles Protokoll aufnehmen müssen. Ihr Auto lassen Sie bitte so lange stehen«, forderte er die beiden höflich auf, als ginge es darum, einen nassen Regenschirm vor der Tür abzustellen. »Ich denke, ein Kollege bringt Sie später wieder hierher.«

Draußen rauschte immer noch der Regen.

»Haben Sie keinen Schirm dabei?« fragte Kupfer, indem er die beiden musterte.

»Nein. Wir kamen gerade an, als die ersten Tropfen fielen. Wir kamen noch trocken ins Haus.«

»Ich kann Ihnen leider keinen Schirm anbieten. Da werden wir wohl alle ein bisschen nass. Laufen wir halt möglichst schnell.«

Kupfer rannte zu seinem Auto, hielt die Beifahrertür auf und sagte mit einem Anflug seltsamen Humors: »Frau Liska, Sie bekommen den Ehrenplatz an meiner Seite.«

Für Tauscher öffnete er wortlos die hintere Türe und lud ihn wie der Türsteher eines Hotels zum Einsteigen ein. Dann setzte er sich ans Steuer und schlug einen jovialen Ton an, als spräche er mit zwei Anhaltern, die er eben gütigerweise aufgelesen hatte.

»So«, begann er, »bei diesem Platzregen ist man doch froh, wenn man nicht zu Fuß gehen muss.«

Die beiden antworteten nichts.

»Das tut mir jetzt leid«, sagte er dann, als er im Rückspiegel sah, wie Tauscher sich das Wasser aus dem Gesicht wischte, »aber für das Wetter können wir alle nichts«, wobei er »Wetter« eigenartig betonte. »Ein furchtbares Wetter«, plauderte er weiter, »und heute früh war es noch so schön. Ich lasse Sie dann wieder zurückbringen, aber das habe ich ja bereits gesagt. Sind Sie mit einem oder zwei Autos unterwegs?«

»Mit einem«, sagte Tauscher.

»Sie gehören zusammen?«

»Wie meinen Sie das?«

»Dass Sie beieinander wohnen.«

»Nein. Wir sind nur gute Bekannte. Wir sind beide verheiratet, aber nicht miteinander.«

»So. Woher kennen Sie sich?«

»Wir treffen uns manchmal im Zeicheninstitut der Tübinger Uni.«

»Beim Zeichnen?«

»Ja.«

»Sie sind Künstler?«

»Maler, Zeichner.«

»Wollten Sie geschäftlich zu Herrn Wels oder handelte es sich um einen privaten Besuch?«

»Eher geschäftlich. Wels hat uns manchmal etwas abgekauft.«

»Aha.« Dann sagte Kupfer nichts mehr und summte vor sich hin. Immer wieder warf er einen Blick in den Rückspiegel und konnte für einen kurzen Moment im Licht der Straßenbeleuchtung sehen, wie Tauscher nervös auf seinen Lippen herumkaute. Die junge Frau neben ihm schaute stumm geradeaus.

»Kennen Sie Wels schon lange?«

»Ja«, kam es knapp von ihm, während sie verneinte. Dann schwiegen sie.

Als Kupfer am See in die Herrenberger Straße einbog, fing es wieder an zu regnen. »Das ist mir ja schon arg, dass die Kollegen von der Spurensicherung bei dem Wetter raus müssen, und das an einem Freitagabend. Aber es muss halt sein. Sie glauben ja nicht, wie schnell Spuren verwischt sind, wenn man nicht gleich hinterher ist. Und deswegen muss ich diesen lieben Kollegen den Feierabend versauen. Ja, ja, unsere Spezialisten von der Kriminaltechnik, die sind unverzichtbar. Gut sind sie, und sie werden immer besser. Sie finden heutzutage aber auch alles. Ich mach den Job jetzt seit über dreißig Jahren, und Sie glauben nicht, um wievielmal sich die Genauigkeit unserer Ermittlungsmethoden in dieser Zeit verbessert hat. Auch die Kriminaltechnik leistet heute ganz Erstaunliches. Was schon der DNA-Abgleich bringt! Der allein klärt schon viel Fragen.«

Tauscher ließ einen Stoßseufzer hören, als wollte er etwas sagen. Kupfer sah im Rückspiegel, wie er sich auf die Lippen biss.

»Was ist, Herr Tauscher?«

»Nichts.«

Der Regen ließ nach, aber auf der Calwer Straße stand noch das Wasser, so dass das Auto ganze Brandungswellen auf den Bürgersteig warf.

Olina Liska zitterte am ganzen Leib, als sie im Hof der Polizeidirektion ausstiegen. Kupfer nahm sie am Arm. »Kommen Sie, Frau Liska, beruhigen Sie sich. Das ist alles nicht so wild. Wir müssen nur schnell ein Protokoll aufnehmen, und dann können Sie heimgehen.«

Sie nickte heftig, als wollte sie sich die letzten Tropfen aus dem Haar schütteln. Kupfer führte sie ins Gebäude. Tauscher folgte ihnen.

»Frau Liska, Sie warten bitte hier beim Pförtner, und Sie, Herr Tauscher, kommen gleich mit hinauf in mein Büro.«

Während die Spurensicherung am Tatort selbst nach Hinweisen suchte, versuchte Polizeimeister Böckle sich einen Überblick über das Anwesen zu verschaffen. Er warf einen Blick in das Magazin, das an den Ausstellungsraum angrenzte, fand aber an den Möbeln und Antiquitäten nichts, was er mit der Gewalttat hätte in Verbindung bringen können. Dann trat er mit einer Taschenlampe bewaffnet hinaus in den Regen und machte sich daran, den Gebäudekomplex zu umrunden. An der Hinterseite des Magazins befand sich eine Laderampe, unter der eine breite Betontreppe ins Untergeschoss hinunterführte. Er stieg zu der großen Holztüre hinab, lauschte einen Moment und drückte, als er nichts hörte, auf die Türklinke. Zu seiner Überraschung war der Eingang nicht verschlossen. Mit einem leisen Quietschen öffnete sich die Tür nach innen. Er trat einen Schritt zur Seite, so dass er Deckung hatte, und zögerte einen Moment. Sollte er einen Kollegen holen? Das fand er dann doch unnötig. So zog er seine Dienstwaffe und entsicherte sie. »Polizei«, rief er, »kommen Sie heraus.«

Nichts rührte sich. Er rief noch einmal. Der Hall seiner Stimme ließ einen weiten, kahlen Raum erahnen. Ohne seine Deckung ganz aufzugeben, leuchtete er hinein. Der Strahl seiner Taschenlampe fiel auf kahle Betonwände und erfasste dann in der rechten hinteren Ecke einen großen Tisch, eine Art Werkbank, auf der viele verschmierte Flaschen standen und noch einiges herumlag, was er von der Tür aus nicht genau erkennen konnte. Linkerhand entdeckte er etwas wie einen tiefen Schrank aus rotem Blech. Der Raum schien verlassen zu sein.

Nun trat er unter die Tür und knipste das Licht an. Die Neonröhren erhellten einen weiten, fast leeren Raum, in dem man die Werkstatt eines Handwerkers hätte unterbringen können. An der Stirnwand rechts, unmittelbar neben dem Tisch, stand eine Staffelei, ihr gegenüber drei Scheinwerfer auf Stativen. Der rote Blechschrank erinnerte Böckle an einen elektrischen Backofen, wobei er sich nicht erklären konnte, warum direkt daneben bespannte Keilrahmen an der Wand lehnten.

Er fand diesen Raum nicht weiter interessant, knipste das Licht aus, schloss die Tür und setzte seinen Rundgang fort. Was er im Untergeschoss gesehen hatte, meldete er später dem Leiter der Spurensicherung mit den Worten: »Ond do onda em Keller hot oiner Bilder g'molt.«

Viel interessanter erschien ihm, dass auf der straßenzugewandten Seite des Anwesens das große Garagentor weit offen stand. Das war ihm bei der Ankunft ganz entgangen, da ja Tauscher schon vom Parkplatz her zu sehen gewesen war und seine ganze Aufmerksamkeit auf sich gezogen hatte. Jetzt erst nahm er wahr, dass diese Garage eigentlich eine kleine Halle war.

Zuvorderst stand eine Harley-Davidson, auf die er sich am liebsten sofort gesetzt hätte. Oder wäre er doch lieber mit dem dunkelgrünen Jaguar losgefahren? Schließlich regnete es ja gerade. Diesen Jaguar betrachtete er genauer. Mit seinen luxuriösen Ledersitzen und dem Armaturenbrett aus Teakholz fand er ihn wesentlich interessanter als die beiden Mercedessportwagen, obwohl auch sie Oldtimer waren: ein 280 SL mit Pagodendach und ein weißes 190 SL Cabrio. Natürlich beneidete er ihren Besitzer auch um sie, hatte aber solche Wagen schon oft bewundern können.

Das Wohnhaus über der Garage lag im Dunkeln und war abgeschlossen. Böckle ging zu den Leuten von der Spurensicherung zurück und sagte: »Leit, mir hen älle da falscha Beruf. Ihr miast mal gugga, was där fir Audo en seiner Garaasch schdanda hot. Des haut oin omm.«

2

»Wenn ich abends arbeiten muss, gönne ich mir einen Kaffee. Darf ich Ihnen auch einen bringen?«

Tauscher nahm dankend an. Kupfer verschwand in einem Nebenraum und summte bei offener Tür vor sich hin, als würde er in bester Laune eine gemütliche Kaffeerunde vorbereiten. Mit einem einladenden »So, greifen Sie zu!« stellte er den Kaffee und einen kleinen Teller Gebäck auf den Schreibtisch.

»Danke«, sagte Tauscher und griff nach der Tasse.

»Sie sind Linkshänder?«

Tauscher sah Kupfer verdutzt an und nickte zögernd. Kupfer las ihm in rasantem Tempo seine Personalien vor und endete mit einem »Stimmt das alles? Ich will Sie nicht unnötig lange aufhalten. Schildern Sie doch bitte, wie Sie Herrn Wels vorgefunden haben.«

»Auf dem Privatparkplatz stand nur Wels' Alfa, und ich stellte mein Auto daneben. Es fing gerade an zu regnen, aber wir kamen noch trocken ins Haus, weil die Tür zum Ausstellungsraum offen war. Es sah aus, als sei gar niemand da. Wir haben ein paar Mal gerufen, und schließlich hat Olina, also Frau Liska, einfach die Tür zum Büro aufgemacht, und da lag er. Wir sind zuerst einfach dagestanden, ich weiß nicht mehr wie lange, Olina hat geschrieen, ich hab sie in den Arm nehmen müssen. Und dann hab ich mich zu Wels hinuntergebeugt. Er war noch bei sich, er hat mich erkannt, das wissen Sie ja. Er wollte den Kopf heben, ist aber dann zusammengesackt und hat das Bewusstsein verloren.«

»Ist Ihnen irgendetwas aufgefallen?«

»Halt diese Papierfetzchen, die überall zerstreut lagen, der zerbrochene Bilderrahmen und dann dieser Giacometti zwischen seinen Beinen.«

»Giacometti?«, fragte Kupfer nach.

»Natürlich kein echter. Wels hatte immer diese Kopie einer Giacomettiplastik auf seinem Schreibtisch stehen, als Prestigeobjekt wahrscheinlich, so wie übrigens auch diesen kleinen Bronzeguss von der ›Liegenden‹ von Moore, den er als Briefbeschwerer benutzte. Die kennen Sie vielleicht. Das Original liegt vor der Staatsgalerie in Stuttgart. Das sind seine beiden Prunkstücke, mit denen er sich zum Kunsthändler stilisieren möchte.«

»Sie halten wohl nicht sehr viel von ihm, als Kunsthändler, meine ich.«

»Das ist er auch nicht. Sie haben ja gesehen, wie sein Büro aussieht. Ich weiß übrigens nicht, wo er unsere Arbeiten immer hingeschafft hat. Wenn ich ihm einmal etwas übergeben hatte, habe ich es nie wiedergesehen.«

»Hmm«, machte Kupfer nachdenklich und rührte in seiner Tasse. »Vielleicht sind wir hier ganz schnell fertig, wenn wir offen zueinander sind. Zunächst bin ich offen zu Ihnen, Herr Tauscher.« Er stellte das Rühren ein und schaute seinem Gegenüber ernst ins Gesicht.

»Was ich an dieser Situation extrem außergewöhnlich finde, ist Ihr Verhalten. Sie kommen in ein Büro, finden den Eigentümer niedergeschlagen und blutend auf dem Boden vor, steigen seelenruhig über ihn weg und blättern in seiner Ablage herum. Und wenn Sie, wie Sie gesagt haben, noch trocken in Wels' Büro gekommen sind, dann waren Sie ungefähr zehn Minuten dort, ehe ich gerufen wurde. Wenn ich meinen Kollegen zwei Minuten zugestehe als die Zeit, bis sie mich angerufen haben – und das ist relativ viel –, dann bleiben immer noch acht Minuten, die Sie beide in Wels' Büro waren, ehe Sie uns alarmiert haben. Das müssen Sie mir erklären.« Er schaltete einen Recorder ein.

»Ich habe einen Kaufvertrag gesucht.«

»Aber nicht über Möbel oder Antiquitäten?«

»Nein, über Bilder natürlich. Frau Liska und ich haben herausgefunden, dass Wels Kopien von Gemälden und Zeichnungen, die wir ihm als Kopien verkauft hatten, als Originale weiterverkauft hat.«

»Hmm«, machte Kupfer und zog die Augenbrauen hoch. »Können Sie das beweisen?«

»Natürlich. Es würde mich sogar wundern, wenn bei Ihnen noch keine Anzeigen gegen Wels eingegangen wären. Er ist ein Betrüger in großem Stil.«

»Das ist keine ausreichende Erklärung für Ihr Verhalten.«

»Gut, ich habe herumgestöbert. Das ist in dieser Situation vielleicht nicht normal. Aber ich habe ihn nicht niedergeschlagen.« Er schaute Kupfer fast aggressiv an und gestikulierte mit erhobenem Zeigefinger. »Ich bin kein Schläger. Wels lag schon blutend am Boden, als wir in sein Büro kamen.«

»Das sage ich ja auch, dass er blutend am Boden lag. Mehr habe ich nicht behauptet. Beruhigen Sie sich. Ist Ihnen vielleicht ein Auto aufgefallen?«

»Nein, mir ist nichts aufgefallen. Dort draußen ist freitagabends viel Verkehr, wenigstens vor dem Gewitter war es so, und ich musste auch aufpassen, dass mir nichts ins Auto rollte. Die Gewitterböen haben ja alles Mögliche über die Straße getrieben.«

»Also nicht. Noch einmal: Was wollten Sie bei Wels?«

»Wie ich schon sagte: Frau Liska und ich sind Künstler, Maler und Zeichner, und haben herausgefunden, was für einen schwunghaften Handel Wels mit unseren Arbeiten betrieben hat. Wels betrügt seine Käufer laufend und uns ebenso.«

»Und was wollten Sie nun erreichen?«

»Verhandeln. Oder, sagen wir mal, wir wollten protestieren.«

»Hätten Sie Wels nicht anzeigen können? Sie haben doch selbst eben gesagt, dass er hätte angezeigt werden sollen. Warum haben Sie das nicht getan?«

»Warum ich ihn nicht angezeigt habe, fragen Sie? Nun, ich kenne Wels seit unserer Jugend, wir sind Schulkameraden, und ich weiß erst seit kurzem, was für einen Handel er mit unseren Arbeiten treibt. Da redet man doch erst einmal miteinander. Außerdem braucht Frau Liska das Geld, das er ihr für ihre Kopien noch schuldet.«

»Kopien oder Fälschungen?«

»Kopien, einfach gute Kopien von Bildern, ohne jede Signatur.«

»Und wer kauft so etwas?«

Kupfer zuckte mit den Achseln.

»Und Ihnen schuldet er auch Geld?«

Kupfer nickte.

»Seit wann? Wie viel?«

»Ich habe von Wels' Sekretärin erfahren, dass er in den letzten Wochen zwei große Bilder verkauft hat, die ich ihm vor mehr als einem Jahr geliefert habe. Und ich habe noch keinen Cent von ihm bekommen.«

»Sie kennen seine Sekretärin? Wie heißt sie?«

»Erna Reichert. Sie wohnt in einem von diesen Mietshäusern links von der Herrenberger Straße, wenn man stadtauswärts fährt, irgendwo dort hinter dem Penny-Markt. Sie finden sie bestimmt im Telefonbuch.«

»Kennen Sie auch die anderen Angestellten?«

»Soweit ich weiß, hatte er sonst keine.«

»In diesem großen Laden?«

»Ja, ich habe hier sonst nie jemanden getroffen.«

»Aber zurück zum Geld. Wie viel schuldet er Ihnen?«

»Ich weiß es nicht. Es ist kein fester Betrag vereinbart. Deswegen habe ich ja nach dem Kaufvertrag gesucht. Ich brauche mein Geld, und deshalb muss ich wissen, was der Abnehmer bezahlt hat.«

»Suchten Sie jetzt den Vertrag zwischen Ihnen und Wels oder den zwischen Wels und seinem Käufer?«

»Beide.«

»Sie sind prozentual beteiligt?«

»Diesmal ja, aber sonst nie.«

»Und warum wollten Sie für Frau Liska verhandeln?«

»Ich habe zwischen Olina und Wels vermittelt, als sie ein paar Zeichnungen verkaufen wollte, und fühle mich in gewisser Weise dafür verantwortlich, dass sie gut bezahlt wird.«

»Sie sind aber nicht zur normalen Geschäftszeit gekommen. Hatten Sie einen Termin?«

»Nein, aber Wels sitzt um diese Zeit immer über seinen Abrechnungen. Das weiß ich halt.«

»Er hatte also keine Ahnung, dass Sie kommen würden. Wollten Sie ihn überraschen?«

»Nicht direkt. Wir wollten aber auch nicht, dass er sich auf unser Gespräch vorbereiten kann.«

»Taktisch klug, ich verstehe. Und dann haben Sie den Vertrag gesucht, damit wir ihn nicht finden.« Er schaute Tauscher prüfend an.

»Hören Sie, Frau Liska und ich haben Wels mit Kopien von Zeichnungen und Gemälden beliefert, was in den Kaufverträgen dokumentiert ist. Wir haben erfahren, dass er zusammen mit irgendwelchen Handlangern aus unseren Arbeiten Fälschungen macht und sie für vierzig- bis fünfzigmal so viel, wie er uns bezahlt hat, an Sammler und Galerien weiterverkauft, womit er sich strafbar macht. Wir hatten mit seinen

Betrügereien nichts zu tun. Und ich will jetzt nicht belangt werden wegen einem einzigen Vertrag, der mir ausnahmsweise einmal einen festen Anteil zuspricht. Ist das denn so schwer zu verstehen?« Tauscher hatte immer schneller geredet, wobei seine Stimme immer höher geworden war.

»Wie viel Profit hatten Sie denn diesmal erwartet?«

»Keine Ahnung. Ich wollte nur sichergehen, dass ich nicht wieder mit ein- bis zweitausend Euro abgespeist werde, während Wels das große Geld macht.«

»Und mit wie viel Prozent sind Sie dabei?«

Tauscher antwortete nicht. Kupfer ließ seinen Sie-sind-mir-vielleicht-einer-Blick einen Moment auf Tauscher ruhen, dann schüttelte er zweifelnd den Kopf.

»Hat es Sie denn nie interessiert, wem er Ihre Arbeiten verkauft hat?«

»Nein, wieso?«, antwortete Tauscher trotzig. »Wenn Sie zum Beispiel Ihr altes Auto einem Händler verkaufen, fragen Sie doch auch nicht, was er damit macht, und sind froh, dass Sie noch etwas dafür bekommen.«

»Aber Sie wussten jetzt, dass Wels sich strafbar macht, und Sie wollten mehr Geld von ihm«, sagte Kupfer mit gespielter Nachdenklichkeit. »Das sieht fast aus, als wollten Sie ihn erpressen.«

Tauschers Augen weiteten sich für einen winzigen Moment. »Nein, nein, so war das nicht. Er war der Erpresser. Wir wollten nur versuchen, ihn dazu zu bringen, uns nicht mehr in sittenwidriger Weise auszunutzen. Er hat gedroht, Olina wegen Fälschung anzuzeigen, wenn sie ihn nicht weiterhin beliefert. Das war Erpressung seinerseits. Dabei hat sie keine ihrer Arbeiten jemals signiert oder es sonst darauf angelegt, dass sie bei wirklichen Kennern als Originale durchgegangen wären.«

»Diesen kriminellen Handel hätten Sie unbedingt anzeigen müssen.«

»Das hätten wir sicher auch getan, wenn …«

»Wenn was?«

»Nun, wenn, wenn wir es eher gewusst hätten.«

Kupfer runzelte die Stirn und musterte Tauscher eine Weile, ohne etwas zu sagen. »Diese Frage werden wir wohl in den nächsten Tagen klären müssen«, schloss er dann das Gespräch. »Im Moment habe ich keine weiteren Fragen an Sie, muss Sie aber bitten, sich in den nächsten Tagen für uns zur Verfügung zu halten. Adresse und Telefonnummer haben wir ja.«

Olina Liskas Anblick war zum Steinerweichen. Zusammengesunken saß sie an einem kleinen Tischchen im Raum des Pförtners, mit roten Augenrändern, verschmierter Wimperntusche, ein zerknülltes Taschentuch in der Hand.

»Haben Sie der Dame nichts angeboten?«, fragte Kupfer den Pförtner.

»Sie wollte nur ein Glas Wasser.«

»Frau Liska, wie fühlen Sie sich?«

Sie machte nur eine resignierte Geste und ließ einen Seufzer hören.

»Es tut mir leid, dass ich Sie jetzt noch mit Fragen belästigen muss. Nur das Wichtigste. Ich versuche, es so kurz wie möglich zu machen. Geht das?«

»Fragen Sie, es geht schon«, sagte sie leise.

»Würden Sie mir bitte genau die Situation beschreiben, in der Sie Herrn Wels vorgefunden haben?«

Ohne dass Kupfer nachfragen musste, bestätigte Olina Liska in knappen Worten alles, was Tauscher dazu ausgesagt hatte.

»Und was haben Sie getan, während Ihr Begleiter sich an der Ablage zu schaffen machte?«

»Ich weiß es nicht mehr. Ich stand da und konnte nichts tun. Ich habe geweint. Ich sagte zu ihm, er solle es lassen. Und ich hatte Angst, es könnte noch jemand im Haus sein. Ich war froh, als der Notarzt und die Polizisten kamen.«

»Können Sie ungefähr abschätzen, wie lange Sie allein in dem Büro waren?«

»Nicht lange. Höchstens zehn Minuten. Vielleicht täusche ich mich aber auch.«

»Waren Sie vorher schon oft bei Wels gewesen?«

»Nein. Nur drei Mal.«

»Fiel Ihnen trotzdem irgendetwas Besonderes auf?«

»Nur die bunten Papierschnitzel und die verbogene Bronzeplastik auf dem Boden.«

Kupfer nickte zufrieden. Frau Liska schien ihm eine glaubhafte Zeugin zu sein. Er sah ihr an, dass sie ihren Schock noch nicht ganz überwunden hatte, und sagte: »Ich lasse Sie jetzt nach Hause bringen. Was Sie mir noch zu sagen haben, hat auch bis morgen Zeit. Ich möchte Sie nur bitten, dass Sie sich zur Verfügung halten.«

»Ja, kommen Sie nur, ich bin zu Hause.«

Als Tauscher wieder zu seinem Auto gebracht wurde, standen auf Wels' Parkplatz drei Polizeifahrzeuge. Er konnte durch die Fenster sehen, wie Personen in weißen Anzügen sich durch das Büro und den Ausstellungsraum bewegten. Er schaute ihnen eine Weile zu. Dann fuhr er nach Hause.

Als Helene sein Auto kommen hörte, ging sie ihm bis an die Haustür entgegen. »Du kommst spät. Ist was schiefgegangen?«

»Kann man wohl sagen. Ich brauche jetzt etwas zu trinken.«

»Komm, setz dich. Ich habe eine Flasche aufgemacht – wenn ich schon so lange auf dich warten muss.«

Mit jeder Einzelheit, die Tauscher erzählte, wurde Helene ernster und sah zunehmend ärgerlich aus. »Siehst du«, kommentierte sie seine Darstellung, »hättest du nicht so lange gewartet und wärst Olina eher zur Seite gesprungen, dann hättest du bei Wels noch etwas ausrichten können.«

»Wenn ich hätte, wenn ich hätte … Das kann jetzt jeder sagen. Ob das dann geklappt hätte, weißt du auch nicht.«

»Ich weiß aber, dass du dann nicht so dämlich mit einem Ordner in der Hand vor der Polizei gestanden wärest und dich jetzt nicht fragen lassen müsstest, was für ein abgebrühter Typ du eigentlich bist.« Sie redete immer lauter. »Was glaubst du denn, was dieser Kupfer jetzt von dir denkt?«

»Wird schon nicht so schlimm sein«, versuchte er die Sache herunterzuspielen. »Die Spurensicherung wird sicher bestätigen können, dass ich Wels keine auf den Kopf gegeben habe.«

»Aber auf jeden Fall hättest du diese blöde Sucherei lassen müssen und lieber sofort eine Selbstanzeige wegen Beihilfe zum Betrug machen sollen, völlig egal, ob du Wels damit weichklopfen konntest oder nicht.«

»Wie stellst du dir das vor? Hier wird ein Schwerverletzter abtransportiert und ich komme dem Kommissar, der das Verbrechen untersucht, mit einer Selbstanzeige wegen Betrugs. Der Zug war nun mal raus, Helene. Das ging einfach nicht mehr!«

»Und was machst du, wenn sie heute oder morgen deinen idiotischen Kaufvertrag finden?«

Tauscher zuckte mit den Achseln und nahm einen großen Schluck. »Weiß nicht. Vielleicht ruf ich gleich morgen früh diesen Kupfer an und hol das nach.«

»Ja natürlich, du Schlaumeier, etwas anderes bleibt dir auch gar nicht übrig«, schimpfte sie. »Ich versteh überhaupt nicht, wie du so ruhig hier sitzen kannst. Merkst du denn nicht, dass du schon mit einem Fuß im Gefängnis bist?«

»Ach was! Die Spurensicherung wird schon herausfinden, dass ich das nicht gewesen sein kann. Seh ich denn aus wie ein Gewalttäter?«

»Ich weiß nicht, wie die Polizei meint, dass du aussiehst. Nach dem Aussehen geht es aber auch gar nicht, sondern nach dem Verhalten. Und du hättest dich nicht dümmer verhalten können. Wie konntest du bloß glauben, dass du in ein paar Minuten den dämlichen Kaufvertrag findest. Du hast doch nicht etwa gemeint, dass Wels nicht clever genug ist, um seine heißen Geschäftsunterlagen gut zu verstecken. Ich halt das im Kopf nicht aus. Trink deinen Wein allein. Mir ist die Lust vergangen.«

Mit diesen Worten stand sie auf, verließ das Zimmer, wobei sie die Tür lautstark ins Schloss warf, und polterte die Treppe hinauf.

Tauscher blieb eine Weile wie betäubt sitzen. Er starrte auf sein Weinglas. Dann griff er in die Hosentasche, zog einen Zettel heraus, den er auf Wels' Schreibtisch gefunden hatte, und strich ihn glatt. »Mein Gott, hat der Wels eine Sauklaue!«, schimpfte er vor sich hin.

	1,8	*3,5*
Schätzg.	*90*	
	270 Geb.	
	126 USt	
	90 G	
	90 B…l…	
		Ekap. 166

Statt »Schätzg.« hätte man auch »Schützg.« lesen können, aber das hätte bei Wels' Geschäften keinen Sinn ergeben. Das letzte Wort war vom Anfangsbuchstaben abgesehen unleserlich. Nach dem »B« kam ein leicht gewellter Strich. Der Buchstabe in der Mitte hätte ein »l«, aber auch ein »t« oder »f« sein können, und dann folgte noch ein schwungvoll auslaufender zweiter Strich. Etwas weiter unten meinte Tauscher »Ekap. 166« entziffern zu können.

Da er davon ausging, dass Wels, als der Täter kam, eben mit seinen Finanzen herumjongliert hatte, nahm er an, dass »Ekap.« für Eigenkapital stehen musste und an die »166« noch drei Nullen anzuhängen waren.

Dem Anschein nach hatte Wels eben damit begonnen, eine zweite Zahlenkolumne danebenzusetzen, als er unterbrochen wurde. Wahrscheinlich wollte er seinem Besucher etwas vorrechnen. Tauscher sinnierte lange, ohne zu einem Ergebnis zu kommen, faltete den Zettel wieder zusammen und steckte ihn in seinem Arbeitszimmer in die Schreibtischschublade.

Es war schon gegen elf, als Kupfer wieder heimkam. Er zog leise die Haustüre hinter sich zu, wie er es immer tat, wenn er spät vom Dienst kam, obwohl er hörte, dass Marie noch fernsah. Aber das übliche fragende »Siggi?« blieb aus. Sie war eingenickt und pustete im Fernsehsessel vor sich hin. Er weckte sie, indem er den Fernseher ausschaltete. Sie fuhr hoch, als hätte er sie erschreckt.

»Oh, ich war eingeschlafen.«

»War's denn so langweilig?«

»Das übliche Freitagabendzickzackgebabbel beim Backes«, sagte sie verschlafen. »Halt irgendwas über komplizierte Beziehungen mit schrägen Typen, die bis zu sechsmal verheiratet waren.«

»Du musst das ja nicht angucken.«

»Alles andere war noch blöder, und zum Lesen war ich zu müde. Ich war ja heute Vormittag lang im Garten. Und wie war es bei dir?« Sie gähnte.

»Gleich, ich brauch jetzt erst einen Absacker.« Er holte die offene Rotweinflasche von der Kellertreppe und hielt sie gegen seine Wange, um die Temperatur zu prüfen. »Achtzehn Grad«, sagte er zufrieden vor sich hin. Auf die Kellertreppe konnte er sich verlassen, wenn es um das Temperieren seiner trockenen Württemberger ging.

Marie sah ihm mit hellwacher Neugier entgegen wie immer, wenn er »einen neuen Fall heimbrachte«, wie sie es nannte. »Und? Alles klar?«

»Nichts ist klar. Überhaupt nichts.« Er goss sich ein Viertel ein. »Du auch?«

»Ja, aber bloß ein Achtele. Und was war los? Erzähl mal.«

»Na ja, da lag ein Möbelhändler mit eingeschlagenem Schädel in seinem Büro.«

»Tot?«

»Nein, er konnte aber nichts mehr sagen außer dem Namen desjenigen, der ihn angeblich gefunden hat, ein Herr Tauscher. Der Böckle von der Streife meinte gleich, dann sei dieser Tauscher auch der Täter. Ich glaube eher, dass er der Letzte war, den Wels noch klar erkannte. Als der Notarzt da war, war er schon halb hinüber.«

»Kommt er durch?«

»Keine Ahnung. Tauscher sagt, Wels habe ihm noch etwas sagen wollen, aber nicht mehr die Kraft gehabt.«

»Und du glaubst ihm?«

»Eigentlich schon. Sie waren zu zweit dort, ein völlig ungleiches Paar. Wenn er allein gewesen wäre, hätte ich mir unter Umständen vorstellen können, dass er es war. Aber nicht in Begleitung dieser Frau. Die Frau war so fertig, die kann mit einer Gewalttat nichts zu tun haben. Das kann kein Theater gewesen sein. Aber aus ihm werde ich einfach noch nicht ganz schlau.«

»Gehören die beiden zusammen?«

»Nein, und das sieht man gleich. Sie seien Künstler, die diesem Wels Bilder geliefert hätten, sagen sie.«

»Hast du nicht gesagt, er ist ein Möbelhändler?«

»›Möbel-und-Antiquitäten-Wels‹ heißt die Firma. Hat wohl auch Bilder verkauft. Schon mal was von der gehört?«

»Nein. Draußen in Schönaich, sagst du? Vielleicht ist das eine neue Firma.«

»Danach sieht es nicht aus. Tauscher sagt, dass er diesen Wels schon jahrelang beliefert hat, und zwar mit Kopien von echten Zeichnungen und Gemälden, so wie die Frau übrigens auch. Und jetzt kommt das, was mir überhaupt nicht in den Kopf will: Als er sieht, dass der Mann verletzt auf dem Teppich liegt, fängt er an, in der Ablage herumzustöbern. Und als Kollege Böckle von der Streife in das Büro kommt, steht er mit zwei Ordnern in der Hand da und behauptet, er würde aufräumen. Und mir erklärt er dann, er habe nach Kaufverträgen gesucht.«

»Der hat ja Nerven! Was ist das für ein Typ?«

»Für so abgebrüht halte ich den nicht einmal. Dazu war er viel zu nervös. Dem ging die Sache wirklich an die Nieren. Mitte vierzig, nachlässig gekleidet, Jeans, Turnschuhe, lange Haare, Dreitagebart. Ich könnte mir den als Verkäufer auf dem Biomarkt vorstellen oder als Aktivisten bei den Stuttgarter Parkschützern. Dieser Typ demoliert vielleicht im Extremfall einen Bauzaun, haut aber keinem eine über den

Schädel. Trotzdem ist hier etwas faul. Die Frau ist fünfzehn Jahre jünger, sehr hübsch, schlicht gekleidet, aber doch irgendwie elegant …«

»Geschmackvoll? Attraktiv?«

»Ja, unbedingt. Die tut mir eigentlich leid. Ich würde wetten, dass die für die ganze Geschichte überhaupt nichts kann.«

»Und warum war sie dann mit dem anderen dort?«

»Er sagt, sie wollten mit ihm um mehr Geld verhandeln. Er war wohl ihnen gegenüber knickerig. Passt zum Gesamteindruck von dem Laden. Er ist ziemlich groß, und dabei hatte er nur eine Angestellte. Schon seltsam.« Kupfer nahm einen Schluck und betrachtete nachdenklich sein Glas.

»Was denkst du?« wollte Marie wissen.

»Ich frage mich, was Tauscher wirklich suchte. Es muss ein Beweisstück sein für irgendeine faule Sache. Vielleicht hätte er Wels mit irgendetwas erpressen können und wollte den Hinweis darauf verschwinden lassen. Außerdem finde ich das Verhältnis von der Größe des Anwesens zur Belegschaft wirklich merkwürdig.«

»Hui, das klingt aber abstrakt.«

»Ist es aber nicht. Wenn ich mir vorstelle, dass in diesem Riesenladen nur zwei Leute arbeiten, dann möchte ich wissen, wie der notwendige Umsatz gemacht wird.«

»Aber das lässt sich ja überprüfen.«

»Andersherum: Erfahrungsgemäß ist es in so einem Fall leichter festzustellen, womit der Umsatz nicht gemacht wurde. Man sieht zuerst die Maske, nicht das Gesicht.«

»Vielleicht ist aber gar nichts dahinter. Es soll ja gerissene Geschäftsleute geben, die mit Sachen handeln, die sie nie anfassen und nicht mal sehen.«

»Aber ob dieser Wels so einer ist? Aber wie dem auch sei, ich hab jetzt Bettschwere.«

»Es ist auch höchste Zeit.«

Kupfer trank sein Glas aus und ging mit seiner Frau zu Bett.

Als Erwin Holzherr, der Geschäftsführer des Optikerladens in der Böblinger Bahnhofstraße, am Samstagmorgen seinen Laden aufmachte, wunderte er sich über das rote Motorrad, das unmittelbar vor seiner Tür abgestellt war. Er verstand nichts von Motorrädern und sah in ihnen nur das gefährliche Spielzeug für Tempojunkies mit Todessehnsucht, die ihn immer wieder erschreckten, wenn er an schönen Wochenenden mit seiner Frau in ihrem uralten Passat eine gemütliche Kaffeefahrt in den Schwarzwald oder auf die Alb machte. Er hasste Motorradfahrer und griff sich immer wieder an den Kopf, wenn er plötzlich riskant überholt wurde.

Nun fand er es verwunderlich, dass so eine Höllenmaschine unter der jungen Linde vor seiner Ladentür abgestellt war, und fragte sich, ob das schwere sperrige Fahrzeug nicht sogar den Zugang zu seinem Geschäft ein bisschen behinderte. Zwei Buben kamen die Straße herunter und blieben stehen, um das Motorrad zu bewundern.

»Guck mal, eine BMW, supergeil. Die hat mindestens sechshundert Kubik.«

»Quatsch, die hat viel mehr. Das ist eine R 1200. Die kenn ich. Mein Onkel hat doch auch so eine.«

»Da steckt ja noch der Zündschlüssel. Sollen wir eine Runde drehen?«

»Komm, gib den Schlüssel lieber mal mir«, sagte Holzherr und ging auf die beiden zu. Mit einem routinierten Griff zog der eine Junge den Schlüssel ab und übergab ihn dem Optiker ohne Protest. Dann stellte er sich wieder neben das Motorrad und griff an den Lenker.

»He«, wurde er plötzlich laut, »der steht aber schon lang hier!« Mit diesen Worten griff er nach dem roten Helm, der am Lenker hing, und bespritzte seinen Freund mit dem Regenwasser, das sich darin angesammelt hatte.

»Spinnst du? Du Sau«, schimpfte der andere lachend und konnte sich gerade noch retten, indem er einen Schritt zurücksprang. Dann schauten sie sich um, ob jemand sie beobachtet hatte.

Der Ladenbesitzer lachte amüsiert und sagte: »Aber den Helm solltest du vollends ausleeren und wieder an den Lenker hängen.«

»Da ist mindestens ein halber Liter drin«, sagte der Junge und goss das Wasser auf die Straße. »Gehört die Maschine Ihnen?«

»Um Gottes willen, nein.«

»Tschüss dann.« Die beiden Jungs gingen weiter.

Als die Maschine bei Ladenschluss immer noch dastand, rief Holzherr die Polizei. Man stellte den Besitzer fest. Es handelte sich um Holger Wels. Daraufhin wurde Kupfer informiert, der sogleich eine gründliche Untersuchung des Helmes anordnete: »Alles hat der Regen kaum herausgewaschen.«

3

Am Samstagmorgen meldete sich Kupfer als Erstes bei Erna Reichert an und unterrichtete seinen Kollegen Feinäugle über den neuen Fall.

»Und was weiß man schon über den Herrn Tauscher?«, fragte Feinäugle.

»Nicht viel. Jahrgang 63, in Böblingen geboren und aufgewachsen, verheiratet, Beruf Hausmann, schimpft sich aber Künstler.«

»Aha. So einer. Und was macht die Frau?«

»Studienrätin, irgendwo in Stuttgart.«

«Kinder?«

»Natürlich keine. Passt wohl nicht in den Lebensplan.«

»Und was spricht gegen ihn?«

»Rechtlich gar nichts. Aber ich habe so ein komisches Gefühl im Bauch. Dieser Tauscher gefällt mir nicht ganz. Das musst du dir mal vorstellen: Der Typ kommt in ein Büro, wo einer schwer verletzt auf dem Boden liegt, und fängt an, in der Ablage herumzusuchen. Das ist zwar alles, was ich bis jetzt sicher weiß, aber ich finde das ein starkes Stück. Schon seine Begründung, warum er mit der jungen Frau zusammen zu Wels ging, ist windelweich. Meiner Meinung nach hat er seine Finger in irgendeiner faulen Sache drin, und wenn mich nicht alles täuscht, wollte er Wels damit erpressen. Unsere Leute müssen unbedingt den Kaufvertrag finden, nach dem er gesucht hat. Er ist da prozentual an irgendeinem Deal beteiligt, will aber nicht sagen, um welche Summen es dabei geht. Na ja, irgendwann kriegen wir auch das raus.«

»Bekommen wir den Bericht von der Spurensicherung heute noch?«

»Unmöglich. Ohne die Befunde von der Kriminaltechnik wäre er nicht viel wert. Warten wir lieber eine Woche.«

»Fahren wir?«

»Nein, es sind ja bloß ein paar Schritte.«

»Nicht gerade die beste Wohngegend«, bemerkte Feinäugle, als sie fünf Minuten später die Königsberger Straße entlanggingen.

Rechts von ihnen, auf dem Parkplatz eines Discounters, herrschte reger Kundenverkehr, und mehrere Leute, zum Teil in Trainings- oder Jogginganzügen, schleppten ihre Einkaufstüten über die Straße ihren Wohnungen zu. Neben dem Discounter pries sich ein flaches Gebäude, das man auch für eine Werkstatt hätte halten können, als Fitness-Studio an.

»Sieht aus wie ein Boxerclub. Kennst du den Laden?«, fragte Kupfer.

Feinäugle schüttelte den Kopf und musterte die Szenerie auf der anderen Straßenseite.

»Da drüben müsste es sein.«

Das Quartier bestand aus fünfstöckigen Wohnblocks, denen ein grauer und lindgrüner Anstrich eine fast freundliche Note gab, die durch großzügige, mit hohen Bäumen bestandene Rasenflächen verstärkt wurde. Neben jeder Haustür gab es zehn Klingelknöpfe und zehn Briefkästen, denen wiederum zehn kleine Balkone entsprachen. Auf den meisten waren riesige Satellitenschüsseln angebracht.

»Da sieht man doch gleich, wer hier wohnt«, meinte Kupfer und fand seine Annahme durch die Namensschilder an der Haustür bestätigt. Deutsche Namen waren in der Minderzahl.

Feinäugle wischte sich die Stirn. »Schon wieder ziemlich heiß heute morgen. Vielleicht hätten wir doch fahren sollen.«

»Schon. Aber wo willst du hier parken?«

Erna Reichert wohnte in der Mitte ihres Wohnblocks. Die beiden oberen Namensschilder lauteten Reichert und Schumann. Auf das Klingeln hin summte der Türöffner. Im Treppenhaus war es warm und stickig.

»Wer schnauft jetzt mehr, ich oder du?«, fragte Kupfer auf dem letzten Treppenabsatz.

»Du«, sagte Feinäugle prompt.

»Aber nicht viel. Warte mal noch ein paar Jahre.« Kupfer keuchte und schaute nach oben.

Die Frau stand vor ihrer Wohnungstür und sah den Kriminalbeamten ängstlich entgegen. Ihr gegenüber ging eine Tür auf und eine grauhaarige Frau schaute heraus. »Scho wieder Mannsbilder, ond glei zwoi«, schimpfte sie und zog die Tür geräuschvoll hinter sich zu.

Erna Reichert machte eine abwehrende Handbewegung, als wollte sie eine lästige Fliege verscheuchen. In ihren engen schwarzen Leggins mit großen weißgelben Blumen darauf und einer Bluse in glänzendem Orange hätte sie als Reklamefigur für Retro-Wels dienen können. Ihr blondiertes Haar fiel ihr in einem kurzgeschnittenen Pony über die Stirn, und hinter der darüberstehenden Bürste ergossen sich ihre Sauerkrautlocken auf ihre schmalen Schultern. Aus ihrer Wohnung drang das hohe, flache Kläffen eines kleinen Hundes. Sie zitterte vor Aufregung.

»Guoda Morga, kommet Se rei«, sagte sie schüchtern und ging voran. »Butzile, sei doch schdill, 's isch älles guod«, sagte sie vor der Küchentür. Man hörte nur noch ein leises Knurren. »Jetz', was isch?«

Als sie hörte, was passiert war, schien sie zunächst zusammenzubrechen. Aschfahl im Gesicht versank sie in ihrem giftgrünen Clubsesselchen und zitterte am ganzen Leib. Feinäugle griff nach der Teekanne, die vom Frühstück her noch auf dem Tisch stand, und goss ihr eine Tasse ein. »Da, trinken Sie.«

Sie trank in kleinen Schlucken. Dann stellte sie die Tasse ab und sagte: »Danke. Des isch scho a Schlag. Hoffentlich kommt er durch. Was soll i sonschd macha? Jetz han i den ganza Lada alloi am Hals. Wia soll des ganga? Kennet Sia mir des saga?«

»Leider nicht, Frau Reichert. Wären Sie in der Lage, uns ein paar Fragen zu beantworten?«

Erna Reichert, alleinstehend, fünfundvierzig Jahre alt, hatte am Vorabend gegen halb fünf Feierabend gemacht und war auf dem Heimweg einkaufen gegangen. Als sie kurz nach sechs nach Hause kam, hörte sie ihren Anrufbeantworter ab. Wels hatte sie kurz zuvor angerufen und dringend gebeten, sie möge ihn sofort zurückrufen. Das habe sie getan, aber sie habe ihn nicht erreicht, obwohl sie es mehrfach versucht habe und es jedes Mal lange habe klingeln lassen.

»Do war där scho do«, sagte sie unter Tränen.

»Wer? Wen meinen Sie?«

»Was woiß i? Dr Stampfer oder dr Gunno oder dr Tauscher. Dr Wels hot jo grad mit älle Krach.«

»Warum?«

»Woiß doch i net.«

»Und Sie? Haben Sie auch Krach mit ihm oder mögen Sie ihn?«

»I han koin Krach mit em. Aber i mag en au net arg. Er isch halt arg geizig. I schaff halt dort emmer no, weil i mei Hondle zom Schaffe mitnemma derf.«

»Und wer sind Stampfer und Gunno?«

»Dr Stampfer kauft emmer Bilder von em. Der hot Geld. Dem g'heart a Fabrikle draußa uff dr Hulb, der macht irgendäbbes fir'n Daimler. Der war neilich erschd do, ond do hen se sich uffm Parkplatz draußa ag'schria, i han denkt, dia deand sich äbbes. Aber i woiß net worom.«

»Und warum hatte Wels mit Tauscher Ärger?«
»Weil er deam Geld schuldet.«
»Viel?«
»I glaub scho, aber i woiß nix G'naus.«
»Und wer ist Gunno?«
»Dr Gunno? Halt au so oiner, mit dem er handelt.« Sie machte eine Pause. »Der kommt manchmol obeds. Sonschd woiß i nix vo deam, gar nix.«
»Handelt Wels denn sehr viel mit Bildern? In seinem Ausstellungsraum sind mir gestern keine Bilder aufgefallen, da waren nur Möbel«, forschte Kupfer nach.
»Doch, emmer wieder. Dia Bilder send em Magazin. Des mit de Mebel laufd jo scho lang nemme so guod. Do isch nix damit verdeant, sait dr Wels.«
»Aber das Geschäft mit Bildern läuft gut?«
Das, meinte Erna Reichert, könne sie nicht beurteilen. Mit Buchhaltung sei sie nur in Ausnahmefällen betraut. Trotzdem sei ihr klar, dass Wels in letzter Zeit sehr zu kämpfen gehabt habe. Und manches habe sie überhaupt nicht verstehen können. Sie habe zum Beispiel mitbekommen, dass Wels vor kurzem 180 000 Euro an einen Kunsthändler in Köln überwiesen habe.
»Isch doch komisch, oder? Er hot dem äbbes gliefert ond hot no äbbes zahlt. Des hot's sonschd nia gäba.«
Wels habe zwei riesige Bilder verkauft, die schon ein Jahr in seinem Magazin herumgestanden seien, ergänzte sie. Und vor ein paar Wochen, als es noch heißer war als jetzt, habe sie immer mit anpacken müssen. Dann seien diese Bilder hinter dem Magazin in die Sonne gestellt worden. Kurz vor Feierabend habe man sie wieder hereingeholt, und sie habe sie jeden Abend vorsichtig abstauben müssen.
»Des isch doch verruckt. Wär verschdoht au des?«
Aber genau diese Bilder waren es, für die Wels auch noch bezahlt habe, statt endlich einmal Tauscher etwas zu geben. Schließlich seien die Bilder von einem Lkw mit Kölner Nummer abgeholt worden.

»Kennen Sie außer Herrn Tauscher zufällig auch Frau Liska?«

»Klar kenn i dia boide. Dr Tauscher kommt jo scho seit Johr ond Dag zom Wels ond hot em emmer wieder Bilder brocht. Oft warets scheene Sacha, des muos i dem lasse, bis uff die zwoi große. Dia waret au vo dem. Dr Tauscher war erschd letschde Woch bei mir ond hot g'jammert, weil er no koin Cent vom Wels kriagt hot. Aber d' Liska, des isch a netts Mädle. Dia brengt emmer scheene Zeichnonga, aber dia kommt no net so lang.«

»Auch wenn Sie, wie Sie sagen, wenig mit der Buchhaltung zu tun haben, wissen Sie doch vielleicht ungefähr, um welche Summen es bei dem Handel mit Bildern im Allgemeinen geht. Waren das immer so große Beträge? Was haben die beiden von Wels bekommen?«

Darauf konnte die Frau nichts Genaues antworten. Diese Rechnungen gingen nicht über ihren Tisch, und von diesem Riesenbetrag, den Wels nach Köln überwiesen habe, wisse Sie auch nur, weil die Überweisung ausnahmsweise von einem der sogenannten Möbelkonten gemacht worden sei.

»Wie er des mit denne Bilder ond Zeichnonga emmer macht, woiß i net. I lass bloß emmer dia Paket abhola oder breng se uff d' Boschd.«

»Erinnern Sie sich an irgendwelche Adressen?«

»Noi. Des adressiert er elles selber. Do isch er ganz oiga.«

Kupfer wollte ihr das nicht abnehmen. Wenn im Möbelgeschäft nicht mehr viel los gewesen war, wie sie erklärt hatte, dann habe es doch gar nicht genug Arbeit für sie gegeben. Dem widersprach sie heftig. Wels habe sich zum Beispiel keinen Lastwagen geleistet, dazu sei er zu geizig gewesen.

»Wenn i oin brauch, kenn i oin, der oin hot. Ond den zahl i, solang i den brauch, ond koi Schdond länger. I ben doch net bled«, habe er immer gesagt. Und so müsse sie wegen jeder kleinen Fuhre nach der billigsten Möglichkeit schauen. Den gesamten Möbelverkauf und die Werbung überlasse er auch ihr. Damit sei sie voll ausgelastet, vom Telefondienst in seiner häufigen Abwesenheit ganz zu schweigen. Sie schmeiße den Möbelladen, nicht ihr Chef.

»Noch eine Frage: Wie es aussieht, hat der Täter etwas zerrissen und die Papierfetzen über Wels verstreut. Das muss ein Bild gewesen sein mit viel Rot-, Gelb- und Brauntönen. Sagt Ihnen das was?«

»Vielleicht«, meinte sie zögernd. »Do isch en ledschder Zeit so a klois Bildle em Ausschdellungsraum g'hengt, glei näba dr Birrodiar. Des kennt's sei. Vor a baar Wocha hot er mol mit em Tauscher iber des Bildle g'schdridda. Des sei nix wert, hot dr Tauscher g'sait.«

»Können Sie das Bild beschreiben?«

»Noi, mir hot's net g'falla.«

Damit hatte sie alles gesagt, was sie sagen wollte, und hing in ihrem Sesselchen wie eine Luftmatratze, der die halbe Luft entwichen ist. Kupfer hatte den Eindruck, dass eine weitere Befragung Zeitverschwendung gewesen wäre.

»Tut uns leid, dass die Firma momentan nicht einfach weiterlaufen kann. Unsere Spezialisten werden sich die Bücher ansehen und werden dabei wahrscheinlich Ihre Unterstützung brauchen. Es gibt ja bestimmt einiges zu klären.«

»Kommet Se no, i han jo sonschd nix zom do«, sagte sie matt.

»Sie gibt sich recht offen«, kommentierte Feinäugle auf der Straße unten das Gespräch, »trotzdem bin ich überzeugt, dass sie mehr weiß, als sie sagt.«

»Das sind wir einer Meinung«, stimmte Kupfer ihm zu.

4

Sie fuhren nach Sindelfingen hinüber und durch die Stadt, bis sie auf der Leonberger Straße waren. »Kennst du dich hier aus?«, fragte Kupfer, als sie am Lidl vorbeifuhren.

»Ein bisschen. Bekannte von uns wohnten mal in dieser Gegend. ›In der Halde‹ müsste dort vorne irgendwo sein. Nimm mal die Nächste links, da, bei dem Hochhaus.«

Auch Olina Liska wohnte in einer Mietwohnung, nur waren hier die Mietshäuser kleiner und lagen in der Nachbarschaft von Einfamilienhäusern, was dem Viertel einen angenehmeren Charakter verlieh. »Liska, Radosovic« stand auf dem Klingelschild.

»Kommen Sie herauf«, kam die Aufforderung aus der Gegensprechanlage. Aus der offenen Wohnungstür im zweiten Stock zog Kaffeeduft ins Treppenhaus. Olina Liska kam heraus und begrüßte die beiden Beamten. Allem Anschein nach hatte sie den Schock vom Vorabend überwunden. Sie lächelte und sagte zur Begrüßung: »Nochmals vielen Dank, dass Sie es gestern so kurz gemacht haben.«

»Man sieht Ihnen an, dass es Ihnen heute bessergeht«, sagte Kupfer und stellte seinen Kollegen vor. »Wie haben Sie denn schlafen können, nach diesem Schock?«

»Mein Mann hat mir sehr geholfen. Er ist mit mir erst noch eine Runde spazieren gegangen, damit ich mir alles von der Seele reden konnte. Und dann sind wir noch zu Freunden etwas trinken gegangen, bis ich sehr müde war. Das hat geholfen. Nehmen Sie bitte Platz, wo Sie wollen.«

Sie deutete auf das kleine Sofa und die schlichten Sessel, zwischen denen ein heller Holztisch stand. Birkenfurnier, IKEA, dachte Kupfer und freute sich über den Anblick der Zinkkaffeekanne, die diesen verlockenden Duft verbreitete.

»Kaffee?«

»Danke, immer gerne.«

Überall an den Wänden hingen ungerahmte Zeichnungen, die einfach mit Reißzwecken befestigt waren.

»Alles von Ihnen?«, fragte Feinäugle anerkennend.

»Ja, das Neueste aus meiner Sammlung. Ich zeichne leidenschaftlich gerne, das heißt, ich kopiere Zeichnungen, die mir besonders gut gefallen. Ich mach das schon jahrelang, schon als Schulmädchen fing ich damit an.«

»Und Sie kopieren immer? Warum machen Sie nichts Eigenes?«

»Weil ich nicht will, weil ich nicht kann? Was weiß ich?« Sie lächelte achselzuckend. »Und wissen Sie, ich kopiere ja auch nicht jede beliebige Zeichnung. Ich muss mich schon in eine Zeichnung verguckt haben, ehe ich mich dranmache. Ich kopiere nur das, wozu es mich wirklich drängt, als Triebtäterin sozusagen.«

Feinäugle ließ seinen Blick über die Arbeiten schweifen und bemerkte: »Sie nehmen immer anderes Papier.«

»Selbstverständlich, sonst bekomme ich ja nicht die Tonwerte des Originals. Wenn es das Original verlangt und ich es bekommen kann, benutze ich sogar altes handgeschöpftes Papier. Das ist leider nicht immer so einfach zu finden.«

»Darf ich mir die Zeichnungen genauer ansehen?«, fragte Feinäugle.

»Bitte, schauen Sie sich um.«

Feinäugle ging nahe an die Blätter heran und nickte dann voll Bewunderung. »Toll, einfach toll. Wissen Sie, meine Frau hat mich letzte Woche in die Jubiläumsausstellung der Stuttgarter Grafiksammlung gelotst. Dort könnte man Ihre Zeichnungen dazwischenhängen, und niemand würde es merken.«

Sie lachte hell auf. »Dankeschön, das ist ein sehr großes Lob. Übrigens, wenn Sie die Ausstellung gesehen haben, haben Sie vielleicht bemerkt, dass dort tatsächlich eine Fälschung ausgestellt ist. Nein? In einer Ecke hängt eine kleine Federzeichnung, ein Reiterbild von Eric Hebborn. Man sieht es nur an der Jahreszahl, 1967, dass es eine Fälschung ist. Dieser Hebborn war ein genialer Fälscher.«

»Aber Sie sind keine Fälscherin?«

So direkt und platt, wie diese Frage war, konnte Olina Liska nur über sie lachen. »Natürlich nicht. Schauen Sie sich dieses Blatt an.« Mit diesen Worten nahm sie eine Bleistiftzeichnung von der Wand und reichte sie Feinäugle. »Umdrehen!«, wies sie ihn an.

Die Rückseite trug den Vermerk:

Olina Liska, März 2009
Franz Marc, Zwei Pferde in bergiger Landschaft 1910/11, Staatl. Graph. Sammlg. München

Feinäugle las den Vermerk laut vor. »Ja, das ist einwandfrei. Aber nur mit Bleistift geschrieben. Das könnte einer doch ausradieren und das Blatt als Fälschung verkaufen. Oder nicht?«

»Allerdings. Und das ist im Prinzip genau das, was Wels mit meinen Arbeiten gemacht hat oder hat machen lassen.«

»Womit wir beim Thema sind«, bemerkte Kupfer.

»Sie haben solche Vermerke auf der Rückseite entfernt, und ein paar meiner Blätter habe ich wiedergesehen, die nachträglich mit Signaturen versehen worden sind. Dabei wurde übel gepfuscht. Die Gauner haben Kopien signiert, deren Originale gar nicht signiert sind.«

»Wo haben Sie diese Zeichnungen wiedergesehen?«

»Das ist eine längere Geschichte. Da muss ich etwas ausholen.«

Olina Liska war eine achtundzwanzigjährige Studentin aus Liberec in Tschechien. Sie hatte als Stipendiatin an der Universität Tübingen ihren Master in Germanistik und Kunstgeschichte gemacht und arbeitete an einer kunsthistorischen Doktorarbeit. Ihr Thema war die Illusionsmalerei der Rokokozeit, weshalb sie ihre Nachforschungen immer wieder in die Graphische Sammlung der Staatsgalerie Stuttgart führten. Sie studierte den Entstehungsprozess vieler Deckenmalereien dieser Epoche, was natürlich die Auseinandersetzung mit Kompositions- und Detailskizzen mit sich brachte. Da konnte es gar nicht ausbleiben, dass sie immer wieder auf Zeichnungen stieß, die sie so bezauberten, dass sie nach dem Zeichenstift greifen musste, um sie sich gedanklich und praktisch anzueignen.

»Wenn mich nicht immer wieder die Lust zum Kopieren überkommen würde, wäre ich mit meiner Dissertation wahrscheinlich schon weiter«, erklärte sie lachend.

Nach ihrem Kontakt zu Tauscher befragt, erzählte sie, wie ihre Kommilitonin Tessa, die an einem verwandten Thema arbeitete, sie zum Porträtzeichnen ins Zeicheninstitut der Uni mitgenommen habe.

»Jetzt zeichne doch auch einmal nach einem lebendigen Objekt«, hatte sie sie aufgefordert. Und so sei sie immer wieder mitgegangen und habe dort Diego Tauscher kennengelernt.

»Heißt der nicht Fritz?«, warf Kupfer ein.

»Eigentlich schon. Aber alle rufen ihn Diego. Ich weiß auch nicht warum.«

Vor ungefähr zwei Jahren sei es gewesen. Da habe sie einmal einen besonders guten Tag gehabt und ein Mädchenporträt mit Rötelstift außergewöhnlich gut hingekriegt, so dass sie Tauscher darauf angesprochen habe.

»Für solche Sachen könntest du doch zahlende Abnehmer finden«, hatte er gesagt.

»Weiß nicht, ich habe viele, aber noch nie was verkauft.«

»Was hast du denn so?«

»Kopien, in Museen gezeichnete Kopien.«

»Und du würdest solche Kopien verkaufen?«

»Klar«, hatte sie mit einem resignierten Lächeln geantwortet, »aber wer wird mir etwas abnehmen?«

»Ich wüsste, wo du es probieren könntest, wenn du Geld brauchst.«

»Wer braucht kein Geld? Ich studiere noch.«

Dann hatte er ihr Wels' Adresse gegeben. Wels war ihr gegenüber zuerst unnahbar und arrogant aufgetreten und hatte getan, als sei er an ihren Arbeiten nicht sonderlich interessiert. Erst nachdem sie ihm einige Kopien sehr billig verkauft hatte, hatte er den Gönner gespielt, der eine arme talentierte Künstlerin unterstützte, indem er ihr für gutes Geld hin und wieder ein paar Arbeiten abnahm. Zumindest hatte sie so gedacht, bis sie eines Besseren belehrt wurde.

Ihre Kommilitonin Tessa hatte sie zu ihrer Hochzeit eingeladen. »Hier in Sindelfingen. Ihr Schwiegervater heißt Manfred Stampfer. Dem gehört irgend so eine Fabrik in Böblingen. Er produziert Autozubehör und hat viel Geld. Und das gibt er zum Teil für Kunst aus – oder was er dafür hält. Er ist ein kleiner Möchtegern-Würth und hat sich so etwas wie ein Museum gebaut, in das er sich Gäste zum Schlemmen einlädt. Sie werden mit Delikatessen abgefüttert und müssen dafür seine Sammlung bewundern. Natürlich wurde dort auch die Hochzeit gefeiert.«

Olina Liskas Schilderung wurde immer lebendiger. Sie sprach nun schneller und ein leichter Akzent wurde hörbar.

»Stampfers Fresstempel ist gute fünfzehn Meter lang, so groß wie ein Saal im Altbau der Staatsgalerie, und trotzdem habe ich es von der Tür aus auf den ersten Blick gesehen: Mitten an der Stirnwand gegenüber hing ein Tiepolo. Im ersten Moment hätte ich fast gedacht, Stampfer hätte das Original gekauft, aber das konnte ja nicht sein. Die Staatsgalerie verkauft doch nichts. Früher mal wird jemand dieses Blatt kopiert haben, sagte ich mir dann. Ich wollte es mir gleich ansehen. Aber erst musste ich zwei Stunden bei Tisch sitzen, gepflegt speisen, Champagner schlürfen und die Festreden aushalten. Dann tanzte endlich das Brautpaar den Hochzeitswalzer. Alles hat dem Paar zugeguckt und geklatscht. Da bin ich hingegangen und habe die Zeichnung genau angesehen. Es war meine Kopie! Ich habe sie eindeutig erkannt. Es handelt sich um einen Rückenakt. Der Mann hat ein Tuch unter dem linken Arm. Damit hatte ich Schwierigkeiten gehabt. Es war schon spät gewesen, kurz bevor die Sammlung geschlossen wurde, und ich war sehr müde. Da versaute ich mit einem einzigen falschen Kreidestrich die ganze Arbeit. Ich tupfte ab, was abzutupfen ging, und versuchte den Fehler zu korrigieren. Ich habe es hingekriegt, glaube ich. Selbst wenn man was davon weiß, muss man zweimal genau hinsehen, um es zu bemerken. Natürlich erkannte ich diese Schwachstelle sofort wieder. Und dann hat es mich fast umgehauen: Rechts unten war das Blatt signiert und mit der Jahreszahl 1751 versehen worden. Dabei hat Tiepolo im Leben keine Zeichnung signiert, das weiß man doch! Da muss Wels seine schmutzigen Finger im Spiel gehabt haben. Und dann kam auch noch der alte Stampfer an und sagte: ›Schön, gell? Was ganz Seltenes. Ein Tiepolo aus dem Jahr 1751. Dafür musste ich auch ganz schön was hinblättern.‹

›Wie viel, wenn ich fragen darf?‹

›Stolze Dreißigtausend, und das ohne Rechnung‹, sagte er und kniff das linke Auge zu.

›Mit Rechnung sechsunddreißig?‹, hab ich ihn gefragt. Da war er erstaunt und hat ganz schön geguckt.

›Mädchen, du weißt wohl, wo's langgeht‹, hat er gesagt.

›Kann schon sein‹, hab ich gesagt und gelächelt. Und dabei wäre ich vor Wut schier geplatzt. Am liebsten hätte ich das Bild von der Wand gerissen und hinausgebrüllt, dass diese ganze vornehme Dekoration unecht war und der Herr Fabrikant Stampfer beschissen worden ist. Aber ich habe so getan, als würde mich seine Sammlung brennend interessieren. Und da hat er mich eingeladen und mir ein paar Tage später seine Sammlung gezeigt.«

Man hörte jemanden kommen. »Mein Mann kommt gerade. Er war einkaufen«, erklärte Olina.

Ein schlanker Mann mit dunklem Haar und blauen Augen betrat das Zimmer und stellte sich als Slavko Radosovic vor. »Darf ich zuhören?« fragte er höflich.

»Aber gerne«, lud ihn Kupfer ein, »vielleicht haben wir auch noch ein paar Fragen an Sie.«

»Ich erzähle gerade, wie ich bei Stampfer meine Arbeiten wiedergesehen habe«, setzte sie ihn ins Bild.

»Wels hatte also Stampfer dreißigtausend Euro für dieses verpfuschte Blatt abgeknöpft. Ich schwöre Ihnen, ich habe keine Signatur und keine Jahreszahl auf das Blatt gesetzt, bei meiner Ehre als Kunsthistorikerin. Wer das getan hat, ist ebenso dumm wie kriminell.«

»Was hat Wels Ihnen dafür bezahlt?«

»Bei diesem Blatt war er ausnahmsweise mal großzügig: zweitausend. Aber sonst war er verdammt knickerig.«

»Und haben Sie in Stampfers Sammlung noch andere Arbeiten wiedergefunden?«

»Allerdings. Da waren noch ein paar andere Blätter, die auch von so einem Pfuscher signiert worden waren. Der absolute Gipfel war eine kleine Collage von Franz Marc, ›Rotes Reh und gelbe Antilope‹. Das Original klebt nämlich auf einer Postkarte, die Marc verschickte. Da gibt es auf der Rückseite eine Adresse, einen Poststempel und einen Text. Das alles habe ich natürlich nicht kopiert. Mir ging es nur um die nette Collage. Wels hatte keine Ahnung von dem, was er da verkaufte, und Stampfer noch weniger. Zwanzigtausend hat er für dieses Glanzstück seiner Sammlung bezahlt.«

»Haben Sie es ihm gesagt?«

»Nein, das konnte ich doch wegen Tessa nicht. Er hatte sie ja schon lange vor mir durch seine Sammlung geführt, und sie hatte auch einiges bemerkt. Da wäre es doch an ihr gewesen, ihren künftigen Schwiegervater auf diese Betrügereien aufmerksam zu machen. Sie aber wollte es ihm nicht sofort sagen, weil sie bei einigen Arbeiten nicht sicher war. Mir ging es genauso, als wir uns dann später gemeinsam umschauten. Es handelte sich ja um ganz verschiedene Arbeiten, vom 17. bis zum 20. Jahrhundert, und man kann nicht überall Experte sein, und außer einer Lupe konnten wir ja nichts benutzen, und das nur heimlich. Wie sollten wir zum Beispiel das Papier einer Zeichnung auf Wasserzeichen untersuchen, solange wir es nicht von der Wand nehmen konnten. Außerdem ist das Verhältnis zwischen Stampfer und Tessa nicht sehr herzlich; der Alte spielte ihr gegenüber immer den unnahbaren Patriarchen. Wenn er etwas umgänglicher wäre, wäre die Sache anders gelaufen. Und dann wollten wir vor allem Wels selbst zur Rede stellen, weil er so gemein war und mich hintergangen hat.«

»Wels war eine fiese Ratte, entschuldigen Sie, aber ich muss das so sagen«, schaltete sich Slavko Radosovic ein. »Er hat nicht nur schlecht bezahlt, er hat Olina auch noch erpresst. Er verlangte immer neue Arbeiten von ihr und hat gedroht, sie als Fälscherin anzuzeigen, wenn sie nichts mehr liefert oder jemandem etwas sagt. Ich bin mit zu Wels gegangen, weil ich Olina helfen wollte. Ich sage Ihnen, ich hätte auf Wels losgehen können, so wütend wurde ich. Wir brauchten dringend Geld. Ich wusste damals nicht, ob mein Job bei Daimler weiterlaufen würde, und wir mussten die Wohnung hier einrichten, weil uns unsere alte Wohnung gekündigt worden war. Da haben wir ihn um mehr Geld gebeten. Er hat nur gespottet. ›Sie glauben doch nicht im Ernst, dass Sie mich melken können, erpressen will ich nicht mal sagen‹, hat er gedroht. ›Sie wissen wohl gar nicht, in welcher Situation Sie sich befinden. Was würden Sie denn sagen, wenn ich Sie anzeigen würde? Aber nicht wegen Erpressung, sondern weil Sie mir mehrmals Fälschungen verkauft haben. Und Sie haben Ihre Einnahmen ja sicherlich auch nicht versteuert. Oder irre ich mich da? Wie wollen Sie denn beweisen, dass Sie mir nur Kopien verkauft haben? Nehmen Sie doch nur ihr Prachtstück, diesen Rückenakt von Tiepolo. Wenn Sie von dieser Zeichnung nur eine dekorative Kopie hätten machen wollen, dann hätten Sie sich doch niemals die Mühe gemacht, handgeschöpftes Papier aus dem achtzehnten Jahrhundert aufzutreiben und es auch noch blau zu färben. Das macht kein Kopist, es sei denn, er will jemandem seine Kopie als Original unterjubeln. Da überzeugen Sie mal einen Richter vom Gegenteil. Und dass ich das Blatt für ein Original gehalten habe, kann ich beweisen. Sonst hätte ich doch dafür nie zweitausend Euro hingeblättert. Außerdem werde ich behaupten, dass Sie mich mit der Marc-Collage angeschmiert haben. Schriftlich liegt ja nichts vor, und dann steht Aussage gegen Aussage. Und wer gewinnt, wissen Sie ja sicher: derjenige, der sich die besseren Anwälte leisten kann. Einen guten Rat will ich Ihnen noch geben, weil unsere Geschäftsbeziehung bislang doch recht erfreulich war: Sie sollten mir nicht drohen. Und tun Sie nichts, wozu Sie nicht in der Lage sind. Wenn Sie kein Geld brauchen würden, wären Sie wohl nicht hier. Sie sollten es sich also mit mir nicht verderben, sondern unsere erfreuliche Geschäftsbeziehung so weiterpflegen, wie sie sich bisher gestaltet hat.‹ Er ist ein Schwein.«

Radosovic hatte sich in Rage geredet. Er stand auf und ging im Zimmer auf und ab. »Er hat es nicht anders verdient«, sagte er und fluchte auf Kroatisch vor sich hin.

»Sie waren also mit Ihrem Mann bei Wels. Und warum sind Sie gestern mit Herrn Tauscher zu ihm gegangen? Was wollten Sie beide erreichen?«, fragte Kupfer.

Die Antwort kam sehr zögerlich: »Diego, also Herr Tauscher, wollte mir helfen. Er fühlte sich dazu verpflichtet, weil ich ja durch ihn mit Wels in Kontakt gekommen war. Außerdem hatte Wels bei ihm eine große Rechnung offen, wie er sagte. Er meinte, er könnte Wels unter Druck setzen, aber fragen Sie mich nicht, wie. Wels und Tauscher kannten sich ja schon sehr lange. Da kann ich nicht wissen, was alles zwischen den beiden lief.«

»Was für ein Druckmittel hatte denn Tauscher in der Hand?«

»Ich weiß es nicht. Er sagte nur, er hätte gute Lust, Wels endlich hochgehen zu lassen.«

»Aber Sie wissen doch sicher, nach welchen Kaufverträgen Tauscher gesucht hat?«

»Nein, eben nicht. Mit mir hat Wels nie Verträge gemacht, und wie er es mit Tauscher gehalten hat, weiß ich nicht. Ich nehme an, Tauscher suchte nach Verträgen, die den Weiterverkauf unserer Arbeiten betreffen. Ich habe ihn nicht gefragt, wonach er suchte, ich habe ihm nur gesagt, er solle diese Sucherei lassen. Ich habe es fast nicht ausgehalten.«

»Ich habe da noch eine ganz andere Frage«, schaltete sich Feinäugle ein. »Nach Aussagen von Herrn Tauscher waren Sie nicht mit Wels verabredet. Trotzdem sind Sie zu ihm hinausgefahren, obwohl ein richtiges Unwetter aufzog. Das hat man ja deutlich gesehen. Die meistens Leute bleiben bei so einem Wetter daheim. Warum also war dieser Termin so dringend?«

»Wir wollten schon seit einiger Zeit mit Wels reden, aber er war zwei Wochen im Urlaub gewesen. Und Tauscher meinte, wenn wir wirklich ungestört mit ihm reden wollten, dann wäre der Freitagabend die beste Zeit dazu. Da würde er immer allein über seiner Buchhaltung sitzen. Und Tauscher und ich haben ja auch nicht immer Zeit. Daher wollten wir den Termin nicht aufschieben.«

»Herr Radosovic. Waren Sie zu Hause, als Herr Tauscher Ihre Frau abholte?«

»Ja.«

»Wissen Sie, um welche Zeit das war?«

»Um sechs, Viertel nach sechs? Ich weiß es nicht so genau.«

»Bei Ihnen war doch auch Stromausfall?«

»Ja, genau. Das muss mindestens eine halbe Stunde gewesen sein, nachdem Olina abgeholt worden war. Ich saß noch eine gute Viertelstunde auf dem Balkon, bevor das Gewitter begann.«

Kupfer machte sich eine Notiz und wandte sich dann Olina zu.

»Frau Liska, Sie haben mir gestern geschildert, wie Sie Wels aufgefunden haben. Ich möchte aber von Ihnen noch einmal hören, was Tauscher in diesem Büro getan hat. Bitte möglichst genau.«

»Nun, er hat sich zu Wels hinuntergebeugt. Wels kam einen Moment zu sich, erkannte ihn, wurde aber dann bewusstlos. Dann hat Tauscher mit meinem Handy einen Alarmruf losgelassen. Ich war zu aufgeregt, ich war nicht dazu in der Lage. Und dann hat er sich an den Schreibtisch gesetzt und wollte im Computer irgendwelche Unterlagen suchen. Da war aber kurz der Strom weg und er konnte den PC nicht wieder hochfahren. Deshalb hat er die Briefe und Ordner auf dem Schreibtisch durchwühlt, und dann ist er aufgestanden und hat aus der Ablage ein paar Ordner herausgeholt und in ihnen herumgeblättert.«

»Und Sie? Wie haben Sie reagiert?«

»Ich habe ihn angeschrien, er solle das lassen. Aber ich konnte ihn nicht abhalten. Er schien völlig verrückt geworden zu sein. Verrückt. Vielleicht war das seine Art, diesen Schock zu verarbeiten.«

Ihre Aussagen deckten sich mit den Beobachtungen, die Böckle bei seiner Ankunft gemacht hatte, und ergänzten Tauschers Aussagen. Kupfer und Feinäugle waren damit zufrieden und verabschiedeten sich.

»Hast du feststellen können, ob dieser Radosovic Linkshänder ist?«, fragte Kupfer, als sie in ihr Auto stiegen.

»Nein. Er hat ja gar nichts angefasst.«

»Er ist ungefähr so groß wie Tauscher, nur vielleicht nicht ganz so kräftig«, sinnierte Kupfer. »Aber um Wels den Schädel einzuschlagen, würde es schon reichen, bei der Wut, die er auf ihn hat.«

»Wir hätten fragen müssen, ob er ein Auto hat. Immerhin könnte er ja vor Tauscher und Liska bei Wels gewesen sein. Aber das lässt sich zum Glück leicht feststellen.«

»Mir geht noch etwas ganz anderes im Kopf herum. Olina Liska gestern und Olina Liska heute, der Unterschied ist mir fast zu groß. Wie hat sie den Schreck so schnell überwunden?«

»Wo ihr jetzt auch noch eine Einnahmequelle weggebrochen ist. Schon merkwürdig.«

»Vielleicht hat sie sich aber einfach etwas in den Kaffee gekippt.«

»Das könnte natürlich auch sein. Sie wirkte ein wenig aufgekratzt. Das war nicht zu übersehen.«

5

Am Montag veröffentlichte die Polizei folgenden Artikel in der lokalen Presse:

Gewalttat im Schönaicher Gewerbegebiet

Am vergangenen Freitag gegen 19 Uhr wurde der Möbelhändler W. niedergeschlagen in seinem Büro im Schönaicher Gewerbegebiet aufgefunden. Der Verletzte war infolge einer Kopfverletzung nicht mehr vernehmungsfähig und wurde noch in derselben Nacht notoperiert. Er kam nicht mehr zu Bewusstsein und ist in den frühen Morgenstunden des gestrigen Sonntags seinen Verletzungen erlegen. Der Täter entfernte sich vom Tatort auf einem Motorrad seines Opfers, einer roten BMW RS 1200, die er kurz vor dem Gewitter oder während des Gewitters am Freitagabend in der Bahnhofstraße in Böblingen abstellte. Die polizeilichen Ermittlungen blieben bisher erfolglos. Die Polizei bittet um Hinweise aus der Bevölkerung.

Anwohner oder Passanten, die am frühen Freitagabend kurz vor dem Unwetter oder während des Unwetters sachdienliche Beobachtungen gemacht haben, werden gebeten, sich bei den lokalen Polizeistellen oder bei der Polizeidirektion Böblingen zu melden. Telefon 07031…«

Am frühen Nachmittag meldete sich Eugen Deibler, Angestellter bei einer Automobilfirma im Schönaicher Gewerbegebiet, und sagte aus, er sei kurz vor dem Gewitter auf der Fahrt nach Hause von einem Motorradfahrer überholt worden, den er für Holger Wels gehalten habe.

»Ich fuhr auf Straße ›Im Vogelsang‹ auf den Kreisverkehr zu, als ich von dem roten Motorrad überholt wurde.«

Der Motorradfahrer sei mit überhöhter Geschwindigkeit unterwegs gewesen, habe vor dem Kreisverkehr stark abbremsen müssen und sei dann Richtung Panzerstraße abgebogen.

»Ich hatte den Eindruck, dass er es sehr eilig hatte, und wunderte mich etwas über seinen riskanten Fahrstil«, gab er zu Protokoll. Er versicherte, dass er Wels' Maschine schon an der Nummer habe identifizieren können, und meinte, Wels an seinem Helm und seiner Motorradjacke erkannt zu haben. Er selbst fahre eine Yamaha SR 500 und habe Wels persönlich vom Stammtisch der Interessengemeinschaft »Schwabeneintopf« her gekannt, wo Wels sich ab und zu gezeigt habe, obwohl er ja keine Yamaha gefahren habe. Er habe ihn oft auf einem seiner Motorräder gesehen und ihn für einen vernünftigen Fahrer gehalten. Deswegen habe er sich auch über seine Beobachtung gewundert.

»Ich kann fast nicht glauben, dass Wels zu diesem Zeitpunkt schwerverletzt in seinem Büro lag.«

6

Wie in der Zeitung zu lesen war, hatten die Ärzte Wels nicht mehr helfen können. Nach einer stundenlangen schwierigen Operation noch am Freitagabend hatte man ihn in ein künstliches Koma versetzt und auf der Intensivstation hart um sein Leben gerungen. Es war zwecklos gewesen. Sein Zustand hatte sich ständig verschlechtert, sodass er in den frühen Stunden des Sonntags gestorben war.

Kupfer erfuhr davon, als er am Montagmorgen seinen Dienst antrat. »Also Totschlag«, sagte er vor sich hin, als er nach dem Bericht der Spurensicherung griff.

»Deinem Stirnrunzeln nach bist du von dem Bericht nicht gerade begeistert«, sagte Feinäugle, als er ins Büro kam und sah, dass Kupfer gerade mit runzliger Stirn über dem Bericht der Spurensicherung brütete.

»Nein, absolut nicht. Tatwaffe ist tatsächlich diese Kleinplastik von der Moore'schen Liegenden. Die Sockelkante passt genau zur Kopfverletzung. Da muss einer mit einem Riesenschwung zugeschlagen haben, aller Wahrscheinlichkeit nach ein Linkshänder.«

»Und Tauscher?«

»Ist Linkshänder. Aber das sind auch tausend andere. Außerdem kam der Schlag wohl kaum wie der Blitz aus heiterem Himmel. Da muss eine Schlägerei im Gang gewesen sein. An der Giacometti-Fälschung haben sie Hautpartikel von Wels' Handfläche gefunden. Vielleicht hat er sogar zuerst zugeschlagen und vorbeigehauen. In so einer Situation könnte man auch mal als Rechtshänder mit links zugreifen, wenn man in der Klemme ist.«

»Schon möglich. Wels hat bestimmt danebengeschlagen. Sonst hätte man doch noch andere Spuren gefunden, mindestens am Sockel von diesem Pseudo-Giacometti.«

»Im ganzen Büro gibt es nur einen einzigen Satz von Fingerabdrücken, und das sind dieselben wie auf der Kaffeetasse von Tauscher. Der muss sich ja völlig hektisch durch das Büro bewegt haben. Was der alles in nicht mal zehn Minuten betatscht hat, du glaubst es nicht. Und die Frau, die dabei war, muss wirklich wie eingefroren dagestanden sein, von der gibt es überhaupt keine Spur.«

»Da hat jemand vor Tauschers Besuch gründlich saubergemacht – und die Putzfrau war's gewiss nicht. Der Täter hatte die Nervenstärke, seine Spuren völlig zu beseitigen. Ganz schön abgebrüht, muss ich sagen.«

»Und putzmunter. Wenn Wels ihn mit seinem Schlag erwischt hätte, hätte er seine Spuren nicht so einwandfrei verwischen können. Meiner Meinung nach können wir Tauscher als Täter ausschließen. Der hätte die Nerven garantiert nicht gehabt. Trotzdem müssen wir ihn noch einmal herbeordern, schon weil seine Fingerabdrücke auf der Tatwaffe sind. Dazu muss er uns noch etwas sagen.«

»Auf der Tatskulptur, wir reden von einem Kunstgegenstand.«

»Meinetwegen. Er hat das fragliche Objekt nicht nur angefasst, sondern richtig in die Hand genommen.«

»Klar, ein paar Kilo Bronze kannst du nicht einfach mit dem kleinen Finger auf die Seite schieben. Aber das lassen wir uns noch einmal genau schildern.«

»Wir bestellen ihn her. Es sind ja auch sonst noch ein paar Fragen offen.«

Tauscher kam in Begleitung eines Anwalts, der sich als Dr. Detlev Krohn vorstellte. Er war im selben Alter wie Tauscher, etwas kleiner und drahtiger, und machte in seinem Leinenanzug, zu dem er ein T-Shirt mit V-Ausschnitt trug, einen sportlichen Eindruck. Er stellte seinen Aktenkoffer ab, setzte sich ohne Aufforderung hin und eröffnete sofort das Gespräch.

»Sie haben meinen Mandanten bereits gesprochen. Worum geht es denn jetzt noch?«, fragte er provozierend.

»Die Umstände haben sich geändert. Herr Wels ist in den Frühstunden des Sonntags seiner Verletzung erlegen. Wir ermitteln also wegen Totschlags.«

Tauscher erschrak. »Das tut mir leid«, war alles, was er herausbrachte.

»Sehr bedauerlich«, kommentierte der Anwalt.

»Wir brauchen weitere Anhaltspunkte zur Klärung dieses Falls und müssen daher Herrn Tauscher noch einige Fragen stellen. Herr Tauscher, Sie sind für uns ein wichtiger Zeuge, nicht nur, weil Sie Herrn Wels verletzt aufgefunden haben, sondern weil Sie ihn, wie Sie sagten, seit langer Zeit kannten. Würden Sie uns erklären, in welchem Verhältnis Sie zu ihm standen und was Sie über sein Geschäft wissen. Kann man sagen, dass Sie befreundet waren?«

»Nein, das nicht. Aber ich kannte Wels schon seit unserer Kindheit, so wie man Schulkameraden kennt, mit denen man zusammen ab und zu kickt. Er war aus Magstadt, sein Vater war Eisenbahner und verdiente nicht viel. Wels war das jüngste von vier Kindern und ging als Einziges aufs Gymnasium. Aber er hat's nicht durchgezogen. Er war ein Jahr älter als ich und landete erst bei uns, als er in der Siebten hängenblieb. Die Schule hat ihn einfach nicht interessiert. Da hat er sich dumm angestellt. Aber sonst war er clever, kannte jeden und hatte immer Geld. Laufend verkaufte er irgendetwas. Erst waren es gebrauchte Comics, und dann startete er irgendwann einen schwunghaften Handel mit gebrauchten Fahrrädern und Mopeds. Er ging zu den städtischen Auktionen, auf denen herrenlose Fahrräder versteigert wurden, besorgte sich dort sein Material und schraubte dann so lange an den Dingern rum, bis er sie gut verkaufen konnte. Wir waren so mit vierzehn, fünfzehn alle seine Kunden. Schon damals lernte er ein paar Buben aus seiner Nachbarschaft an, die ihm geholfen haben. Die bauten für ihn die Fahrräder zusammen. Er selber bastelte meistens an Mopeds rum, obwohl er sie noch gar nicht fahren durfte. Aber sie brachten mehr Geld. Dass es so einen nicht lange in der Schule hält, ist klar. Er ging nach der Zehnten raus.

›Jetzt mach ich mir nicht mehr die Hände schmutzig‹, sagte er zu uns und begann eine kaufmännische Lehre im Möbelhandel hier in Böblingen. Nach einem Jahr schon hat er sich einen Schuppen am Ortsrand von Magstadt gemietet, wahrscheinlich auf den Namen von einem seiner älteren Brüder, und dort spielte er samstags den Unternehmer: An- und Verkauf gebrauchter Möbel. Dabei durfte er noch nicht Auto fahren. Die Transportfahrten des Einkaufs erledigte sein älterer Bruder, der sich irgendwo einen klapprigen Ford Transit ausleihen konnte. Und wer bei ihm etwas kaufte, musste eben seine Möbel selbst nach Hause bringen.

Als ich dann studierte, verlor ich ihn aus den Augen und hatte ihn völlig vergessen, bis wir uns zufällig wieder über den Weg liefen. Da waren wir schon Anfang dreißig. Er sagte damals, er habe einen ganz schön großen Laden, kein Gerümpel mehr, sondern gebrauchte Möbel und Antiquitäten, und wenn ich noch Bilder kopieren würde so wie früher, dann sollte ich ihm doch mal was vorbeibringen. Er würde jetzt vor allem mit Antiquitäten handeln, und da würden auch ein paar Bilder dazwischenpassen, wenn es nicht gerade etwas Hypermodernes wäre. Also brachte ich ihm immer wieder einige meiner Kopien.«

»Woher wusste er denn, dass Sie Kopien anfertigen?«

»Weil ich damit schon in meiner Schulzeit angefangen hatte.«

»Aber Sie lieferten ihm keine eigenen Bilder?«

»Doch, auch. Aber die gingen nicht so gut. An denen war er bald nicht mehr interessiert.«

»Hat denn Wels ganz bestimmte Kopien bei Ihnen bestellt?«

Ehe Tauscher antwortete, schaute er seinen Anwalt fragend an, der ihm zunickte.

»Nein, meistens nicht«, sagte er dann, »ich kopierte Gemälde vom ausgehenden 19. bis zur Mitte des 20. Jahrhunderts, sagen wir mal von Monet bis Kokoschka. Auf Bestellung habe ich weniger gearbeitet. Was ich kopiere, muss mir sehr gut gefallen. Wenn der Funke nicht auf mich überspringt, mag ich mir nicht die Mühe machen.«

»Hat er Ihnen viel bezahlt?«

Nun schaltete sich Dr. Krohn ein. »Sie können sich die Verträge gerne ansehen. Herr Tauscher hat immer Kopien verkauft, die nicht signiert waren, auch in den wenigen Fällen, wo es sich um Bestellungen gehandelt hat. Und seine Einkünfte waren nicht sehr hoch.«

»Wir müssen alle Geschäftsunterlagen der Firma Wels überprüfen. Daher wollte ich Sie ohnehin bitten, uns diese Verträge für eine gewisse Zeit zu überlassen. Haben Sie alle dabei?«

»Natürlich«, sagte der Anwalt, öffnete seinen Aktenkoffer und legte einen dicken Ordner auf den Tisch. »Bitte sehr, zu Ihrer Verfügung.«

»Wer außer Ihnen hat Wels mit Bildern beliefert?«

»Ich weiß nur von Frau Liska. Ich habe sie vermittelt, weil ich sah, dass sie erstklassige Zeichnungen machte. Sonst weiß ich von niemandem. Und wenn ich das noch sagen darf: Ich habe Frau Liska leider nicht darauf hingewiesen, dass sie mit Wels solche Kaufverträge abschließen sollte wie ich. Welchen Handel Wels mit ihren Arbeiten betrieb, wusste sie ebenso wenig wie ich. Es muss aber mindestens noch eine Person für Wels gearbeitet haben. Dafür spricht schon das zerrissene Bild.«

»Wie oft waren Sie in Wels' Firma?«

»Nicht oft, aber immer wieder einmal.«

»Und welchen Eindruck hatten Sie von der Firma? War dort immer viel Betrieb, viel Kundschaft?«

»Eigentlich nicht«, antwortete Tauscher, als sei ihm ein neuer Gedanke gekommen. »Ich habe mir aber nie darüber Gedanken gemacht. Jetzt, wo Sie mich danach fragen, würde ich doch sagen, dass es dort immer sehr ruhig zuging. Oft war er selbst gar nicht da, und seine Angestellte, die Erna, musste den ganzen Laden schmeißen. Vielleicht hat er viele Waren aufgekauft und weiterverkauft, ohne dass sie in seinem Magazin gelagert wurden. Das wäre doch möglich, oder nicht?«

»Möglich ist alles. Ich denke, die Wirtschaftsprüfer vom LKA werden das herausfinden«, kommentierte Feinäugle zuversichtlich.

Kupfer fuhr fort: »Dann haben wir noch eine andere Frage. Herr Tauscher, Sie haben immer noch nicht stichhaltig begründet, warum Sie Herrn Wels zu dieser Zeit aufgesucht haben, und vor allem nicht, warum Sie unter den Umständen, die Sie vorgefunden haben, uns nicht sofort anriefen, sondern zunächst das Büro nach irgendwelchen Unterlagen durchstöberten.«

»Mein Mandant hat sofort angerufen. Was er dann getan hat, ist strafrechtlich völlig irrelevant. Das kann nicht Gegenstand Ihrer Ermittlungen sein. Tatsache ist, dass mein Mandant die Polizei verständigt hat. Das ist das Einzige, was zählt.«

»Er hat aber Nachforschungen angestellt, zu denen er nicht befugt war, und das, obwohl ihn Frau Liska mehrmals bat, dies zu unterlassen.«

»Das ist sicher nicht die feine englische Art, aber doch kein Thema für die Kriminalpolizei«, erwiderte der Anwalt süffisant.

»Aber Sie können sich vielleicht einen Termin beim Landeskriminalamt in Cannstatt ersparen, wenn wir über ein anderes Thema reden: vorsätzliche Beihilfe zum Betrug. Motiv Bereicherung. Herr Tauscher hat bereits ausgesagt, dass er die Firma Wels mit zwei großen Bildern beliefert hat, von denen er annehmen konnte, dass sie teuer verkauft würden. Er wollte sich seinen Anteil an dem Gewinn sichern. Das ist doch so?«

Er schaute Tauscher fragend an und wartete auf eine Bestätigung. Die aber blieb aus. Tauscher schaute schweigend aus dem Fenster.

»Ist dieser Vertrag denn gefunden worden?« Die Frage des Anwalts klang spöttisch.

»Die Sichtung der Geschäftsunterlagen läuft noch«, sagte Kupfer trocken, wobei er seine Verärgerung unterdrückte.

»Sie wissen doch, dass eine Absicht allein nicht strafbar ist. Und selbst wenn der Vertrag gefunden würde: Solange kein Geld geflossen ist, und es wird jetzt aus offensichtlichen Gründen auch nicht mehr fließen können, kann mein Mandant wohl kaum belangt werden. Und über alle anderen Geschäfte zwischen meinem Mandanten und der Firma Wels liegen hier einwandfreie Unterlagen auf dem Tisch. Sie werden diesen Verträgen entnehmen, dass Herr Tauscher immer nur Kopien verkauft hat, nichts als Kopien, und immer zu einem bescheidenen Preis. Und wie er Ihnen schon gesagt hat, wusste er bis vor kurzem nicht, zu welchen Preisen seine Arbeiten weiterverkauft wurden. Was er von den angeblich so horrenden Summen weiß, die Wels kassiert haben soll, beruht übrigens auf den Aussagen von nur einem einzigen Sammler und ist damit noch nicht zwingend bewiesen.«

Kupfer kannte diesen Typ von überheblichem Anwalt zur Genüge, um zu wissen, dass er mit weiteren Fragen zu den wahren Absichten Tauschers momentan nur seine Zeit verschwenden würde.

»Gut«, schloss er das Gespräch ab. »Wir danken Ihnen für die Überlassung der Verträge. Wenn sich weitere Fragen ergeben, wissen wir ja, wie wir Sie erreichen können.«

7

Nachdem Tauscher und sein Anwalt gegangen waren, rief Kupfer bei den Kunstexperten im LKA an, um herauszufinden, was die bunten Papierfetzchen ergeben hatten. Er hatte Glück. Er erreichte Ewald Stoll, den bundesweit bekannten

Spezialisten für Kunstfälschung. Er erhielt die Auskunft, dass die Papierfetzchen schon fast zusammengesetzt seien und mit Sicherheit gesagt werden könne, dass es sich um eine Kopie eines Bilds von Paul Klee handelte, dessen Original in New York im Metropolitan Museum of Art hänge.

»Soweit ich es nach dem, was bis jetzt zusammengesetzt ist, beurteilen kann, muss es eine sehr gute Kopie gewesen sein.«

»Dann war sie viel wert?«

»Hatte sicher einen gewissen Liebhaberwert«, lachte Stoll. »Auf dem Markt hätte diese Kopie aber kaum als Original angeboten werden können. Jeder halbwegs seriöse Kunsthändler weiß, dass man mit Klee-Bildern keinen über den Tisch ziehen kann. Klee führte sein Werkverzeichnis so penibel, dass man nicht einmal die kleinste hingeschmierte Skizze dazuschmuggeln kann. Man findet Klee-Fälschungen daher äußerst selten auf dem Markt. Beim Original handelt es sich übrigens um eine mit Aquarellfarben bemalte Ölzeichnung aus dem Jahr 1921, ›Der Mann unter dem Birnbaum‹, ein sehr witziges Bild. Ein Mann sitzt unter einem Baum und freut sich über die Früchte, die ihm in die Arme fallen. Er braucht gar nichts dafür zu tun. Pikanterweise haben die Birnen etwas von Brüsten, was unter den Kunsthistorikern Diskussionen ausgelöst hat. Für die einen freut sich der junge Mann unterm Baum über sein Sexualleben, für die andern ist er der Kunsthändler Klees, dem die Werke des Künstlers, und damit der Reichtum, einfach so zufallen. Wahrscheinlich haben beide Seiten recht. Wir Kriminaler wissen ja, dass es unserer Kundschaft eigentlich um nichts anderes geht als um Geld oder Sex oder um beides. Sobald wir das Puzzle vollends zusammengesetzt haben, maile ich Ihnen eine Fotokopie zu. Und wie kommt ihr in Böblingen sonst mit dem Fall voran?«

»Leider muss ich sagen, dass sich da nicht viel tut. Warum die beiden, die den Toten gefunden haben, überhaupt dort waren, ist immer noch nicht klar. Dieser Tauscher war gerade vorher mit seinem Anwalt bei mir, so einem süffisanten Kotzbrocken. Er behauptet, dass er Wels nur Kopien verkauft hat.

Allem Anschein nach hat er weitgehend davon gelebt und behauptet trotzdem, er habe nie erfahren, was aus seinen Kopien geworden ist.«

»Das ist typisch für diese Kopisten. Überall auf dem Fälschungsmarkt ist es dasselbe. Sie nutzen geschickt eine Gesetzeslücke aus. Weil sie nichts signieren, haben sie ja keine Fälschung begangen und man kann sie nicht wegen Urkundenfälschung belangen. Und wenn man ihnen nicht nachweisen kann, dass sie genau wussten, wie ihre Kopien weiterverkauft werden, kann man sie auch nicht wegen Beihilfe zum Betrug belangen. Absolut betrachtet, leisten sie aber alle vorsätzliche Beihilfe. Da ist eben eine Lücke im Gesetz, die in diesen Kreisen allgemein bekannt ist. Und so können wir in den allermeisten Fällen nur die Händler zur Verantwortung ziehen. Der Gesetzgeber scheint auf diesem Auge blind zu sein.«

»Und der Händler ist tot.«

»Ein Händler ist tot. Ich bin überzeugt davon, dass wir es in diesem Fall noch mit ein paar mehr zu tun kriegen.«

Kupfer wartete, bis er den Ausdruck der Fotokopie bekam. Dann steckte er sie in einen Umschlag und fuhr in das Wohnviertel beim Sindelfinger Krankenhaus hinauf, um Manfred Stampfer zu befragen. Das Grundstück lag in einer ruhigen Straße, die sich auf gleichbleibender Höhe am Hang entlangzog. In den großzügigen Gärten beschatteten stattliche Büsche und Bäume die breit angelegten niederen Häuser. Die Gegend wirkte wie ein bewohnter Wald, ruhig und grün. Stampfers Grundstück war von einer Natursteinmauer umgeben, über die etwas Efeu und Geißblatt herauswuchs. Ein Metalltor verwehrte den Blick in den Garten, so dass nur das Hausdach und die Krone einer Blutbuche zu sehen waren.

Eine vollschlanke Sechzigerin in rehbraunem Kostüm und zartgelber Bluse öffnete und musterte Kupfer von oben bis unten. »Ja?«

»Grüß Gott. Kupfer, Kriminalpolizei Böblingen«, stellte er sich vor. »Ich möchte gerne mit Herrn Stampfer sprechen.«

Statt ihren Namen zu nennen, musterte die Frau den Kriminalbeamten von oben bis unten. Sie ließ ihn spüren, dass ihr sein Besuch unangenehm war. Es entstand eine peinliche Pause.

»Mein Mann ist noch im Betrieb, aber er muss jeden Moment kommen«, sagte sie unfreundlich. »Aber Sie dürfen schon hereinkommen«, fügte sie schnell hinzu, als Kupfer einen Schritt zurücktrat. Sie ging bis zur Haustür voran. Mit der Türklinke in der Hand zögerte sie einen Moment, ehe sie sich wieder Kupfer zuwandte.

»Am besten ist es vielleicht, wenn Sie gleich in seine Kunstsammlung hinübergehen. Um diese Sache wird es sich ja handeln. Er wird Ihnen seine Schätze sowieso zeigen wollen.« Die Art, wie sie das Wort »Schätze« aussprach, ließ ahnen, dass Frau Stampfer von der Sammlerleidenschaft ihres Mannes nicht sehr begeistert war.

»Danke, sehr freundlich«, sagte Kupfer. »Aber vorher möchte ich Ihnen noch etwas zeigen.« Er zog die Fotokopie des Klee-Bilds aus dem Umschlag. »Haben Sie dieses Bild schon einmal gesehen?«

»Nein, so etwas hat er nicht«, antwortete sie mit Bestimmtheit. »Das ist so bunt, das würd ich gleich erkennen, obwohl ich, ehrlich gesagt, von Bildern nichts verstehe. Das ist sein Hobby, nicht meins. – Kommen Sie, wir gehen außen herum.«

In dem kleinen Park hinter dem Wohnhaus lag ein langgestreckter Bau, dessen fensterlose Sichtbetonwand von drei Glyzinien aufgelockert wurde, die sich an stabilen Tropenholzgittern emporrankten. Darüber erhob sich, etwas nach innen abgesetzt, ein Walmdach aus jadegrünem Mattglas. Kupfer staunte. »Hmm, ein stattliches Gebäude. Das würde man von der Straße her gar nicht vermuten.«

»Ja, da hat er viel Geld hineingesteckt, viel zu viel«, sagte Frau Stampfer säuerlich und führte ihn zur Stirnseite des Gebäudes. »Hier geht es hinein. Gehen Sie schon mal vor, ich ruf meinen Mann g'schwind an, damit er sich nicht irgendwo aufhalten lässt.«

Die Größe der Halle war beeindruckend. Tische und Stühle waren in einer Ecke zusammengerückt und teilweise aufeinandergestellt, was den Raum besonders weit erscheinen ließ. Kupfer blieb unter der Tür stehen und stellte sich vor, wie die Hochzeitsgesellschaft hier an einer hufeisenförmigen Tafel gesessen und das Brautpaar beim Hochzeitswalzer beklatscht hatte. Ihm gegenüber, mitten an der Stirnwand des Saals, klaffte eine Lücke in der Bilderreihe. Stampfer hatte den Tiepolo-Rückenakt aus seiner Sammlung entfernt, und auch an den Längsseiten des Saals entdeckte Kupfer einige leere Stellen. Er machte die Runde. Da gab es ein paar Drucke von Salvador Dalí, von denen Kupfer trotz seiner bescheidenen Kunstkenntnisse annahm, dass sie vom Künstler autorisierte Fälschungen waren. Wahrscheinlich gehörten sie zu den zigtausend Grafiken, die Dalís Handlanger auf Blättern gefertigt hatten, die vom Meister blanko signiert worden waren. Daneben hingen Zeichnungen von Kirchner, Beckmann, Käthe Kollwitz und anderen Künstlern des 20. Jahrhunderts, auch ein paar Picasso-Grafiken aus den späten Sechzigerjahren, deren Originale in dieser Anzahl kaum in Stampfers finanzieller Reichweite gelegen hätten. Und dazwischen klafften überall Lücken.

Ein kleines buntes Gemälde hob sich durch seine Farbigkeit von allen anderen stark ab. Ein knallroter Hummer streckte seine Scheren dem Betrachter entgegen. Von grünen Kräutern umgeben, lag er auf einem Porzellanteller neben ein paar geöffneten Austern und einer angeschnittenen Zitrone. Dahinter perlte Sekt in zwei halbvollen Gläsern. Erst beim genauen Hinsehen entdeckte Kupfer das offene Schweizer Offiziersmesser, dessen Rot der Farbe des Hummers angepasst war. Und zwischen den Austern, und deshalb ebenfalls recht unauffällig, lag eine silberne Armbanduhr. Das ganze Motiv schien in grelles Neonlicht getaucht zu sein. Kupfer betrachtete es näher, sah die unzähligen kleinen Sprünge in der Farboberfläche und las die Signatur: »G. Normann 2001«.

»Ganz interessant, nicht wahr?«, hörte er eine sonore Stimme hinter sich. »Im Nebenraum hängen auch schöne ältere Sachen.« Manfred Stampfer stand hinter ihm und streckte ihm seine Hand entgegen. »Stampfer«, stellte er sich vor, »und Sie sind der Herr von der Kripo?«

»Angenehm, Kupfer. Schöne Bilder haben Sie hier hängen, das muss man schon sagen. Auch das hier finde ich schön«, er deutete auf das Stillleben, das er eben betrachtet hatte, »aber ich komme damit nicht ganz klar.«

»Das ist auch etwas Besonderes. Da malt einer wie ein alter Meister, kriegt sogar die Altersrisse hin, was wirklich nicht jeder kann, und legt dann ein Schweizer Offiziersmesser und eine Rolex auf den Tisch. Mir hat das so gefallen, dass ich es ihm abgekauft habe. Und hier passt es her. Es macht Appetit, und ich veranstalte manchmal ein Essen hier drin. Der Maler hatte damals eine Ausstellung in der Galerie der Stadt Sindelfingen. Es war Liebe auf den ersten Blick. Aber die Preise! Ich sag's Ihnen! Sechstausend wollte er für das Bild, Mark waren das damals noch. Aber ich habe gewartet bis zur Finissage, und dann hab ich's heruntergehandelt und hab's für vierfünf gekriegt. Sonst hätte er nämlich gar nichts verkauft. Da, vergleichen Sie mal!«

Er legte sein linkes Handgelenk frei und hielt seine Armbanduhr neben die auf dem Bild. »Eine Rolex Oyster Perpetual, die habe ich mir dann noch dazugekauft«, sagte er stolz.

Kupfer war um eine Antwort verlegen und beschränkte sich auf »Ja, sehr hübsch, wie der ganze Saal«.

»Ja«, sagte Stampfer nicht ohne Stolz, »Kunst braucht ihren Raum. Als meine Sammlung immer größer wurde, wollte ich sie auch zeigen können und habe vor drei Jahren diese Galerie bauen lassen. Sieht gut und teuer aus, hat aber viel weniger gekostet als meine Sammlung. Und jetzt könnte ich die Bilder richtig genießen …« Er führte den Satz nicht zu Ende und ballte die Faust. Dann trat eine Pause ein.

»Herr Stampfer, Sie wissen sicher, warum ich hier bin«, setzte Kupfer schließlich an.

»Ja, schlimme Sache mit dem Wels. Ich hab's heute früh in der Zeitung gelesen. So kann's gehen, wenn man krumme Geschäfte macht. Trotzdem würde ich lügen, wenn ich sagen würde, dass ich ihm nachtrauere.« Der Groll in Stampfers Stimme war nicht zu überhören.

»Das kann ich verstehen. Wir haben erfahren, dass Sie zu Wels' Kundschaft gehörten und nicht immer korrekt bedient worden sind.«

»Was heißt ›nicht korrekt‹!«, brach es aus ihm heraus. »Er hat mich nach Strich und Faden beschissen. Da, schauen Sie, überall, wo eine Lücke ist … – ich habe die Dinger sofort abgenommen, weil ich sie nicht mehr sehen kann.«

Kupfer schaute noch einmal in die Runde und sagte dann: »Jedes dritte Bild fehlt, wenn ich richtig schätze.«

»Hoffentlich kriegen Sie bald die ganze Bande, die dahintersteckt. Denen gehört schnellstens das Handwerk gelegt. Mit meiner Unterstützung können Sie rechnen.«

»Vielen Dank. Es geht aber zunächst um etwas anderes. Sie sollen in letzter Zeit eine heftige Auseinandersetzung mit Wels gehabt haben. Frau Reichert sagte, Sie hätten sich fast mit ihm geprügelt.«

»Halt, halt, halt, halt!«, protestierte Stampfer, »so schlimm war es noch lang nicht. Ich geb schon zu, dass ich ihm am liebsten an die Gurgel wär. Aber ich hab ihn nicht ang'langt. An so einem mach ich mir die Hände nicht schmutzig.«

»Schon gut, Herr Stampfer, ich bin weit davon entfernt, Ihnen etwas unterstellen zu wollen. Aber ich möchte Sie doch bitten, den Grund dieser Auseinandersetzung genau zu erklären.«

»Hier, Sie sehen es ja.« Er zeigte auf die Wände. »Wie würden Sie denn reagieren, wenn Sie merken würden, dass Sie von einem guten Bekannten jahrelang beschissen worden sind?«

»Ich würde ihn anzeigen. Das haben Sie doch hoffentlich getan.«

»Nein.«

»Nicht? Warum nicht?«

»Was hätte es mir gebracht? Ein langer Prozess, der Wels vielleicht noch in finanzielle Schwierigkeiten gebracht hätte, und am Ende sitzt er im Knast und ich bleib auf meinen falschen Bildern hocken. Nein, davon hätte doch niemand was gehabt.«

»Und wovon hatten Sie jetzt was?«

»Ich hab mein Geld zurückverlangt, das war mein gutes Recht. Jeden einzelnen Euro.«

»Wie viel war es denn?«

Stampfer fasste an seine Nase. Die Antwort fiel ihm nicht leicht. »Es waren insgesamt einhundertfünfundneunzigtausend Euro.«

»Aber Wels hat Ihnen die ganze Summe nicht einfach so zurückgezahlt?«

»Doch, hat er. Darauf habe ich bestanden.«

»Das müssen Sie mir aber erklären, wie Sie so einen hartgesottenen Geschäftsmann wie Wels dazu gebracht haben, Ihnen einen solchen Betrag einfach so zurückzuzahlen. Das kann er doch nicht aus seiner Portokasse genommen haben.«

»Wir haben eine Privatregelung getroffen, nur zwischen Wels und mir. Ich glaube nicht, dass das irgendjemanden etwas angeht.«

»Das sehe ich etwas anders«, widersprach ihm Kupfer. »Mit Ihrer sogenannten Privatregelung haben Sie Wels gedeckt. Ist das Ihnen denn nicht klar? Oder nehmen Sie an, dass Sie sein einziger Kunde waren und als Einziger betrogen worden sind?«

Stampfer zog seine buschigen dunklen Brauen zusammen und schaute verbissen vor sich hin.

»Sie hätten ihn unbedingt anzeigen müssen. Für gewerbsmäßigen Betrug gibt es immerhin bis zu zehn Jahre Haft. So ahnungslos können Sie doch gar nicht gewesen sein. Herr Stampfer, vielleicht muss ich das sogar der Staatsanwaltschaft melden und kann nur hoffen, dass die Sache für Sie gut ausgeht.«

»Aber das kann man doch sicher mit einem Bußgeld regeln«, antwortete Stampfer schnell, indem er einen Schritt näher an Kupfer herantrat und ihm die Hand auf den Arm legen wollte. »Wissen Sie, es ist ja so, ich bin ja bekannt, ich bin auch als Sammler bekannt. Viele meiner Geschäftspartner waren schon hier. Ein Skandal wegen dieser Fälschungen wäre mir recht unangenehm, verstehen Sie?«

Kupfer wich etwas zurück. »Nein, ich verstehe gar nichts, und deswegen rate ich Ihnen, einen guten Anwalt zu nehmen. Man muss sich schon fragen, warum Wels Ihrer sogenannten Privatregelung zugestimmt hat. Wels soll sehr knickerig gewesen sein, hört man. Ganz freiwillig wird er wohl kaum 195 000 Euro lockergemacht haben. So ein Schlag ins Kontor könnte manchen ruinieren.«

Stampfer blickte mit heruntergezogenen Mundwinkeln vor sich hin und sagte nichts.

»Wie sind Sie denn sein Kunde geworden?«, nahm Kupfer den Faden von Neuem auf.

»Er ist mir empfohlen worden als ein Händler, der Kunst zu ehrlichen Preisen verkauft oder, sagen wir mal, bei dem die Preise nicht so unverschämt überhöht sind. Außerdem gefallen mir die ganz modernen Bilder und Zeichnungen nicht so sehr. Ich habe immer nach gediegenen Sachen gesucht. Ich weiß nicht, ob Sie neulich in Stuttgart in der Staatsgalerie bei dieser Ausstellung waren. Ich sag Ihnen, da waren so neumodische Sachen ausgestellt, ich weiß ja nicht, ob …«

»Nein, da war ich leider nicht«, unterbrach ihn Kupfer, »aber ich weiß vielleicht, was Sie meinen. Wer hat Ihnen Wels empfohlen?«

»Ich bin durch einen Geschäftspartner zum Sammeln gekommen, der mir vor etlichen Jahren seine Grafiksammlung gezeigt hat. Er hat mir das schmackhaft gemacht. Man kauft etwas, das im Wert steigt, unterstützt dadurch arme Künstler und baut sich etwas auf, worauf man stolz sein kann. Und bei diesem Geschäftspartner hat damals Erna Reichert gearbeitet, bis er dann pleite ging. Ich habe ihm damals einen Teil seiner

Sammlung abgekauft. Etwas später habe ich zufällig auf einem Fest der Stadtkapelle die Erna wieder getroffen. Da arbeitete sie schon bei Wels. Sie wusste ja, dass ich ihrem ehemaligen Chef die halbe Sammlung abgekauft hatte, und sagte, wenn ich mich für gediegene Sachen interessieren würde, die man auch versteht, dann sollte ich mit Wels Kontakt aufnehmen. Eigentlich würde Wels mit Möbeln und Antiquitäten handeln, Bilder seien also nicht sein Hauptgeschäft, und deswegen sei er auch nicht so teuer wie die großen Galerien. Das klang für mich glaubwürdig. Wissen Sie, Herr Kupfer, das muss man auch betriebswirtschaftlich sehen. Wenn einer zum Beispiel in Stuttgart einen Kunsthandel betreibt, dann muss er repräsentative Räume mieten und einen erheblichen Werbeaufwand betreiben. Und dann muss er große Gewinne machen, da kommt er gar nicht drum herum, sonst geht er pleite. Und das war beim Wels halt anders, weil er das nebenher gemacht hat.«

»Und Sie sind dann einfach zu Wels hingegangen wie in eine Galerie?«

»Nein, das heißt, das habe ich zunächst versucht. Aber da war nur die Erna da, und die machte dann einen Termin, und dann habe ich das erste Mal bei Wels etwas gekauft.«

»Wie ist das abgelaufen?«

»Wels hat mich für abends nach Geschäftsschluss eingeladen. Das war mir sehr recht, als Geschäftsmann habe ich ja tagsüber nie Zeit. Und da saßen wir dann in seinem Büro.«

»Wels hatte Bilder in seinem Büro?«

»Nein, die hatte er in seinem Magazin, eine ganze Menge gerahmter Bilder und viele Grafiken und Zeichnungen. Davon hat er immer einen Teil in seinem Büro bereitgelegt. Da waren schon ein paar Sachen dabei, die mir gefallen haben. Sehen Sie, hier …«, er deutete auf eine Lücke an der Wand, »da hing immer ein Holzschnitt, der angeblich von Kirchner war. Den habe ich am ersten Abend bei ihm gekauft, unter anderem!«

»Und dann sind Sie immer wieder hingegangen?«

»Nein, nur ein oder zwei Mal. Wenn Wels etwas hatte, was nach meinem Geschmack war, dann hat er mich angerufen und ist zu mir gekommen. Anfangs saßen wir im Haus drüben, und seit ich die Galerie gebaut habe, haben wir uns gleich hier zusammengesetzt. Manchmal hat er mir sogar vorgeschlagen, wo ich ein Bild am besten hinhängen sollte.«

»Das klingt ja direkt nach einem freundschaftlichen Verhältnis«, kommentierte Kupfer Stampfers Darstellung.

»Natürlich, wir waren per du miteinander. Wenn ich hier Gäste hatte, war er oft eingeladen und hat bei mir hier auch noch Beziehungen geknüpft. Herr Kupfer, können Sie sich vorstellen, was man da für eine Wut hat, wenn man auf einmal merkt, dass man von so einem Freund jahrelang beschissen worden ist? Können Sie sich das vorstellen? Ich hätte ihm alles antun können, jawohl, alles, so eine Wut hatte ich, aber ich sag Ihnen, ich war es nicht. Ich kann mich beherrschen.«

»Wann haben Sie den Betrug entdeckt?«

»Erst neulich, durch diese Ausstellung in Stuttgart. Ich habe es selbst nicht gemerkt, muss ich leider gestehen. Es ist so: Mein Sohn ist mit einer Kunsthistorikerin verheiratet, und die beiden haben zusammen in der Jubiläumsausstellung der Graphischen Sammlung Stuttgart das Original einer Fälschung entdeckt, die mir Wels angedreht hatte.« Er deutete auf den leeren Fleck an der Stirnwand. »Ein Tiepolo. Sagt Ihnen der Name was?«

»So ungefähr. Was hat er Ihnen dafür abgenommen?«

Stampfer schaute verlegen an sich hinunter. »Dreißigtausend. Das muss aber unter uns bleiben. Das war das teuerste Objekt. Für alle andern habe ich weniger bezahlt, aber alles in allem doch 195 000 Euro. Das ist ein ganz schöner Batzen Geld. Das will erst mal verdient sein. Und der Sauhund hat mir für das Geld bloß ein paar Fälschungen angedreht, für die er nichts, aber auch gar nichts tun musste. Wissen Sie, unsereiner, der engagiert sich, der muss sich Tag und Nacht anstrengen, damit's G'schäft läuft und etwas reinkommt, und so einer …« Er kam nicht weiter und ballte die Fäuste.

»Ihre Schwiegertochter hat die anderen Fälschungen entdeckt?«

»Ja, aber erst danach. Ich versteh nicht, warum sie die Bilder nicht vorher schon mal genau angeschaut hat. Interessiert es denn die Jungen so wenig, was wir Alten treiben?«

»Noch eine ganz andere Frage hätte ich«, unterbrach Kupfer das Schweigen und zeigte Stampfer die Fotokopie des zusammengesetzten Klee-Bilds. »Haben Sie dieses Bild schon einmal gesehen?«

»Ja, kenn ich. Er hat es mir einmal angeboten. Aber ich wollte es nicht. Gefällt mir nicht. Ist irgendwie albern, wie der da unter dem Baum sitzt.«

»Wie viel wollte er dafür?«

Stampfer zuckte mit den Achseln. »Über einen Preis haben wir nicht einmal geredet. Es hing in letzter Zeit in seinem Ausstellungsraum, direkt neben seiner Bürotür. Wahrscheinlich wollte es niemand. Warum?«

»Jemand hat es zerrissen und über Wels zerstreut. Der muss eine ziemliche Wut auf ihn gehabt haben.«

Stampfer schaute Kupfer abweisend an und sagte: »Aber ich war's nicht. Das war's dann wohl, Herr Kupfer?«

»Wenn Sie mir noch sagen, wo Sie am Freitagabend waren.«

»Wo ich jeden Freitagabend bin: im Golfclub Schönbuch, im Schaichhof. Ich saß im Restaurant mit den anderen Vorstandsmitgliedern zusammen. Die können Sie alle fragen. Soll ich Ihnen die Adressen geben?«

8

»Was waren das gestern für zwei Herren?«, fragte Paula Kußmaul, Kupfers Schreibkraft.

»Ein Anwalt und ein Künstler oder Kopist oder Fälscher. Man weiß es noch nicht ganz genau.«

»Welcher welcher war, hat man deutlich sehen können. War das der, der den Wels gefunden hat?«

»Ja, das war der Kopierkünstler Tauscher. Er hat Wels nicht nur gefunden, sondern auch regelmäßig beliefert.«

»So einer also. Interessant«, sagte Paula Kußmaul, und die Neugier war nicht zu überhören.

Kupfer sah auf seine Akte und sagte dann vor sich hin: »Der interessiert mich aber im Moment nicht so wie Herr Stampfer. Haben Sie den Namen schon mal gehört?«

»Meinen Sie den Stampfer mit dem Fabrikle drüben auf der Hulb? Klar weiß ich, wer das ist. Die Stampfers haben seinerzeit in Bondorf angefangen, gleich nach dem Krieg. Der alte Stampfer, also der Vater von dem jetzigen, er lebt ja nicht mehr, das war ein Fuchs, sag ich Ihnen, der hat 1945 gleich gewusst, wie er zu Geld kommt. Unser Nachbar hat lang bei dem g'schafft, und wenn man ihn gefragt hat, was sie eigentlich herstellen, hat der immer bloß gelacht und gesagt: ›Älles Megliche, an Haufe Glomp, wo mr eigentlich net braucht.‹ Am Anfang, noch in Bondorf, hat er Gummile hergestellt, dann große Gummiringe für Einmachgläser und Gummikappen für Saftflaschen. Die hat man damals zum Einmachen gebraucht. Und dann hat er Plastikfigürle g'macht, Mickymaus-Figürle und solchen Gruscht. Und so kleine Tierle, zum Beispiel für Sanella-Margarine. Mit denen haben meine älteren Vetter und Bäsle in den Fünfzigerjahren gespielt. Aber das ist ja nicht lange gegangen. Er ist dann auch aus Bondorf weg. Irgendwann in den Sechzigern hat er seinen Betrieb hierher nach Böblingen verlegt. Der war unter den Ersten, die auf der Hulb gebaut haben. Vorher gab es ja bloß so eine kleine Fabrik von Hewlett Packard an der B14. Und dort hat er Kabelbinder und halt so kleine Plastikteile für den Daimler gemacht.

Irgendwann hat der jetzige Chef den Betrieb übernommen. Der sei nicht so gewitzt, heißt es, dafür war er aber schon vorher reich. Der hat eine Milchkuh mit Weide geheiratet, aus Böblingen. Ihren Mädchennamen weiß ich nicht mehr. Aber ihrer Familie hat die halbe Hulb gehört, und ein paar saure Wiesen zwischen Böblingen und Sindelfingen. Sie war das einzige Kind. Was denken Sie, was das für ein warmer Regen war! Als in den Siebzigern die Bodenseeautobahn gebaut wurde, sind die im Geld schier ersoffen. Ein paar Jahre später hat es geheißen, dass sie ein tolles Haus gebaut haben mit einem kleinen Park drum herum.«

»Ja, kenn ich, da war ich gestern, beeindruckend«, sagte Kupfer mit gespieltem Stolz.

»Und wie war's bei den Reichen und Schönen?« Paula grinste spöttisch.

»Reich sind sie geworden, aber nicht wirklich schön.«

»Aber der gute Manfred Stampfer hat sich doch hoffentlich nichts zu Schulden kommen lassen?«

»Wenn ich davon überzeugt wäre, wäre der Fall einfacher. So ein dynamischer Unternehmer meint manchmal, er muss seine Probleme ganz allein lösen, damit niemand was davon merkt. Sonst würde ihm ja ein Zacken aus der Krone brechen. Und die Problemlösung ist dann nicht immer ganz einwandfrei.«

»Ich hab gemeint, Sie bearbeiten den Fall Wels und nicht etwas Wirtschaftliches?«

»Eben, ich bearbeite den Fall Wels, und Stampfer war einer seiner besten Kunden.«

»Aber der hat doch keine altmodischen Möbel gekauft!«

»Nein, aber jede Menge gefälschte Bilder, so viele, dass er sich eine Galerie drum herum bauen musste. ›Kunst braucht Raum‹, hat er mir stolz erklärt.«

Kupfer beschrieb Stampfers Galerie in knappen Worten. Paula Kußmaul schüttelte den Kopf und meinte: »Die Stampfers und Kunst! Ich glaub, ich hör nicht recht! Wissen Sie was? Wenn es schick wär, dass man sein Geld oder seine Aktien an die Wand nagelt, tät der Stampfer das auch. Da können Sie jeden in Bondorf fragen.«

»Das glaub ich Ihnen gern.«

9

Als Kupfer am Nachmittag zu Wels' Firma hinausfuhr, um bei der Durchsuchung der Geschäftsräume anwesend zu sein, erwartete er keine besonderen Erkenntnisse. Was Wels zu verbergen gehabt hatte, sagte er sich, würde kaum dort zu finden sein. Trotzdem musste diese Routineuntersuchung natürlich durchgeführt werden. Schließlich lehrte die Erfahrung, dass man in seltenen Fällen auch dort, wo man es am wenigsten vermutet hätte, überraschenderweise wichtige Hinweise fand.

Die Nachmittagshitze flimmerte über dem Asphalt der Schönaicher Straße. Kupfer schimpfte über die defekte Klimaanlage seines alten Autos. Er hätte jetzt lieber zu Hause auf seiner Terrasse die Beine hochgelegt und ein kühles Glas Sprudel mit hausgemachtem Holundersirup getrunken. Aber das würde frühestens in drei Stunden klappen, sofern es die Ermittlungen heute überhaupt zuließen.

Als er zwischen den Fahrzeugen seiner Kollegen hindurch auf den Eingang zuschritt, spürte er, wie ihm ein Bächlein Schweiß über den Rücken lief. Da kam sein Kollege Feinäugle um die Ecke und winkte ihn heran.

»Du brauchst gar nicht dort hineinzugehen«, sagte er, indem er auf den Haupteingang deutete. »Nichts als alte Möbel und gefälschte Antiquitäten, wie man sie überall findet. Grauenhaftes Zeug. Kein Wunder, dass es schon ziemlich Staub angesetzt hat. Komm mit hier herum, da unten spielt die Musik.«

Die Formsteine des Vorplatzes glühten in der Hitze. Kupfer war froh, dass der befestigte Weg links vom Eingang in den Schatten führte.

»Es gibt nämlich ein Untergeschoss, du wirst staunen.«

»Mir ist alles recht, wenn's dort kühl ist«, sagte Kupfer und ließ sich durch Feinäugles schnellen Schritt nicht aus seinem Trott bringen. »Lauf nur, du bist ja zwanzig Jahre jünger.«

»Ich dachte, du wolltest schnell ins Kühle.«

Zwischen der Laderampe an der Rückseite des Gebäudes und der Grundstücksgrenze erstreckte sich eine gut drei Meter breite befestigte Fläche. Zwischen den Steinen grünte Unkraut. Kupfer folgte seinem Kollegen die Betontreppe hinunter und betrat den hohen, weiten Raum.

»Kommet no rei en d' Backschdub«, scherzte Polizeimeister Böckle, als er Kupfer hereinkommen sah.

»Aber nur, wenn ihr den Ofen ausschaltet.«

Seine beiden Kollegen lachten. Kupfer lächelte nur matt. Einen Moment stand er mitten im Raum, nahm die Brille ab und wischte ein paar Schweißtropfen von den Gläsern. Böckle lachte ihn an und zeigte an ihm vorbei in die Ecke.

»Brezla oder Laugaweckle? Was isch Ihne liabr?«

Kupfer setzte im Umdrehen seine Brille auf und stand vor einem elektrischen Backofen, der ihn mit seiner roten Lackierung richtig anstrahlte. Er stutzte. Neben dem Backofen lehnte ein Stapel Bilder an der Wand. Einige davon hatten seine Kollegen zur Betrachtung auf dem Boden ausgelegt. Es schienen alte Bilder zu sein, die vom selben Maler stammten. In leichten Variationen zeigten sie einen gedeckten Tisch. Auf weißem Damast waren Silberschalen mit Fischen, Austern und anderen Muscheln angeordnet, angeschnittene oder halb geschälte Zitronen boten dazu einen Farbkontrast, ein Messer lag einmal quer, einmal rahmenparallel auf dem Tisch und überall glänzten die gläsernen Trinkgefäße, mal aufrecht stehend, mal umgestürzt und ausgelaufen. Das Ganze war jeweils in mattes Licht getaucht, als schiene eine bleiche Morgensonne durch ein gelb getöntes Fenster in den Raum.

»Jetzt haut's mich aber um. Wenn die echt sind, will ich August heißen.«

»Wir haben es schon ausprobiert: Jedes Einzelne passt auf das Backblech. Sie waren wahrscheinlich alle schon im Ofen. So trocknet man wohl Ölfarbe«, erklärte Feinäugle gut gelaunt.

Kupfer hob eines der Bilder auf. Es war unten links mit P.C. signiert. »Sagt dir das was?«, fragte er.

»Absolut nicht. Ich weiß nur vom Kunstunterricht in der Schule noch, dass die Niederländer im 17. Jahrhundert solche Bilder gemalt haben, und könnte mir vorstellen, dass diese Bilder sehr gefragt sind. Aber das müssen die Spezialisten vom LKA klären.«

»Es riecht hier auch nach … – nach Terpentin.«

»Und nach Leinöl«, ergänzte Feinäugle und zeigte in die gegenüberliegende Ecke.

Dort standen auf einer großen Arbeitsplatte viele Flaschen mit verschiedenen Substanzen wie Leinöl, Terpentin, Alkohol, mit Firnissen, Fixativen und Sikkativen, verschlossene Gläser mit Pigmenten, Pinsel verschiedenen Typs und verschiedener Stärke ragten aus farbverschmierten Gefäßen in die Höhe oder lagen noch auf den schmutzigen Lappen, mit denen sie gereinigt worden waren. Es gab einen Wasserhahn mit Schüttstein und einen kleinen Elektroherd, so dass man an eine Kochecke hätte denken können, wenn nicht die zwei Staffeleien daneben, eine kleine und eine größere, den Zweck dieser Einrichtung klargestellt hätten. Auf der kleineren lehnte eine grundierte Leinwand, auf der die ersten Striche einer Unterzeichnung zu sehen waren. Die ganze Ecke konnte mit starken Theaterscheinwerfern, die auf Dreifüßen standen, ausgeleuchtet werden.

»Sieh mal einer an, ein komplettes Atelier. Als hätte hier einer vor fünf Minuten Feierabend gemacht. Wer hätte das gedacht!«

»Nur der Künstler fehlt uns noch, oder die Künstler. Hier konnten drei Leute bequem nebeneinander arbeiten, schätze ich. Und ihre Handschuhe haben sie auch liegen lassen«, sagte Feinäugle und zeigte auf mehrere Paar Handschuhe, teils aus Latex, teils aus dünner weißer Baumwolle, die zwischen den Flaschen zerstreut lagen.

»Du meinst, die Fälscher fehlen uns noch.«

»Fälscher halten sich für Künstler, hab ich mal gelesen.«

»Und sie sind Multitalente, wenn sie auch noch backen können«, witzelte ein junger Beamter.

»Ja, aber das hier ist für uns eine Nummer zu groß. Da rufe ich doch lieber gleich in Cannstatt an.« Kupfer griff zum Handy. »Kupfer, Böblingen. Geben Sie mir doch bitte den Ewald Stoll … Danke. … Kollege Stoll, wir haben ja schon über den Fall hier in Böblingen gesprochen, … ja, wegen dem zerrissenen Klee … und jetzt finden wir im Untergeschoss der Firma des Opfers ein richtiges Atelier, einen Stapel Bilder und einen Backofen inklusive … ja, ein elektrischer, wie ihn jede Bäckerei … geht das heut noch? … Ja, wird gemacht. Bis morgen dann. Danke und tschüss.«

Kupfer wandte sich wieder seinen Kollegen zu und gab weiter, was er mit dem Spezialisten des LKA vereinbart hatte: »Heut geht's nicht mehr, sagt er. Wir sollen Schluss machen und den Raum versiegeln. Er kommt gleich morgen früh.«

»Aber schon jetzt ist einiges klar. Das hier unten muss viel besser gelaufen sein als der Möbelladen dort oben. Sonst hätte sich Wels diesen Backofen nicht geleistet. Das war schon eine größere Investition. Und wenn wir jetzt noch wüssten, wer hier am Werk war …«, sagte Feinäugle.

»Dann wüssten wir auch, wer den Klee zerrissen hat. Also ich stelle mir jetzt einfach vor, wie das abgelaufen sein könnte. Derjenige, der hier unten gearbeitet hat, kommt gegen Abend hier an und will seine Spätschicht beginnen. Ich nehme an, dass es nur einer war. Er sieht, dass Wels an seinem Schreibtisch sitzt, geht hinein und will mit ihm verhandeln. Wahrscheinlich braucht er Geld. Und zwar geht es nicht um eine Lohnverhandlung, sondern um viel mehr. Sonst wären die zwei Männer, die sich ja gut gekannt haben müssen, nicht aufeinander losgegangen. Und das Ergebnis der Auseinandersetzung kennen wir.«

»Und was bringt das für unsere Untersuchung?«

»Dass wir die Spurensicherung noch einmal darauf ansetzen und sie nach solchem Zeug suchen lassen, wie es hier herumsteht.« Er zeigte auf die Flaschen auf dem Arbeitstisch. »Wenn sie wissen, wonach sie suchen sollen, finden sie möglicherweise Spuren, die sie vorher nicht beachtet haben.«

»Hältst du es für möglich, dass Tauscher hier unten gearbeitet hat?«

»Du etwa?«

»Nein, eigentlich nicht, aber ich will wissen, ob er dieses Backstubenatelier hier kannte, und werde mir sein Atelier auf jeden Fall anschauen. Das kann nichts schaden. Aber hier wird zunächst alles fotografiert, und das ganze Material muss heute noch auf Spuren untersucht werden. Auch wenn hier zehnmal mit Handschuhen gearbeitet wurde, irgendeine Spur hinterlässt jeder.«

»Und die Handschuhe nehmen wir gleich mit.«

»DNA-Analyse?«

»Genau.«

Sie hatten sämtliche verfügbaren Lampen eingeschaltet. Der ganze Raum war optimal ausgeleuchtet. Ewald Stoll stand in der Mitte, breitete die Arme etwas aus und sagte begeistert, indem er sich um die eigene Achse drehte: »Ich hab schon manches gesehen, aber so eine perfekte Fälscherwerkstatt noch nie. Hier wurde in großem Stil gearbeitet, das steht schon mal fest.«

»Musste wohl, denn mit dem Gerümpel in dem Laden oben war wahrscheinlich nicht viel zu verdienen.«

Stoll betrachtete den Arbeitstisch. »Jetzt schau dir das an! Die haben mit den letzten Tricks gearbeitet.«

Auf einer großen Filzunterlage war eine rechteckige Leinwand ausgebreitet. Stoll drehte sie vorsichtig um. Es war ein weiteres Exemplar der niederländischen Stillleben, wie sie stapelweise neben dem Backofen gefunden worden waren.

»Was hat der Fälscher hier gemacht?«, fragte Kupfer.

»Er hat die bemalte Leinwand durch eine zweite Leinwand verstärkt. Er musste die erste verstecken, damit man nicht sieht, dass sie maschinengewebt ist. Restauratoren müssen oft eine alte Leinwand hinterkleben, um ein altes Gemälde zu sichern, und Fälscher machen das, um Restaurierungsarbeiten vorzutäuschen. Wenn ein möglicher Käufer das Bild herumdreht und die neue Leinwand sieht, glaubt er, ein sehr altes Bild vor sich zu haben, das man aufwändig restauriert hat.«

Er ging zum Elektroherd hinüber und nahm den Topf herunter. Im erkalteten Wasserbad stand eine Blechbüchse, aus der es nach Wachs roch.

»Hier, schauen Sie, in dem Wasserbad hat er Bienenwachs und Firnis vermischt, das ist der ideale Klebstoff dafür, und hier ist auch das Bügeleisen, mit dem er die Leinwände zusammengedrückt hat.« Er zeigte auf einen kleinen Hocker unter der Arbeitsplatte. »Wenn die Leinwand wieder auf den Keilrahmen aufgezogen ist, wird das Bild als perfekt restauriert verkauft. Man muss dann schon Infrarottests oder Röntgenstrahlen einsetzen, um diesen Pfusch zu erkennen. Aber das kostet ja etwas und wird deshalb nur bei starkem Verdacht gemacht.«

Er prüfte die Schnittkante der Leinwand. »Der versteht sein Handwerk. Das muss man ihm lassen.«

»Hör ich da so etwas wie Bewunderung heraus?«

»Schon, aber nur fürs Handwerkliche. Oft hat man es mit so lächerlich dilettantischen Fälschungen zu tun, dass man sich fragt, wie einer so dreist sein kann, sich mit so etwas auf den Markt zu trauen, oder wie dumm einer sein muss, dass er seine Mitmenschen für so blöd hält. Aber der hier ist aus anderem Holz geschnitzt. Der hat es mit seinen Produkten bestimmt schon in ein paar veritable Sammlungen geschafft.«

»Dann wird es aber höchste Zeit, dass wir diesem Meister das Handwerk legen. Ich verstehe aber immer noch nicht, wozu der Backofen hier steht.«

»Um die Ölfarbe schnell auszuhärten. Da, riechen Sie etwas?« Er schnupperte an einem Bild und reichte es dann Kupfer, der es auch an seine Nase hielt.

»Nein, absolut nichts.«

»Genau darum geht es: durchgebacken, ausgetrocknet. Der normale Trocknungsprozess kann Jahrzehnte dauern, sodass man oft am Trocknungsgrad eine Fälschung erkennt. Das weiß man in Fälscherkreisen. Und neue Bilder riechen.

Und dann sehen Sie hier diese vielen kleinen Altersrisse, das Krakelee. Da muss einer technisch recht versiert sein, wenn er das hinkriegen will. Im Backofen gealterte Niederländer, im historischen Fall gefälschte Vermeers, gehören zur berühmtesten Fälschergeschichte des 20. Jahrhunderts. Das war der Trick eines Malers namens Han van Meegeren, der auf die Kunstexperten sauer war, weil sie ihn nicht anerkannt hatten. Da hat er sich mit Fälschungen gerächt und alle damaligen Experten vorgeführt. Er hat diese Trocknungstechnik in jahrelangen Experimenten entwickelt und dann eine ganze Reihe von Vermeers gefälscht. Seine Fälschungen hingen in staatlichen Museen und berühmten Sammlungen.«

»Und warum kam man ihm auf die Schliche?«

»Er flog nur auf, weil der Kurator von Hermann Görings Kunstsammlung eine seiner Fälschungen erworben hatte. Als das 1945 herauskam, hätte es ihn übrigens fast den Hals gekostet.«

»Wegen Fälschung?«

»Nein, im Gegenteil. Er musste damals beweisen, dass das Bild eine Fälschung war, die er selbst gemalt hatte. Auf den Verkauf von holländischem Kulturgut an die Nazis stand nämlich die Todesstrafe.«

»Und konnte er es beweisen?«

»Ja, er hat unter polizeilicher Aufsicht einen weiteren Vermeer produziert, der genauso gut war wie die anderen. Leider hat es ihm nicht mehr viel genützt. Man machte ihm den Prozess wegen Betrugs und verurteilte ihn zu zwei Jahren Gefängnis. Seine Haftstrafe hat er aber nicht mehr angetreten. Er starb kurz nach dem Prozess in einer Klinik an Herzversagen.«

»Dumm gelaufen.«

»Kann man schon sagen. Aber vor seinem Tod wurde er noch als Nationalheld gefeiert. Ein bisschen hat er das noch genießen können.«

»Und das waren Motive wie diese hier?«

»Nein, ganz andere. Diese Stillleben hier sollen offensichtlich Werke von Pieter Claesz sein, ebenfalls berühmt, ebenfalls 17. Jahrhundert. Auch von dem weiß man nicht, wie viele Bilder er gemalt hat. Da kann man immer noch eines ins Werkverzeichnis schmuggeln, und die Nachfrage ist groß.«

Er drehte eines der Bilder um und betrachtete die Rückseite. »Sehen Sie, hier hat er ein altes Bild benutzt. Diese Nägel sind noch handgeschmiedet. Von hinten sieht das wirklich alt aus.«

»Sie meinen, er hat einfach über ein älteres Bild drübergemalt?«

»Vielleicht. Oder er hat die oberen Farbschichten entfernt, bis auf die Grundierung, wenn er es gründlich gemacht hat.«

»Ich habe übrigens bei einem von Wels' Kunden, dem Fabrikbesitzer Stampfer, ein Bild gesehen, das auch solche feinen Altersrisse hat. Der Besitzer hat es erst vor zehn Jahren dem Maler abgekauft. Er hat mich sogar noch auf diese technische Raffinesse hingewiesen. Er ist ganz stolz drauf. Das war auch ein Stillleben, aber mit Armbanduhr und Schweizer Offiziersmesser.«

Stoll horchte auf. »Dann müssen wir uns das Bild unbedingt ausleihen. Es muss zusammen mit denen hier ins Labor. Vielleicht gibt es da technische Gemeinsamkeiten. Würden Sie das Bild dort abholen?«

»Ich werde es Ihnen bringen lassen. Herr Stampfer wird für uns tun, was er kann, weil er weiß, dass ich weiß, dass er Dreck am Stecken hat. Aber das ist eine andere Geschichte.«

Stoll wählte das Stillleben mit den gleichmäßigsten Altersrissen aus und legte es zur Seite. »Wahrscheinlich wurde die Leinwand um einen Zylinder gewickelt, damit die Farbschichten gleichmäßige Risse bekommen. Das kommt ins Labor, die anderen in die Asservatenkammer. Wir werden sie bestimmen und herausfinden, wo die Originale hängen, falls es nicht freie Fälschungen sind.«

»Und ich werde die Sekretärin in die Mangel nehmen. Die Frau will von dem ganzen Kunsthandel nichts gewusst haben. Das glaubt die doch selber nicht.«

»Einen Kaffee?«, fragte Paula Kußmaul.

»Nein, lieber nicht, ich bleib heut beim sauren Sprudel. Mir ist es viel zu warm. Es ist absolut kein Spaß, bei der Hitze durch die Stadt zu fahren.«

»Hat Ihr Auto keine Klimaanlage?«

»Doch, aber die ist kaputt. Eine Reparatur lohnt sich nicht mehr.«

»Ach so, Sie Armer. Hat sich die Dienstfahrt dann wenigstens gelohnt?«

»Das kann man allerdings sagen. Das müssen Sie sich mal vorstellen: Ebenerdig hatte der saubere Herr Wels seinen Ramschladen und im Untergeschoss eine perfekte Fälscherwerkstatt. Das Geld ist dort unten verdient worden.«

»Mit Bildern?«

»Mit gefälschten Bildern. Da standen Sachen rum, die könnten in jedem Museum hängen, und Sie würden es nicht merken.«

»Hmm«, machte Paula Kußmaul und schaute nachdenklich drein.

»Was ist?«

»Ich weiß nicht so recht«, begann sie. »Irgendwie ist das mit der Fälscherei ja schon nicht recht. Aber ob das dann gleich kriminell ist? Wenn sich einer ein Bild an die Wand hängt und meint, das sei ein Picasso oder so was, dann macht es doch eigentlich nichts, wenn das ein anderer gemalt hat. Ist das nicht egal, wenn es für den Besitzer ein echtes Bild ist?«

»Absolut nicht, weil es dabei um sehr viel Geld geht. Ob ich ein echtes Bild an der Wand hängen habe, das zehn Millionen wert ist, oder eine Fälschung, die kaum das Material wert ist, macht schon einen Unterschied.«

»Aber ich versteh schon mal nicht, wie so ein Bild überhaupt so viel wert sein kann. Das ist doch völlig verrückt, dass jemand Millionen für ein Bild bezahlt. Die spinnen doch alle!«

Sie fing an, etwas zu schreiben, schaute aber einen Moment später von ihrer Arbeit auf und sagte: »Wenn einer Geld fälscht, dann richtet er einen Schaden an, aber doch nicht mit einem Bild. Das juckt doch niemanden.«

»Irrtum! Bilder sind so gut wie Geld, sagt der Kollege vom LKA, mehr noch: Kunst ist heutzutage eine gefragte Währung. Und der weiß, wovon er redet. Natürlich gibt es da nie einen absoluten Wert, sondern bloß einen Marktwert. Und die Preise auf dem Kunstmarkt sind in den letzten Jahrzehnten hochgegangen wie die Raketen.«

»Ja, und das verstehe ich eben nicht ganz.«

»Aber Sie verstehen, dass so ein kleiner Fetzen Papier von einer Briefmarke Tausende von Euro wert sein kann?«

»Ja, schon. Liebhaberwert eben.«

»Und Liebhaberwert ist Marktwert. Wenn viele Leute dasselbe haben wollen, dann geht der Preis hoch. Und da mit Kunstobjekten heute genauso spekuliert wird wie mit Öl oder Weizen, steigen die Preise halt ins Unermessliche. Da mischen Leute mit, die überhaupt nichts davon verstehen. Wenn zum Beispiel irgend so ein Ölscheich sich einen Van Gogh leistet, heißt das noch lange nicht, dass er ihm wirklich gefällt oder dass er was davon versteht, sondern er hat einfach so viel Geld, dass er seinen Mitmenschen etwas Teures wegschnappen muss. Sonst spürt er seinen Reichtum nicht mehr und hat nicht mehr das Gefühl, dass er weit über allen anderen steht.«

»Dann ist er aber arm dran.«

»Kann man schon sagen.«

»Aber dafür kann der Fälscher doch nichts.«

»Dafür natürlich nicht. Aber er surft auf dieser Welle und stiehlt Ideen und Lebenszeit. Mancher Maler ist schon vierzig oder älter, bis er endlich den Durchbruch schafft und seine Bilder verkaufen kann. Und mancher schafft es nie. Und wenn heute einer hergeht und ihn nachmacht, dann profitiert er unverschämt und frech von seiner Lebensleistung, und das ist Zeit- und Ideendiebstahl.«

»Was Sie alles gelernt haben! So hab ich Sie ja noch nie reden hören.«

»So einen Fall hatten wir ja auch noch nie. Man wächst mit seinen Aufgaben, auch noch in fortgeschrittenem Dienstalter«, lachte er selbstironisch. »Und Sie sehen doch: Es geht hier um so viel, dass einer den anderen totgeschlagen hat.«

»Ja, wenn man es so betrachtet …«

»So muss man es betrachten. Und noch was: Der illegale Kunsthandel rangiert international auf Platz drei, direkt nach Drogen- und Waffenhandel. Und die Fälscher mischen hier munter mit.«

»Ach, so isch des.«

10

Tauscher fand keine Ruhe. Helene hatte gesagt, er sei unausstehlich. Wenn er nicht wolle, dass sie weglaufe, solle er ihr aus dem Weg gehen, bis er sich wieder gefangen habe. Er musste hinaus und schritt langsam den Feldweg entlang, der zwischen den abgemähten Obstbaumwiesen leicht anstieg. Auf der Höhe blieb er stehen und schaute über die abgeernteten Felder zu den Wenninger Höfen und nach Grafenau hinüber. Immer wieder, wenn er nachdenken oder sich beruhigen musste, zog es ihn auf diese flache Anhöhe. Sonst genoss er den weiten Blick übers Heckengäu, wo sich Ortschaften, Felder und Waldstücke zu einem harmonischen Ganzen zusammenfügen, bekam sich wieder in den Griff und konnte dann tatkräftig weiterarbeiten. Aber heute wollte das Rad in seinem Kopf auch hier nicht zur Ruhe kommen. Er lief ein paar hundert Meter hin und her, blieb stehen, lief weiter und kam einfach nicht mit sich zurecht.

Schließlich machte er kehrt, lief in lockerem Trab zurück und ging in sein Atelier. Aber da stand er nun vor seiner Staffelei, hatte eine grundierte Leinwand vor sich und wusste nichts damit anzufangen. Er hatte keine Idee, nicht einmal für eine Kopie. Er setzte sich an seinen Tisch, eine meterlange Pressspanplatte auf Böcken, und wühlte sich durch einen ungeordneten Stapel von Skizzen und Entwürfen. Doch alles war heute uninteressant und ließ ihn kalt. Ein Blatt nach dem anderen schob er lustlos auf die Seite und fragte sich, wo nur die Begeisterung geblieben war, mit der er vor Tagen diese Ideen konzipiert hatte. Es war, als säße er neben sich und betrachte sich in seinem aufgewühlten Zustand, ohne dass er sich zu helfen wusste. Vor allem gelang es ihm nicht, den Gedanken an die beiden großen Bilder, die er Wels vor einem Jahr geliefert hatte, zu verscheuchen. Wenn er sich nur vorstellte, wie ein Kriminalbeamter den Kaufvertrag, nach dem er so fieberhaft gesucht hatte, in Händen hielt und mit freudiger Schau-mal-was-ich-gefunden-habe-Miene seinen Kollegen präsentierte, konnte er nicht einmal mehr stillsitzen. Auch wenn er sich noch so oft die Argumente ins Bewusstsein rief, mit denen ihn sein Freund und Anwalt Detlev Krohn hatte beruhigen wollen, wurde er seine Unruhe nicht los.

»Mach dir keinen Kopf wegen diesem Vertrag«, hatte der ihn zu beruhigen versucht. »Er sagt überhaupt nichts über die Höhe des erwarteten Gewinns aus, es ist nur von Gemälden und ihren Maßen die Rede. Dieser Vertrag ist strafrechtlich ebenso irrelevant wie alle deine früheren. Und ich kann mir nicht vorstellen, dass Wels die Unterlagen über seine Betrügereien in seinem Büro aufbewahrt hat. Dazu war er viel zu gerissen. Ich garantiere dir, die finden sie nie. Und dich kann niemand zwingen, dein Exemplar der Ermittlungsbehörde vorzulegen.«

Aber dieser Tröstungsversuch verfehlte auch jetzt in der Erinnerung seine Wirkung, denn die Angst, dass man ihm aus dem Vertrag doch einen Strick drehen konnte, hatte Tauscher zu fest im Griff. Er sah immer wieder den Vertrag vor seinen Augen, bei dem ihm die Gier die Hand geführt hatte:

1 abstraktes Gemälde, 300 x 400 cm, Öl auf Leinwand, gelbe Rechtecke auf rotem Grund

1 abstraktes Gemälde, 300 x 400 cm, Öl auf Leinwand, gelbes und rotes Rechteck auf weißem Grund

Herr Holger Wels aus Böblingen ... verpflichtet sich, Herrn Fritz Diego Tauscher, aus Sindelfingen-Maichingen ... mit 40% (in Worten: vierzig von hundert) an den mit den Gemälden erzielten Einnahmen zu beteiligen.

Er konnte jetzt einfach nicht malen, aber er musste etwas tun. Er ging ins Haus zurück und setzte sich in Helenes Arbeitszimmer an den Computer. »Du brauchst ihn gerade nicht?«

»Nein. Geht's dir jetzt besser?«

Er schüttelte nur den Kopf.

»Und was willst du machen?«

»Ich will herauskriegen, was mit den Bildern passiert ist. Vielleicht finde ich sie irgendwo.«

»Na, dann viel Glück.«

Er starrte erst eine Weile auf die Eingabemaske von Google. Dann tippte er »Mark Rothko Auktion« ein. In 0,2 Sekunden über 4 500 Ergebnisse. Das fand er ebenso erstaunlich wie bedenklich. Als er sich damals daranmachte, auf Wels' Bestellung hin zwei Großformate à la Rothko zu malen, hatte er gehört, dass der Kunstmarkt von Rothkos Werken leergefegt sei. Und den Anschein hatte es nun gar nicht. Er hatte kalkuliert, dass die Banker, die diese Bilder zur Verschönerung ihrer Eingangshalle erwerben sollten, besonders stolz auf ihre Prestigeobjekte sein würden, weil man ja großes Glück haben musste, um einen frühen, heiteren Rothko überhaupt erwerben zu können, selbst wenn man das Geld dazu hatte.

Tauscher hatte damals irgendwo die Information gefunden, dass Mark Rothko, als er Selbstmord beging, seinen Erben eine unüberschaubare Menge unverkaufter Bilder hinterlassen hatte. Das hatte sein Gewissen beruhigt. Dann, hatte er leichtfertig gefolgert, sei es nicht mehr als ein Kavaliersdelikt, wenn man zu diesem riesigen Werk noch ein, zwei Gemälde dazuschummelte. Auch von allzu hohen Qualitätsansprüchen hatte er sich frei gemacht. Siebzig Farbschichten aufzutragen, wie Rothko es oft getan hatte, war ihm etwas zu mühselig gewesen und eigentlich auch nicht notwendig erschienen, sahen seine Fakes doch schon mit fünfzehn Schichten wie echte Rothkos aus. Wels hatte den Mund nicht mehr zugekriegt, als er die Gemälde präsentiert bekam. Wenn sie erst einmal den Sichtbeton einer großen Eingangshalle irgendwo in den Vereinigten Emiraten heiter auflockern würden, hatte Tauscher sich gesagt, würde kein Hahn danach krähen, wie viele Farbschichten es nun tatsächlich waren, wenn nur die Atmosphäre des Entrees genügend aufgeheitert würde.

Ein Artikel aus der Neuen Züricher Zeitung vom Mai 2010 fiel ihm auf. Da war von Rating-Agenturen die Rede, die Investitionen in Kunst bewerteten. Einer »Rothko-Investition« gaben sie das Prädikat AAA und bezeichneten Rothkos Malereien als »Blue-Chip-Kunst«. Ein Rothko, der auf achtzehn bis fünfundzwanzig Millionen geschätzt worden war, hatte auf einer Auktion sogar für mehr als einunddreißig Millionen den Besitzer gewechselt.

Als er die Zahlen las, wurde ihm heiß. Natürlich hatte er von Wels mehr Geld haben wollen als sonst, aber mit solchen geradezu astronomischen Summen hatte er nicht im Traum gerechnet. Eine Million, ja, aber doch nicht über dreißig Millionen. Angesichts dieser immensen Beträge verloren die Argumente seines Anwalts weiter an Kraft, er spürte einen Kloß im Hals und fing an zu zittern, so dass er Mühe hatte, die Maus zu bedienen. Und als er fand, wonach er suchte, schüttelte ihn ein panischer Schrecken. Es war ein Auktionsbericht in der Kölner Rundschau vom April 2010:

Radikaler Preisverfall auf dem Kunstmarkt?
Zwei Rothkos bei Hahn & Keller

Was sind zwölf Quadratmeter auf Keilrahmen gespannte Leinwand wert? Welchen Preis erzielen sie auf einer Auktion, wenn sie 1959 in Paris von Altmeister Mark Rothko mit unzähligen Farbschichten bemalt wurden? Diese Fragen kann niemand beantworten, auch die erfahrensten Kunsthändler und Kunstsammler nicht. Und von einem absoluten Wert kann schon gar nicht die Rede sein.

Als in den 80er- und 90er-Jahren die Ölmilliarden um den Globus floateten und die Deregulierung der Finanzmärkte während der Bush-Ära den Reichen dieser Welt immense Spekulationsgewinne ermöglichte, boomte der Kunstmarkt. Das zuletzt versteigerte Gemälde von Mark Rothko wechselte 2007, ein starkes Jahr vor der Finanzkrise, für 73 Millionen Dollar den Besitzer. Seither war kein Rothko mehr auf dem Markt, weder bei Sotheby's in New York, wo die Versteigerung stattgefunden hatte, noch anderswo.

Umso überraschender ist es, dass diese Woche gleich zwei Rothko-Gemälde in Köln bei Hahn & Keller angeboten wurden. Rothko soll die beiden Bilder bei seinem Europaaufenthalt 1959 in Paris gemalt haben. Sie wurden 1961 von dem deutschen Industriellen Kassler für je 30 000 D-Mark bei einer Auktion im Hause Pierre Bergé & Associés ersteigert. Als Kassler 1974 pleiteging, wurden die Bilder gepfändet und für 100 000 D-Mark an den Großonkel der letzten Besitzerin verkauft, die jetzt gestorben ist. Sie wiederum hinterließ die Werke einer Erbengemeinschaft, die sich als Anbieterin von einem Agenten vertreten ließ. So weit die Legende der Werke, der rein gar nichts Außergewöhnliches anhaftet. Außergewöhnlich ist allerdings der sensationell niedere Preis, den die beiden Gemälde erzielten: Sie brachten den Anbietern gerade mal 3 500 000 Euro ein. Das sind weniger als fünf Prozent des Preises, den ein einziger Rothko vor nur drei Jahren in New York erzielte. Verglichen mit New York ist Köln zugegebenermaßen Provinz, auch als Kunststadt. Doch das dürfte nicht der Grund für den Preisverfall sein.

Der Blick auf den DAX zeigt, dass es mit der deutschen Wirtschaft steil aufwärts geht. Die Börse setzt zu einem richtigen Boom an. Sollten sich denn die Preise auf dem Kunstmarkt tatsächlich auf einem so radikalen Gegenkurs befinden? Das ist kaum anzunehmen. Viel wahrscheinlicher ist, dass der

Preisanstieg auf dem Kunstmarkt – und damit dessen Belebung – phasenverschoben nachzieht. Doch auch dieses Nachhinken könnte kaum erklären, warum die beiden Rothkos für so einen extrem niederen Preis den Besitzer gewechselt haben.

Aufschlussreicher mag hier der kritische Blick in den Auktionskatalog sein. Während die Namen aller anderen Künstler, deren Werke angeboten wurden, voll ausgeschrieben sind, wurde Rothkos Vorname nur per Initiale angegeben: M. Rothko. Das könnte manchem erfahrenen Bieter aufgefallen sein und ihn zu vornehmer Zurückhaltung bewogen haben. Der Käufer täte gut daran, eine Expertise der Expertise in Auftrag zu geben. Auf einen Tausender mehr oder weniger sollte es ihm jetzt auch nicht mehr ankommen.

Tauscher stand auf, stürzte ins Wohnzimmer, wo die Anrichte stand, griff nach der Flasche mit dem guten Cognac für besondere Anlässe und goss sich ein großes Glas ein, das er in einem Zug hinunterkippte.

Helene sah ihn fragend an. »Und was ist jetzt los?« Die Frage klang fast einfühlsam.

»In Köln haben sie meine zwei Rothkos versteigert; die haben was gemerkt.«

»Wer?«

»Irgend so ein Kunst-Heini der Kölner Rundschau. Lies mal.«

Helenes Gesicht verhärtete sich zusehends, als sie den Zeitungstext überflog. »Ich hab ja gleich gesagt, dass das nicht gut ausgeht. Jetzt hast du den Scheiß. Wenn du nicht so lange herumgemacht und dich gleich angezeigt hättest, dann wäre Wels aufgeflogen und du wärst bekannt geworden und könntest jetzt deine ewigen Kopien endlich offen und ehrlich verkaufen, und deine Malerei würde endlich mal was einbringen.«

»Die hat immer was eingebracht«, protestierte Tauscher.

»Aber darauf hat man sich nie verlassen können.«

»Beamter müsste man sein«, sagte Tauscher bitter, ohne dass Helene die Spitze beachtete.

»Gleich an dem Tag, als Olina uns erzählte, wie Wels sie unter Druck setzte, hättest du das Schwein mit einer Selbstanzeige wegen der beiden Schinken auffliegen lassen können. Du würdest jetzt ganz anders dastehen. Was passiert denn jetzt, wenn sie dir auf die Schliche kommen? Keinen Cent hast du bis jetzt für die Schinderei mit diesen verdammten Riesenschinken gekriegt und handelst dir am Ende bloß Ärger ein. Pass auf, dass sie dich nicht in den Knast schicken. Ich jedenfalls hab keine Lust, dich dort zu besuchen.«

»Wenn ich hätte, wenn ich hätte ... Das nützt jetzt auch nichts mehr. Sag mir lieber, was ich tun soll.«

»Ich weiß es nicht. Ich weiß nur, dass du eine Chance verpasst hast. Du hättest mit Olina zusammen einen Mordsskandal anzetteln müssen. Dann würdest du mit einer sauberen Weste dastehen und die Zeitungen würden sich für dich interessieren. Aber so, wie es jetzt läuft, wird weiter kein Hahn nach deinen Bildern krähen. Keine ›Galerie Tauscher‹ mit anerkannt gut gemachten Fälschungen, nichts, aus.«

Eine Weile saß er kraftlos auf dem Küchenstuhl, nippte an seinem zweiten Cognac und stierte vor sich hin. Dann rief er plötzlich aus: »Im Gegenteil, jetzt werde ich erst recht einen Skandal veranstalten! Lies doch noch einmal, was in dieser Zeitung steht. Da hat doch einer die Bilder signiert und eine Herkunft erfunden, möglicherweise auch eine Expertise verfasst, und ich will wissen, wer. Wahrscheinlich ist es derselbe, der Olinas Zeichnungen signiert hat, und der muss hier im Umkreis zu finden sein. Und außerdem hat dieses Auktionshaus, wenn mich nicht alles täuscht, diese Fälschung sogar wissentlich versteigert. Der Journalist schreibt völlig ungeschützt, dass die Käufer durch den abgekürzten Vornamen signalisiert bekamen, dass die Bilder nicht echt sind. Stell dir vor, da sitzt so ein korrupter Händler in seinem Laden und nimmt Bilder in seine Auktion auf, von denen er genau weiß, dass sie gefälscht sind. Und dann besitzt er noch die Frechheit, im Katalog vorsichtig zur Zurückhaltung zu mahnen. Und warum? Weil er fünfzehn Prozent kassiert, zwar nicht von einem Spitzenpreis, aber Kleinvieh macht halt auch Mist. So ist das! Bei dem Umsatz von dreieinhalb Millionen streicht er eine halbe Million ein, einfach so, und lacht sich ins Fäustchen. Ich will wissen, wer von dem Schwindel wusste und die Bilder in die Auktion aufgenommen hat. Nach allem, was ich von Wels weiß, sollten sie über einen Zwischenhändler in Berlin direkt an eine Bank in Nahost geliefert werden. Von einer Auktion haben wir überhaupt nicht gesprochen. Ich weiß nicht, was da gelaufen ist, aber ich sage dir, ich krieg's raus.«

»Aber pass ja auf, dass du da nicht in ein Wespennest stichst. Wenn das so läuft, wie du denkst, dann sind da Ganoven von einem größeren Kaliber als Wels am Werk. Was willst denn du als kleiner Maler da machen?«

»Weiß ich noch nicht. Aber mir wird schon etwas einfallen. Ich hör mich einfach mal um, hier und in Köln.«

»Dann fang doch gleich mal bei der blondierten Vokuhila an.«

»Bei Erna? Der muss ich aber dann Honig ums Maul schmieren. Da ist mindestens ein Abendessen fällig.«

»Wenn's dabei bleibt ...«

»Helene, du kennst mich doch. Aber ein bisschen muss ich der schon Augen machen.«

11

Kupfer war von seinem Navi an den westlichen Ortsrand von Maichingen geleitet worden und stand am Anfang eines Feldwegs. Hier konnte Tauscher nicht wohnen. Er wendete und fuhr langsam zurück, bis er eine ältere Frau entdeckte, die in ihrem Vorgärtchen Blumen schnitt. Er stieg aus. »Grüß Gott, entschuldigen Sie, wenn ich Sie störe. Wissen Sie vielleicht, wo das Ehepaar Tauscher wohnt?«

»Dia Kinschdler?«

»Genau die.«

»Des woiß a jeder. Do fahret Se grad do nomm ond no glei wieder rechts.« Sie wies mit ihrer Rosenschere auf die nächste Ecke. »Do kommt no a graus Haus mit amma langa niedra Gebeide daneabet. Des sied a weng verkomma aus, grad wia a sibirischar Bahof.«

»Aha. Dankeschön.«

So verkommen, wie es sich Kupfer nach dieser knappen Charakterisierung vorgestellt hatte, war der sibirische Bahnhof nun doch nicht, obwohl er neben den tipptopp gepflegten Häuschen mit ihren gestutzten Vorgärtchen etwas Ungewöhnliches an sich hatte. Das Wohnhaus wirkte neben dem langgestreckten Atelier, das im rechten Winkel dazu stand, etwas klein. Beide Gebäude waren mit waagerecht angebrachten rohen Brettern verkleidet, die die Witterung grau gefärbt hatte, und hätten mit ihren dunkelgrauen Ziegeldächern ein tristes Bild geboten, wenn nicht die Türen und Fensterrahmen rot, weiß, blau und im oberen Stock des Wohnhauses sogar gelb bemalt gewesen wären. Neben der Haustür stand eine vom Rost gefärbte Metallskulptur, die disharmonisch und unfertig wirkte, und neben der blutrot gestrichenen Ateliertür lag ein Haufen rostiger Eisenschrott, der auf seine Verarbeitung zu weiteren Kunstwerken wartete. An der zum Nachbargrundstück hin offenen Seite war der geschotterte Hof durch einen Streifen Gartenland begrenzt, auf dem Bohnen, Tomaten, Blumenstauden und Unkraut durcheinanderwuchsen. Ein altes Auto stand im Hof. Es schien jemand da zu sein. Auf Kupfers Klingeln hin öffnete eine schlanke, drahtige Frau und blickte ihn aus blauen Augen kritisch an.

»Ja?«

»Grüß Gott, Kupfer ...«

»Sie wollen zu meinem Mann. Der ist drüben im Atelier. Kommen Sie.« Sie ging über den Hof und rief: »Diego, hier ist hoher Besuch für dich«, trat zur Seite und ließ Kupfer ins Atelier eintreten.

»Ach, Sie sind es«, sagte Tauscher äußerlich gefasst, als hätte er Kupfer erwartet. Kupfer bemerkte aber, dass Schweißperlen auf Tauschers Geheimratsecken hervortraten. Dabei war der Nachmittag gar nicht so heiß.

»Arbeiten Sie auch mit Metall?«, fragte Kupfer und deutete auf ein Schweißgerät, das gleich neben der Tür stand.

»Ich nicht, meine Frau macht das. Ich mag Metall nicht einmal anfassen. Höchstens Holz.«

»Dann ist Ihre Frau auch freie Künstlerin?«

»Schön wär's. Aber von irgendwas müssen wir leben. Nein, sie unterrichtet Kunst an einem Stuttgarter Gymnasium. Mit ihrem Schrott spielt sie nur in den Ferien, also zurzeit. Mitte September ist es damit dann wieder vorbei.«

»Ein schönes Atelier haben Sie hier.«

»Ja, das wurde mit viel Eigenleistung gebaut. Weitgehend eine Holzkonstruktion. Wichtig war mir vor allem das Licht. Ich arbeite am liebsten bei natürlichem Licht.« Er deutete auf die verglaste Nordwand. »Aber manchmal ist es fast zu klein. Wenn ich es heute noch einmal bauen würde, dann würde es mindestens einen Meter länger und breiter. Wer heute groß rauskommen will, muss ja Riesenformate produzieren. Die gingen hier nicht einmal rein.«

»Muss es denn natürliches Licht sein? Es gibt doch bestimmt auch Kollegen von Ihnen, die mit riesigen Lampen arbeiten, mit Theaterscheinwerfern oder so was. Die können nachts arbeiten, auch im Keller, und haben dabei ihre Ruhe.«

»Das wäre nichts für mich. Ich habe hier immer meine Ruhe, ziemlich gleichmäßiges Tageslicht und dann diesen herrlichen Blick hinaus in die Wiesen. Und später als um acht mache ich nie Schluss. Auch ein Maler braucht seinen Feierabend.«

»Also kein Spätschichtarbeiter?«

»Absolut nicht.«

Kupfer betrachtete die leere Staffelei. »Im Moment haben Sie nichts in Arbeit?«

»Sie meinen, weil Wels tot ist, mach ich nichts mehr? Irrtum. Sehen Sie mal, ich bin am Entwerfen.« Er ging an seinen großen Tisch und zeigte Kupfer ein paar Skizzen: ballspielende Kinder von der Seite, aus der Vogelperspektive, aus der Froschperspektive, Skizzen voller Bewegung.

»Nicht schlecht«, staunte Kupfer.

»Tja, und dann müht man sich ab und malt ein paar Leinwände voll und wird gelobt, aber niemand kauft einem was ab. So ist das. Wenn man keinen Galeristen oder Sammler findet, der einen richtig protegiert, kann man von seinen Arbeiten nicht leben. Und damit die scharf auf einen sind, muss man jung sein. Wer heute über dreißig ist, findet in diesen Geschäftsbetrieb kaum noch hinein.«

Darauf wusste Kupfer nichts zu sagen, und Tauscher schaute ihn unsicher an. Sein Blick fand keinen Halt, sondern pendelte zwischen Kupfers Augen hin und her. Seine Nervosität war offensichtlich.

»Warum ich gekommen bin«, löste Kupfer die Spannung, »ist das Bild auf den Papierfetzchen. Die Spezialisten vom LKA haben es zusammengesetzt. Es handelt sich dabei um die Fälschung eines Gemäldes von Paul Klee …«

»Der Mann unter dem Birnbaum, aus dem Jahr 1921«, fiel ihm Tauscher aufgeregt ins Wort, »sehr gut gemacht, technisch perfekt, aber leider zu hoch und zu breit, jeweils im Millimeterbereich. Das hätte ich Ihnen schon längst gesagt, wenn Sie mich danach gefragt hätten.«

»War nicht nötig. Für Kunstfälschungen haben wir im LKA in Cannstatt die besten Spezialisten in der Republik. Die waren schnell damit fertig.«

»Trotzdem. Verschwendung von Steuergeldern. Das hätten Sie billiger und schneller haben können. Ich hätte das gern für Sie erledigt. Ich wusste auch gleich, was es war. Sie hätten mich fragen können.«

»Also von Ihnen?«

»Sie wollen mich jetzt aber nicht beleidigen?« Tauscher klang fast spöttisch. »Eine der Mindestanforderungen beim gewissenhaften Kopieren besteht im genauen Einhalten der Maße, und die stimmten nicht mit dem Original überein. Schließlich sind sie in jedem Katalog nachzulesen, von Werkverzeichnissen ganz zu schweigen. Ein genaueres als das von Klee gibt es übrigens kaum.«

»Sie kannten also diese Kopie?«

»Natürlich. Sie hing links neben der Bürotür, aber noch nicht lang. Für Wels muss es anfangs so etwas wie ein Prestigeobjekt gewesen sein, wie der falsche Giacometti und der Moore. Ich habe mich vor ein paar Wochen mit Wels über dieses Bild unterhalten. Als wir vor dem Büro warten mussten und bewacht wurden, bis Sie für uns Zeit hatten, ist mir gleich aufgefallen, dass das Bild nicht mehr dort hing, und die Farbe dieser Papierschnitzel hatte ich ja gesehen.«

»Wels soll sich vor ein paar Wochen mit Ihnen über das Bild gestritten haben. Stimmt das?«

»Wer sagt denn so was? Die Erna etwa?«

Kupfer sagte nichts dazu.

»Was heißt hier gestritten – Wels hat mich gefragt, was ich von dieser Kopie halte, und meine Antwort hat ihm absolut nicht gepasst.«

»Nämlich?«

»Eine Superarbeit, technisch bewundernswert, aber fast wertlos, weil kaum verkäuflich. Schade um die Mühe. Einen solchen Klee zu kopieren, ist alles andere als leicht. Da gibt es einfachere Jobs. Aber wer gibt schon ein paar tausend Euro für eine Klee-Kopie aus, selbst wenn sie perfekt ist?«

»Sprechen Sie aus Erfahrung? Haben Sie es schon einmal versucht, Kopien selbst zu verkaufen?«

»Nur an Wels, sonst nicht.«

»Gut. Was meinen Sie, wer könnte diese Kopie geliefert haben? Sie kennen doch sicher die Szene.«

»Nein, tut mir leid. Absolut keine Ahnung. Ich kann mir nicht vorstellen, wer mit so großem technischem Aufwand eine fast wertlose Kopie produziert. Wels ist übrigens fast geplatzt, als ich ihm auch noch sagte, dass manche Kunsthistoriker in dem Mann einen Kunsthändler sehen, der quasi im Schlaraffenland wohnt. Das hat ihm gar nicht gepasst.«

»Interessant«, sagte Kupfer nachdenklich. »Kann man das so formulieren: Sie hatten den Eindruck, dass Wels sich ärgerte, weil er im Gespräch mit Ihnen erkannt hat, dass er mit dem Bild betrogen worden ist?«

»Ja, unbedingt. Als ich kam, war er stolz drauf, und als ich ging, was er stocksauer.«

»Hat er denn so wenig von Malerei verstanden?«

»Nicht viel. Ich glaube, es war ihm völlig egal, was er verkauft hat, wenn es nur Geld gebracht hat.«

»Aber er hat doch immer ausgesucht, was er Ihnen und Frau Liska abgekauft hat. Wie konnte er sich dann entscheiden?«

»Seine Abnehmer müssen ihm ungefähr gesagt haben, was er kaufen soll, und vielleicht hat er manchmal auch ein Gespür dafür gehabt, und das ist ja nicht das Gleiche wie Verstand. Jedenfalls hat er sich für die Künstler nie interessiert und für Kunstgeschichte schon gar nicht. Er wusste ja kaum, dass es Werkverzeichnisse gibt.«

»Gut. Vielen Dank. Wenn Ihnen dazu noch etwas einfällt, wäre ich für jeden weiteren Hinweis dankbar«, sagte Kupfer und erhob sich. »Ach, noch eine letzte Frage. Kennen Sie einen, der Gunno genannt wird und irgendetwas mit Kunsthandel zu tun hat?«

»Ich kannte mal einen Gunno, der mit mir zusammen in Karlsruhe studiert hat. Aber ich habe lange nichts von ihm gehört. Es wäre schon möglich, dass er heute in Kunsthandel macht, aber ich weiß es nicht.«

»Und sein ganzer Name?«

»Gunter Norbert Bergmann. Er nannte sich damals Gunno.«

»Und Sie werden Diego gerufen, wie ich vorher gehört habe. Passt irgendwie zusammen, oder?«

»Wenn man so will, ja. Hat aber überhaupt nichts miteinander zu tun. Mich rufen sie seit meiner Schulzeit so.«

Kupfer verabschiedete sich. Tauscher sah ihm nach und fragte sich, ob Kupfer wirklich nur wegen des Klee-Bildes gekommen war. Helene bezweifelte das, und er selbst kam zu keinem Schluss, was seine Unruhe verstärkte. Er musste etwas dagegen tun.

12

Beim Abendbrot aß Tauscher langsam und trank schnell. Er redete nichts und grübelte vor sich hin.

»Warum köderst du sie nicht mit deiner Zigeuner-Mueller-Kreuzung?«, fragte Helene.

»Richtig, an die habe ich gar nicht mehr gedacht. Jetzt kommt die doch noch zum Zug. Das Bild kommt sicher an. Wir müssen allerdings eine schöne Herkunftsgeschichte erfinden.«

»Das machen wir doch gleich, fangen wir an«, sagte Helene energisch, als ginge es darum, Tauschers Atelier aufzuräumen. Nun nahm auch sie einen großen Schluck. »Otto Mueller malte das Bild 1914, kurz bevor er zum Militär eingezogen wurde. War er da schon in Breslau?«

»Nein, erst später.«

»Also gut, er malte das Bild in Berlin. Seine Frau – schlag doch mal nach, wie die hieß! – verkaufte das Bild, mit seinem Einverständnis natürlich, das Geld war ja knapp.«

»Sie verkaufte es an einen jüdischen Kaufmann, der mit Uhren handelte, oder an einen jüdischen Juwelier.«

»Super! Und der hieß Ezra Rosenberg oder Rosenzweig.«

»Nein, der hieß Elias Schwalbenschwanz, und den guten Schwalbenschwanz lassen wir den Nazis entkommen. Er hatte nämlich einen Freund – greif dir mal das Telefonbuch, wir brauchen ein paar Namen –, dem hinterließ Schwalbenschwanz das Bild, weil er ihm bei seiner Flucht nach Schweden, 1935 war das schon, behilflich war.«

»Stopp«, sagte Helene mit dem Telefonbuch in der Hand. »Der Mann heißt mit Vornamen Gustav, und jetzt kommt der Familienname.«

Mit geschlossenen Augen schlug sie das Telefonbuch auf und tippte auf eine Stelle.

»Mischke hieß er, Gustav Mischke. Gehörte zur selben Generation wie Mueller und Schwalbenschwanz. Nehmen wir an, er ist um 1880 geboren, dann lassen wir ihn 1955 sterben. Fünfundsiebzig Jahre sind ein akzeptables Sterbealter für diese Generation, oder nicht? Sein Grab in Ostberlin wurde noch zu DDR-Zeiten eingeebnet.«

»Okay, aber Mischke hat das Bild nicht bis zu seinem Tod behalten. Wir geben es noch einem anderen.«

»Aber der muss auch sterben.«

»Klar. Uns entkommt keiner. Mischke verhökerte das Bild auf dem Schwarzmarkt an einen GI.«

»Jawohl, und zwar in Westberlin. Ein armer GI irischer Abstammung namens Shaun O'Connor. Hatte ein Kunststudium hinter sich, war aber erfolglos, und weil er Geld brauchte für die medizinische Versorgung seiner Mutter …«

»… ging er zum Militär. Er fiel ein paar Jahre später in Korea.«

»Gut, peng, peng, peng, drei Salven übers kühle Grab. Aber wer hat das Bild jetzt?«

»Er hat es seiner Geliebten geschenkt, als er aus Deutschland abgezogen wurde.«

»Nein, hat er nicht. Dazu war er zu arm. Wenn er Geld für seine Mama brauchte, hat er das Bild nicht verschenkt. Das muss anders gelaufen sein.«

»Dann war Shaun O'Connor halt Kunsterzieher an einer Highschool in Pennsylvania, so ein Typ mit ausgebeulten Hosen und Lederellbogen auf einer olivgrünen Cordsamtjacke, aber mit Kunstverstand. Sonst hätte er für das Bild keine Zigaretten rausgerückt.«

»Okay, ich kann ihn mir vorstellen, er war sehr leidenschaftlich und hat bei einem tränenreichen Abschied deiner

Großtante – Moment, erst ein Blick ins Telefonbuch – er hat deiner Großtante namens, namens … jetzt haben wir sie … deiner Großtante namens Mathilde Ringelbach das Bild als Andenken geschenkt. Passt ja auch, so ein weiblicher Akt.«

»Doppelakt, wenn schon, es sind zwei drauf.«

»Kurz bevor deine Großtante im November 1995 gestorben ist, hat sie dir von ihrer einzigen großen Liebe erzählt und das Bild geschenkt, nein, sie hat es dir ans Herz gelegt. Sie wusste, dass du, ihr Liebling, der Einzige in der ganzen Verwandtschaft warst, der das Bild in Ehren halten würde.«

»Nur passt es leider nicht zu unserer Einrichtung …«

»… und wir brauchen ein neues Auto.«

»Darauf trinken wir einen.«

»Wir könnten natürlich auch noch eine Kunsthandlung einbauen, die im Krieg ausgebombt wurde, in Stuttgart oder Heilbronn. Da gab es bestimmt ein paar namhafte Läden«, schlug Helene etwas später vor und nippte nachdenklich an ihrem Weinglas.

»Nein, das lassen wir lieber. Denn sonst müsste ich auch noch einen Aufkleber herstellen. Ich hab mit dem Bild selbst noch genug zu tun.«

Tauscher hatte schon immer ein Faible für Otto Muellers Gemälde gehabt. Er liebte die zarten Pastelltöne seiner Bilder und fand die nackten Zigeunermädchen, die der Maler auf vielen seiner Bilder in die freie Natur gesetzt hatte, auf exotische Weise attraktiv.

»Warum komme ich nie auf eine solche Idee? Warum sind diese Motive dem Mueller eingefallen?«, hatte er Helene vor ein paar Jahren gefragt.

»Weil du eben Tauscher bist und nicht Mueller und in einer anderen Zeit lebst.«

»Und wenn ich damals gelebt hätte, wäre es mir auch nicht eingefallen«, hatte er etwas deprimiert geantwortet.

Dann aber machte er sich daran, seinen eigenen Mueller zu malen. Auf einem Flohmarkt auf dem Karlsplatz in Stuttgart fand er eine schlecht gemalte Stadtansicht aus dem Jahr 1910, offensichtlich die Arbeit eines Hobbymalers ohne besondere technische Kenntnisse. Die grobe Leinwand war schlecht grundiert, so dass die Farbschicht aufgesprungen war und sich an manchen Stellen schon gelöst hatte. Mit Aceton hatte er das Gemälde mitsamt der Grundierung von der Leinwand entfernt und hatte nun eine idealen Malgrund für ein Gemälde aus der Zeit des Ersten Weltkriegs vor sich: eine grobe Leinwand, die vor hundert Jahren auf einen Keilrahmen aufgezogen worden war. Auch das Format 90 x 139 cm entsprach einer bei Otto Mueller gängigen Größe.

Helene hatte ihn auf ein passendes Motiv aufmerksam gemacht. In einem Bildband über die Brücke hatte sie ihm einen stehenden Akt von 1915 gezeigt, dessen warme, erdige Pastelltöne ihn besonders ansprachen. Eine hellhäutige Frau steht mit leicht vorgeschobenem Becken rückwärts an einen Baumstamm gelehnt. Ihr Körper beherrscht die linke Bildhälfte. In Düsseldorf hatte er einmal das Original bewundert und Muellers Malweise studiert. »Ich wandel das ein bisschen ab, mach den Hintergrund anders und setz vielleicht eine zweite Figur hinein«, hatte er sich gesagt. Und dann veränderte er noch mehr. Er spiegelte das Motiv, richtete die Frau etwas auf und drehte ihr Gesicht dem Betrachter zu. Er verzichtete auf einen Baum im mittleren Hintergrund und gab den Blick auf einen taubengrauen Berg frei, den er andeutungsweise schwarz konturierte. Die große Blattpflanze des Originals, die durch die Spiegelung nun im Quadranten unten links saß, ersetzte er durch ein sitzendes Mädchen, das er einem anderen Bild entnahm und leicht abänderte. Es blickte am Betrachter vorbei in die Ferne.

»Wenn jetzt einer daherkommt und sagt, das wäre für Mueller nicht typisch, dann fress ich 'nen Besen«, hatte Helene gelobt.

Viel schwieriger war es gewesen, die Leimfarbe herzustellen, mit der er seinen Mueller malen musste. Er klapperte alle einschlägigen Geschäfte im Raum Stuttgart ab und fragte nach Haut- oder Hasenleim. Manche Verkäufer blickten ihn an, als verlange er nach Kieselsteinen vom Mond. Er musste sich also selber helfen. Helene schaute ihn verdutzt an, als er mit zwei toten Kaninchen in vollem Fell nach Hause kam. »Die gibt es auch schon abgezogen und ausgenommen«, sagte sie kopfschüttelnd.

»Mit denen kann ich aber nicht malen.«

»Was gibt das für eine Schweinerei?«

»Kaninchenhäute sind das beste Ausgangsmaterial für die Herstellung von Hasenleim.«

»Häute, aber doch nicht Felle.«

»Ich rasier sie.«

»Aber nicht in meiner Küche.«

Helene hatte nichts dagegen, zwei Tage hintereinander Kaninchenbraten zu essen, einmal in Tomaten und Knoblauch, einmal in Mandelsoße. Aber sie weigerte sich, Tauschers Atelier zu betreten, ehe die Schweinerei nicht zu Ende war. Der Gestank der zerkochenden Häute würde über den Hof bis ins Wohnhaus herüberziehen, klagte sie, was Tauscher als maßlose Übertreibung abtat. Da der Wind gerade von Westen komme, könne das gar nicht sein.

»Vielleicht solltest du lieber ein Aquarell kopieren oder einen Holzschnitt«, hatte sie gekrittelt. Darauf hatte er nicht geantwortet. Aber auch er war froh, als er den Hasenleimtopf schließlich vom Elektrokocher nehmen konnte. Er hielt den Leim im Wasserbad dünnflüssig und mischte zunächst Kalkpulver in den Leim. Damit grundierte er die Malfläche. Dann setzte er die verschiedenen Farbstoffe hinzu, verschiedene Erdpigmente, Lampenschwarz, französisches Ultramarin und Chromoxidgrün und was er sonst noch brauchte.

Er prägte sich seinen Entwurf ein und meditierte lange vor seiner Staffelei, bis er sich so gut in Otto Mueller hineingedacht hatte, dass er sich die schwungvoll-großzügigen Pinselstriche zutraute. Patzer durfte es nicht geben. Jede Korrektur würde auffallen wie ein Tintenklecks auf einem weißen Blatt Papier. An einem einzigen Nachmittag malte er das ganze Bild.

Als er nun das Gemälde aus einem Stapel in der hintersten Ecke seines Ateliers herauszog, fühlte er fast noch die atemlose Anstrengung, unter der er es gemalt hatte. Er prüfte es sorgfältig, Vorderseite und Rückseite. Es war alles perfekt. Nur die Signatur fehlte. Aber das war kein Problem. Etwas Hasenleim hatte er immer noch. Damit machte er etwas Lampenschwarz an und setzte die Signatur O M in die linke untere Ecke. Er trocknete sie eine halbe Stunde mit dem Föhn. Dann machte er Feierabend.

Als er am nächsten Morgen den Beutel aus dem Staubsauger nahm, sagte Helene: »Der ist doch noch gar nicht voll.«

»Ich brauch aber den Dreck. Der Mueller ist viel zu sauber.«

»Mach ihn aber nicht zu dreckig. Deine Großtante war eine reinliche Frau.«

»Gott hab sie selig.«

Tauscher prüfte, ob die Signatur trocken genug war. Dann drehte er das Bild um. Löffelweise setzte er den Staubsaugerschmutz auf den Keilrahmen und verteilte ihn mit einem weichen Lappen. Dann arbeitete er weitere Portionen mit Hilfe eines dicken weichen Pinsels in das Gewebe der Leinwand ein. Zur Bearbeitung des Gemäldes selbst füllte er den Dreck in einen Leinenbeutel und klopfte damit das ganze Bild ab. Dann bürstete er den Dreck herunter. Diese Prozedur wiederholte er mehrmals, bis das Bild die Patina angesetzt hatte, die ihm angemessen schien. »Einwandfrei«, sagte er und rieb sich die Hände.

13

Tauschers Zeit an der Kunstakademie Karlsruhe lag schon fast zwanzig Jahre zurück. Die meisten Kontakte aus dieser Zeit hatten sich in den folgenden Jahren verflüchtigt, sehr viele waren es auch nicht gewesen. Er hatte sich keiner Clique angeschlossen, weil ihm seine besonderen Interessen dazu keine Zeit ließen.

Bereits in seiner Schulzeit hatte er begonnen, Bilder zu kopieren. Ein Kunsterzieher, ein fetter, schrulliger Mann namens Kirschbaum, den er verehrte, weil er alles andere als eine Autorität war und interessierten Schülern trotzdem sehr viel beibrachte, hatte ihn da hingeführt. Er wollte ihm nacheifern und Porträts malen wie er. Aber ihm, dem damals Vierzehnjährigen, wollte niemand Modell sitzen. Also suchte er nach geeigneten Bildern und entdeckte im Bücherschrank seiner Eltern einen Bildband über Diego Velázquez. Dessen Porträts der Hofnarren und Idioten am Hofe Philipps IV. schienen ihm wegen ihrer charakteristischen Deformationen leichte Vorlagen zu sein, und er machte sich ans Werk. Er übte fleißig, so dass ihm bald ein paar gute Bleistiftzeichnungen gelangen, die er in der Schule herumzeigte. So kam er zu seinem Spitznamen Diego, auf den er so stolz war wie mancher auf seinen Doktortitel.

Auch an der Akademie wurde er nicht anders gerufen. Nur wenige kannten seinen richtigen Namen.

»Wer ist Fritz Tauscher?«

»Diego.«

»Ach so, der.«

Fritz Diego Tauscher war ein eigenartiger Kunststudent. Während alle andern mit mehr oder weniger Fleiß verbissen darum kämpften, durch Eigenständigkeit und Qualität aufzufallen, ging es ihm mehr um die Aneignung verschiedener Techniken. Er schnüffelte an der Akademie herum, beobachtete, was die anderen machten, und imitierte sie heimlich. Eigenartig begabt, wie er war, lernte er alles, was er dort an Maltechniken lernen konnte, ohne dass er einen bemerkbaren Fortschritt gemacht hätte. Die Arbeiten, die für ihn selbst wichtig waren, zeigte er niemandem, und dem Professor und seinen Kommilitonen präsentierte er Experimente im Stil des abstrakten Expressionismus. Er spritzte wild mit Farben herum, legte Farbschichten übereinander, experimentierte mit Sand und Leim und erweckte mit seiner Unstetigkeit den Eindruck eines Künstlers, der nach neuen Wegen suchte, aber nicht genug Selbstvertrauen besaß, um einen einmal eingeschlagenen Weg auch längere Zeit zu verfolgen.

Das Doppelprogramm, das er sich damit aufhalste, kostete ihn viel Zeit. Er wäre ein Einzelgänger geblieben, wenn Helene ihn nicht kennengelernt hätte. Manche wunderten sich darüber, dass dieses lebenslustige, gesellige Mädchen sich ausgerechnet in ihn verliebt hatte. Aber so war es. Er brauchte sich nicht weiter um Kontakte zu kümmern, das tat für ihn Helene, und die Verhältnisse hatten sich seither auch nicht geändert. Über ihr Netzwerk bekam er immer wieder Aufträge, die mehr mit der Restaurierung von Gemälden als mit schöpferischer Arbeit zu tun hatten, und er war mit diesen Jobs fast zufrieden.

Als er nun herausfinden wollte, was es mit der Versteigerung der beiden Rothkos auf sich hatte, wäre er ohne Helene hilflos gewesen. »Helene, kennst du einen von der Akademie, den es nach Köln verschlagen hat?«

»Leider nicht. Wäre jetzt ganz praktisch, ist mir schon klar.«

»Oder jemanden, der nach Köln Beziehungen hat? Über den Bund der Kunstpädagogen?«

»Ich kenne niemanden, aber vielleicht Miriam.«

Helene hatte sich mit Miriam während ihres Referendariats in Leonberg angefreundet, aber ihre Wege hatten sich getrennt. Miriam hatte festgestellt, dass sie im Schuldienst niemals glücklich würde, hatte die Brocken hingeschmissen und arbeitete jetzt bei einer Stuttgarter Galerie. Helene rief sie an.

»Miri, hast du zufällig einen guten Draht nach Köln?«

»Nach Köln? Nein. Was wollt ihr denn da?«

»Ach, du weißt ja, wie schwer es heute ist, einen Galeristen für sich zu interessieren. Diego sagt, er muss unbedingt versuchen, irgendwo ein Bein auf die Erde zu kriegen, und meint, dass der Kunstmarkt in Köln mehr Zulauf hat als hier in Schwaben.«

»Das könnte schon sein. Im Rheinland sitzt das Geld ein bisschen lockerer. Aber aus dieser Zeit habe ich keine Kontakte mehr, tut mir leid, oder besser gesagt, ich kenne nur noch Leute, die inzwischen mit Kunst nichts mehr zu tun haben. Du glaubst ja nicht, was die inzwischen alles machen: Reiseführer, Ladenbesitzer, Taxifahrer und was weiß ich noch alles. Ich glaube, keine zehn Prozent von damals sind bei der Kunst geblieben, wenn wir mal die Leute auslassen, die in der Schule gelandet sind.«

»Von der Sorte gibt es hier in der Gegend auch ein paar. So ein gestrandeter Künstler läuft einem häufiger über den Weg, als man annehmen sollte.«

»Klar«, bestätigte sie Miri. »Das kann ja nicht anders sein, wenn mehr als neunzig Prozent den Pinsel wegschmeißen. Gunno, der Einfarbige, der muss bei euch in der Gegend sein. Weißt du was von dem?«

»Nein. Ich habe bloß von einer Kollegin gehört, dass er vor Jahren in einer Gruppenausstellung in Sindelfingen aufgetaucht ist. Er hatte sich damals einen Künstlernamen zugelegt, auf den ich aber jetzt nicht komme. Aber er hat keine einfarbigen Täfelchen mehr ausgestellt, sondern ziemlich bunte Stillleben. Wenn sie nicht ein wenig zu grell gewesen wären, hätte man auf den ersten Blick meinen können, man hätte einen Niederländer vor sich, sagte meine Kollegin. Und dann hat er immer noch moderne Gegenstände zu seinen Stillleben gelegt, Handys, Armbanduhren und solche Sachen. Aber einen großen Fisch hat er mit seiner Malerei auch nicht vom Teller gezogen. Vielleicht hat er inzwischen einen einträglichen Job als Versicherungs- oder Pharmavertreter.«

»O halt! Jetzt, wo du Versicherungsvertreter sagst, fällt mir doch jemand ein. Erinnerst du dich an Katzi?«

»Natürlich, Jens Katzenschläger, der Mondrianjünger mit den rot-blau-gelben Riesenschinken. Der ist in Köln? Und malt immer noch?«

»Ob er noch malt, weiß ich gar nicht. Er ist mir mal auf einer Kunstmesse in Köln über den Weg gelaufen, das muss letztes Jahr gewesen sein. Ich hätte ihn nicht mehr erkannt, wenn er mich nicht angesprochen hätte. Er hat mich dann großzügig zum Mittagessen eingeladen, auf Geschäftskosten natürlich. Er sagte, er habe zwischendurch mal in Versicherungen gemacht. Was er jetzt treibt, hat er nicht genau gesagt, aber ich hatte den Eindruck, dass er irgendwie die Finger im Kunsthandel hat und offensichtlich nicht schlecht davon lebt. Ich muss irgendwo noch seine Karte haben. Ich suche sie und mail dir dann seine Telefonnummer.«

»Miri, du bist ein Schatz. Weißt du, wir haben fast alle Kontakte verloren. Diego ist eben nicht Hans Dampf in allen Gassen, und mich schluckt die Schule. Aber das brauche ich dir ja nicht zu sagen.«

»Okay, ist schon gut. Es freut mich, dass ich dir helfen kann. Lass bald mal wieder etwas von dir hören.«

»Hallo Katzi, hier ist Diego.«

»Diego? Wer?«

»Diego Tauscher. Wir waren doch zusammen an der Akademie in Karlsruhe.«

»Ach, natürlich. Wie geht es dir? Immer noch mit Helene zusammen?«

»Ja, sonst ginge es mir vielleicht nicht so gut. Und du? Was machst du so? Malst du noch?«

»Ab und zu. Man kann es ja nicht ganz lassen. Aber es gibt Einträglicheres.«

»Wem sagst du das! Ist schon traurig, was aus unserer Karlsruher Malklasse geworden ist. Kennst du wenigstens einen, der groß rausgekommen ist? Ich nicht.«

»Nee. Mit der Malerei verdienen viele ihr Geld, nur nicht die Maler. Aber das ist doch überall so, oder nicht? Die armen Schlucker, die Kakaobohnen pflücken, können sich keine Schokolade leisten, und die Arbeiter in den Diamantminen fressen aus dem Blechnapf. So ist die Welt. Man muss halt sehen, dass man auf der richtigen Seite steht. Geldverdienen ist keine Schande.«

»Das klingt gerade, als hättest du im Kunsthandel Fuß gefasst und würdest alle Fäden in der Hand halten.«

»Das ist etwas übertrieben«, lachte Katzi, »aber genau so hätte ich es gern.«

Tauscher registrierte amüsiert, wie Katzis schwäbischer Akzent mit jedem Satz stärker wurde.

»Hast du Familie?«

»Ich habe eine Partnerin, ja, und wir haben ein Kind, Sören, fünf Jahre alt. Ingrid ist Geschäftsführerin einer Handelsgesellschaft, Import-Export, und ich bin Hausmann.«

»Da können wir uns die Hand reichen. Helene ist Studienrätin geworden und ich mache den Haushalt. Wir haben aber keine Kinder.«

»Eine Sorge weniger. Dann kommst du bestimmt mehr zum Malen als ich.«

»Ja, aber die Bilder stapeln sich, du weißt ja.« Tauscher wusste nicht weiter, und es entstand eine Pause.

»Entschuldige die offene Frage«, setzte Katzi unvermittelt an, »du malst doch immer noch Kopien, oder? Die waren wirklich super!«

Tauscher verschlug es die Sprache. Was wusste Katzi von ihm, fragte er sich.

»Wir wussten doch alle, womit du wirklich beschäftigt warst«, kicherte Katzi. »Und manchmal hast du deine Sachen nicht gut genug versteckt.«

»Ja«, sagte Tauscher schließlich. So schnell hatte er mit seinem Anliegen nicht herausrücken wollen. »Ja, aber auch die Kopien … Katzi, ich will nicht gerade sagen, dass ich aus dem Blechnapf fresse, aber es könnte mir bessergehen.«

»Und du wolltest fragen, ob ich …«

»Ja. Vielleicht sollten wir das nicht am Telefon besprechen.«

»Gegen Beteiligung natürlich.«

»Müssten wir aushandeln.«

»Aha. Okay. Komm her.«

»Mach ich. Ich melde mich.«

14

Schon vom Gehsteig aus sah Kupfer, dass einer der Briefkästen am mittleren Eingang überquoll. Ein paar Zeitungen und Werbeprospekte lagen darunter auf dem Boden. Alarmiert ging er schnell über den Plattenweg zur Haustür. Ein Blick genügte, um festzustellen, dass Erna Reichert schon die Montagszeitung nicht mehr aus dem Briefkasten genommen hatte. Er klingelte bei ihr, ohne aber wirklich zu erwarten, dass sich jemand regen würde. Am Mittwochnachmittag hatte er versucht, mit ihr Telefonkontakt aufzunehmen, hatte aber nur auf dem Anrufbeantworter um sofortigen Rückruf bitten können. Aber sie hatte sich nicht gemeldet, und auch Paula Kußmauls Versuche waren ergebnislos geblieben.

Er drückte den Klingelknopf der anderen Wohnung im oberen Stockwerk, bei Schumann. Die grauhaarige Frau, die bei seinem ersten Besuch aus der Tür gegenüber geschaut hatte, öffnete das Fenster.

»Könnten Sie mir bitte sagen, ob Frau Reichert daheim ist?«, rief Kupfer hoch.

»Wieso? Do kennt jo a jeder komma«, kam es schrill zurück.

»Entschuldigung, ich wollte es nur nicht so laut sagen, ich bin von der Polizei«, antwortete Kupfer etwas gedämpfter.

»Was saget Se?«

»Po-li-zei.« Kupfer betonte jede Silbe, ohne lauter zu sprechen.

»Ach so. Wartet Se. I komm glei ronder.«

Aber es dauerte etwas, bis die Haustür sich endlich öffnete.

»Sie sind Frau Reicherts Nachbarin?« Sie nickte. Kupfer zeigte ihr seinen Ausweis. »Sie haben sicher gehört, was an Frau Reicherts Arbeitsstelle passiert ist. Deswegen sollten wir sie dringend sprechen. Aber wir haben sie nicht erreichen können.«

»'s hot g'hoißa, dr Wels sei dod. Schdemmt des?«

»Leider ja. Und deshalb müsste ich dringend mit Frau Reichert sprechen.«

»I woiß au net, wo se isch. Sonschd hör i manchmol ihrn Fernsähar, ond des will äbbes hoißa. I hör nämlich nemme so guot. Aber en de ledschde Dag isch's schdill gwä.«

»Könnte sie verreist sein?«

Frau Schumann zog die Mundwinkel herunter und machte eine hilflose Geste.

»Was woiß mr? Aber gugget Se, dort diba schdod ihr Audole. No isch se do. I glaub net, dass dia mit dem Zug verreist.«

»Gibt es bei Ihnen einen Hausmeister, der vielleicht aufschließen könnte?«

»Ja, aber där isch no beim Schaffa. I han au an Schlissel.« Sie musterte Kupfer von Kopf bis Fuß. »Sia derf i jo vielleichd neilassa. Kommet Se.«

Langsam stieg sie Kupfer voran in den obersten Stock hoch.

»'s wär schee, wenn's an Uffzug gäba dät. Aber den kriaget mir nia«, schnaufte sie. Dann verschwand sie in ihrer Wohnung, um den Schlüssel zu holen. »'s kennt jo au mol brenna, ond wenn mr no net nei ka, no isch's bassiert«, erklärte sie und schloss auf, ließ dann aber Kupfer den Vortritt: »Ganget Se no nei.«

Alle Türen waren zu, außer der zum Badezimmer. Kupfer stieg ein widerlicher Geruch in die Nase. Er hielt sich ein Taschentuch vor die Nase.

»Do schdenkt äbbes«, sagte Frau Schumann hinter ihm.

Mit einer Handbewegung deutete er ihr an, dass sie zurückbleiben sollte, und betrat das kleine Badezimmer. Sie blieb unter der Türe stehen, beide Hände vor dem Mund, und versuchte, an ihm vorbeizuschauen. Es war drückend warm. Durch das offene Fenster fiel ein Balken Sonnenlicht herein und zeichnete um die Blutspuren auf dem Rand der Badewanne einen hellen Fleck. Erna Reicherts lebloser Körper war so weit hinuntergerutscht, dass nur ihre Stirn aus dem Wasser schaute. Ihre Augen waren fast geschlossen. Wie ein großer Lappen lag ihr Chihuahua zwischen ihren Brüsten. Kupfer kämpfte mit einem Würgereiz und schlug nach den dicken Fliegen, die von der Wanne aufstiegen. Das Wasser war an der

Oberfläche zart hellbraun verfärbt, als hätte man damit eine Kaffeekanne ausgespült, und wurde zum Grund hin bräunlich rot. Erna Reichert war ausgeblutet.

Kupfer drehte sich um und schob Frau Schumann aus der Tür.

»Dia hot sich ombrocht, so äbbes abr au, dia hot sich ombrocht.« Es klang, als schimpfte die Frau. Kupfer sagte nichts, sondern bugsierte sie aus der Wohnung, nahm ihr den Schlüssel aus der Hand und schloss ab.

»Ond jetzt?« Frau Schumann schaute fragend zu ihm auf. Aus ihrem zerfurchten Gesicht sprach die kalte Neugier.

»Jetzt wäre es am besten, wenn Sie wieder in ihre Wohnung gehen würden, bis wir hier alles untersucht haben.«

»Abr Sie moinet doch net, dass …«

»Wer ist der nächste Arzt hier?«

»Worom? Dia braucht koin Dogder me.«

»Aber wir, die Polizei. Gehen Sie bitte in Ihre Wohnung. Ich muss jetzt ein paar Anrufe machen, und dann komme ich zu Ihnen. Ich hätte ein paar Fragen an Sie.«

Diese Ankündigung stellte sie offensichtlich zufrieden.

»Gern. Kommet Se no. Kommet Se no«, nickte die Alte und ging in ihre Wohnung, um die Sensation sofort per Telefon zu verbreiten. Durch ihre Wohnungstür konnte Kupfer sofort ihre Stimme hören, ohne aber genau zu verstehen, was sie in ihrer Aufregung in die Welt hinausposaunte.

Kupfer erledigte seine Anrufe. Dann klingelte er bei Frau Schumann. Sie telefonierte immer noch.

»Jetz muoss i Schluss macha. Der Kriminaler kommt scho«, hörte er sie sagen. Sie öffnete. »Kommet Se rei. Des isch die gleich Wohnong wie dia driba, bloß andersromm.« Sie ging voran in ihr Wohnzimmer.

»Dürfte ich Sie um ein Glas Wasser bitten?«

Kupfer musste noch immer seinen Brechreiz unterdrücken.

»Ha jo, noch dem Schregga.« Sie goss ihm ein Glas Sprudel ein, aus dem er einen großen Schluck nahm.

»Frau Schumann, man kann noch gar nicht sagen, was wirklich passiert ist. Aber wir werden es herausfinden, auch mit Ihrer Hilfe. Wie lange war denn Frau Reichert Ihre Nachbarin?«

»Lang. Mindeschdens zea Johr.«

»Dann kannten Sie einander gut?«

»Noi. Mit so oinera will i nix zom do han.«

»Wieso?«

»Mannsbilder. Äll Woch an anderer. Ond manchmol zwoi en der gleicha Woch. Äll baar Johr hot se a neis Auto g'het. Aber glaubet Se bloß net, dass die des als Segredärin vo dem Wels verdient hot. Des hot doch hier omanander a jedes g'wisst, was des fir oine isch. Ond wia die romgloffa isch, do hot mr doch glei g'sä, was dia duot.«

»Wann haben Sie das letzte Mal einen Mann in Frau Reicherts Wohnung gehen sehen?«

Frau Schumann wurde unsicher. »I woiß nemme.«

»Letztes Wochenende? Oder im Lauf der letzten Woche?«

»Noi. Des isch scho länger här.«

»Können Sie irgendeinen Mann beschreiben, der Frau Reichert besuchte?«

»Klar, ihr Chef, der isch doch ällaweil komma.«

»Und sonst noch jemand?«

»Manchmol, aber eigendlich friar. Ond die hen se mit am gleicha Audo abg'holt.«

»Das verstehe ich nicht. Wie meinen Sie das?«

»Ha, erschd hot dr oine des Audo g'het ond no dr ander.«

»Und was für ein Auto war das?«

»A ausländischs, i woiß au net.«

»Wissen Sie noch, wie der andere Mann aussah, der dieses Auto fuhr?«

»Des war a Großer mit schwarze Wuschelhoor.«

»Der Fall wird schwierig«, sagte der Arzt, als er die Leiche in der Wanne liegen sah. »Völlig ausgeblutet, das Blut stark verdünnt, und wenn es Blutalkohol oder ein Betäubungsmittel gegeben hat, dann hat sich der Stoff bei der Raumtemperatur möglicherweise schon verflüchtigt.«

»Sie meinen, Sie finden nicht mehr viel?«, fragte Kupfer und runzelte die Stirn.

»Natürlich analysieren wir trotzdem ein paar Wasserproben, aber wie viel unsere Ergebnisse mit dem ursprünglichen Zustand zu tun haben, kann man nicht sagen. Was könnten Sie denn damit anfangen, wenn wir noch minimale Spuren von Alkohol nachweisen würden? Und mehr kann es eigentlich gar nicht mehr sein.«

»Verstehe. Wie lange liegt sie schon da drin?«, fragte Kupfer.

»Schwer zu sagen, seit Samstagabend oder Sonntag. Dazu müssten wir wissen, wie warm das Wasser am Anfang war. Wenn sie ermordet wurde und der Mörder sie in kaltes Wasser gelegt hat, dann sieht das anders aus, als wenn sie sich in ein warmes Bad gelegt hat, bevor sie umgebracht wurde. Auch der Mörder könnte sie übrigens in warmes Wasser gelegt haben. Was weiß man schon? Und eine Differenz der Anfangstemperatur von vielleicht dreißig Grad macht einen riesigen Unterschied aus. Das muss die Obduktion ergeben. Zunächst kann man gar nichts sagen. Das kann Selbstmord sein – oder Mord. Wer weiß.«

Kupfer benetzte seine Finger und rieb sie gegeneinander. »Keine Seife drin«, stellte er fest. »Ich nehme an, dass das Wasser kalt war. Und ich kann mir nicht vorstellen, dass diese Frau das Wasser selbst eingelassen hat. Schauen Sie, was sie an Badezusätzen alles gehabt hat.« Er deutete auf die bunten Plastikflaschen, die hinter Erna Reicherts Kopf auf dem Rand der Badewanne standen. »Und ich traue ihr schon gar nicht zu, dass sie ihren eigenen Hund ersäuft hat. Auch nach meinem Eindruck vom Gespräch am letzten Samstag halte ich Selbstmord für ausgeschlossen. Jetzt sollten wir bloß noch feststellen können, womit man ihr die Pulsadern aufgeschnitten hat.«

Die Frage klärte sich, nachdem man die Leiche aus der Wanne gehoben hatte und das Wasser auslaufen ließ. Man fand eine Rasierklinge.

Kupfer streifte sich ein paar Plastikhandschuhe über und öffnete das Badezimmerschränkchen. Er fand einen elektrischen Rasierapparat und eine neue Packung Einmalrasierer. Fach für Fach nahm er alles heraus und stellte es dann an seinen Platz zurück. Dann sagte zu den Leuten von der Spurensicherung: »Ich möchte vor allem wissen, ob es in diesem Haushalt Rasierklingen gegeben hat.«

Die Antwort war negativ. Man fand keine Rasierklingen, nicht einmal eines dieser kleinen Papierblättchen, in die Rasierklingen eingewickelt sind.

»Das war kein Profi«, folgerte Kupfer, »sonst wäre die Rasierklinge weg oder er hätte ein angebrochenes Päckchen hinterlassen.«

Kupfer blickte in das kleine Schlafzimmer. Das Bett war unberührt, das Zimmer aufgeräumt, alle Kleider im Schrank. »Haben Sie schon mal gehört, dass jemand seine Kleider aufräumt, bevor er sich umbringt? Ich nicht«, sagte Kupfer zu seinem Kollegen.

Im Küchenregal gab es ein paar Flaschen billigen Wein, in der Anrichte im Wohnzimmer verschiedene Liköre. Auf dem Couchtischchen stand ein Glas mit einem Rest von Gin and tonic, von dem die Tote kurz vor ihrem Ende getrunken haben musste. Die halbvolle Ginflasche und ihr Glas wiesen Fingerabdrücke auf, ebenso die Tonicflasche. Alles andere machte einen unberührten Eindruck, als hätte niemand diese Wohnung benutzt.

Eine junge Polizistin von der Spurensicherung kam aus dem Schlafzimmer. »Da hat jemand gründlich aufgeräumt. Es gibt kein Handy, kein Adressbuch, nichts. Wir haben bloß diese Schuhschachtel mit Fotos im Kleiderschrank gefunden.«

»Gut«, lobte Kupfer. »Damit kommen wir weiter.«

»Außerdem hat sie am Samstag noch eingekauft. Im Kühlschrank sind zwei Kalbsschnitzel, Fenchel und eine Flasche Württemberger Riesling Kabinett. So guten Wein hat sie sich sonst offensichtlich nicht gegönnt. Sie hat Besuch erwartet.«

»Es muss jemand gewesen sein, den sie gut kannte. Als sie ihn hereinließ, wusste sie ja schon, was mit Wels passiert war. Sie muss ihrem Mörder vertraut haben.«

Kupfer schaute noch einmal in die verschiedenen Räume. »Suchen Sie vor allem nach Haaren und Hautschuppen«, wies er dann die Spurensicherung an. »Der Täter hat sich ziemlich anstrengen müssen. Das ist bestimmt nicht ohne Spuren abgegangen, auch wenn es zunächst so aussieht. Ich würde mich aufs Wohnzimmer konzentrieren. Da muss er sie betäubt und ausgezogen haben, und von da hat er sie ins Bad geschleppt.«

Ludwig Wurster arbeitete als Meister bei einem lokalen Sanitärbetrieb und fungierte nebenher als Hausmeister. Er wohnte direkt unter Erna Reichert. Kupfer brauchte ihn gar nicht erst rufen zu lassen. Als er von der Arbeit kam, klopfte er sofort an die offene Wohnungstür und stellte sich vor.

»Die Erna war keine schlechte Hausgenossin«, sagte er. »Manchmal ging es laut bei ihr her, wenn sie Besuch hatte. Aber man muss ja so einer ledigen Frau auch ein bisschen Vergnügen gönnen.«

»Wir haben aber schon eine ganz andere Darstellung gehört.«

»Von der Schumann?« Wurster winkte verächtlich ab. »Die ist mit niemandem gut und lästert über alle. Wenn das alles stimmen würde, was diese Person behauptet, dann wären wir alle Huren und Verbrecher.«

»Dann stimmt das mit den Männerbekanntschaften also gar nicht?«

»Sagen wir mal so: Es war nicht bloß einer, aber es waren immer die Gleichen. Und manchmal kam ja auch eine ganze lustige Runde zusammen und hat bei ihr gefeiert. Mich hat das nicht gestört. Es war ja nicht so oft.«

»Wissen Sie, wer zu ihr kam?«

»Ihr Chef natürlich, eigentlich schon immer, und früher kam immer einer, der mit ihrem Chef irgendwas zu tun hatte. Der kam in einem dunkelgrünen Jaguar daher, in so einem

Oldtimer. Den fuhr dann auf einmal der Wels. Meistens war es einer von den beiden.«

»Frau Schumann redete von schwarzem Wuschelhaar. Passt das auf den?«

»Ja, kann man schon sagen. Und der war immer gut angezogen, irgendwie elegant.«

»Alter?«

»So alt wie sie selber, würd ich sagen.«

»Können Sie einschätzen, wie oft er hier war?«

»Einmal in der Woche mindestens, meistens am Wochenende. Die anderen waren seltener da. An die kann ich mich nicht mehr erinnern, obwohl man sich manchmal im Treppenhaus begegnet ist. Aber jedenfalls ist Erna nicht auf den Strich gegangen. Da könnte man die Schumann noch wegen Rufmord anzeigen, obwohl die Erna …«

Er schluckte. Je länger er redete, umso mehr schien ihm Ernas Reicherts Tod nahezugehen.

»Nein«, redete er weiter, »seit letzten Freitag haben wir nichts mehr von ihr gehört, ich nicht und meine Frau nicht. Wir dachten, sie sei nach dem Schrecken weggefahren. Und wir haben auch keinen Fremden im Haus gesehen. Also wir nicht. Die andern Leute muss man ja noch fragen. Wissen Sie, in so einem Haus hört man zu allen Tag- und Nachtzeiten jemand weggehen oder heimkommen. Da dreht man sich nicht mehr danach um. Es wohnen ja auch Schichtarbeiter hier.«

»Und wie gut kannten Sie Frau Reichert?«

»Wie alle Leute im Haus. Wenn etwas nicht funktioniert hat, hat sie mich gerufen, man hat über Heizungskosten geredet und die Kosten, die man gemeinsam tragen muss. Wir sind freundlich miteinander umgegangen, aber in unserer Wohnung war sie nie. Nur wenn man sich außerhalb getroffen hat. Beim Stadtfest ist man schon mal zusammengesessen, oder wenn im Brauhaus was los war, dann hat man mal ein Bier miteinander getrunken.«

»Würden Sie sagen, dass sie eine lebensfrohe Person war?«

»Auf jeden Fall. Dass sie selber Schluss gemacht hat? Nein, ausgeschlossen.«

»Beunruhigt es Sie dann nicht, dass in Ihrem Haus ein Mord passiert sein muss?«

»Wieso? Ich kenne die Leute hier alle, und das traue ich keinem zu.«

»Hatte Frau Reichert Angehörige?«

»Ich weiß nur, dass ihre Eltern schon tot sind. Das waren Böblinger, die sind auch hier beerdigt, noch auf dem alten Friedhof am Herdweg. Ich weiß, dass sie das Grab gepflegt hat. Sie hatte noch eine jüngere Schwester, die im Oberschwäbischen verheiratet ist. Aber ich weiß nicht, wie sie heißt.«

»Danke, das finden wir schon raus.«

Auch von den anderen Hausbewohnern war kein Hinweis zu bekommen. Am Wochenende gingen viele Leute ein und aus, manche bekamen Besuch, manche gingen aus bis spät in der Nacht. Da wurde auf jemanden, der durchs Treppenhaus ging, gar nicht geachtet.

15

Tauscher setzte eine Absichtserklärung auf, in der er Strategie und Ziel seiner geplanten Aktion genau erklärte. Er wolle seinen gefälschten Otto Mueller nicht verkaufen, sondern nur herausfinden, was hinter der Versteigerung der beiden Pseudo-Rothkos steckte. Sein Freund und Anwalt, Dr. Detlev Krohn, prüfte das Schreiben, steckte es in einen Umschlag und hinterlegte es auf dem Bezirksnotariat.

»Rein juristisch gesehen, kann dir jetzt nichts mehr passieren«, sagte er zu Tauscher, »aber an deiner Stelle wäre ich trotzdem verdammt vorsichtig.«

»Schon klar«, sagte Tauscher, verstaute den Zigeuner-Mueller in seinem alten Opel und fuhr nach Köln. Er nahm ein Zimmer in einem Ibis-Hotel in der Innenstadt und rief Katzi an.

»Ich bin jetzt hier in Köln.«

»Wo?«

»Im Ibis in der Weyerstraße.«

»Mit oder ohne?«

»Ich hab's dabei. Wo treff ich dich?«

»Lass uns erst mal was trinken gehen. In einer Stunde im Brauhaus Paeffgen in der Friesenstraße. Nimm ein Taxi, das ist am einfachsten. Wer zuerst da ist, wartet am Eingang.«

Tauscher hätte Katzi fast nicht wiedererkannt. Aus dem schlanken Kunststudenten, der nie anders als in Jeans und Lotterpulli ohne Hemd herumgelaufen war, war ein feister Mittvierziger im grauen Anzug geworden, dem der Bauch stark über den Gürtel hing. In seinem offenen Hemdkragen glitzerte ein Goldkettchen. Der Bart war weg, aber auch viel von dem vollen dunklen Haar, das ihm früher fast in die Augen gefallen war.

»Ich lebe mein Leben in wachsenden Ringen«, sagte Katzi nach der Begrüßung, als er sich von Tauscher gemustert fühlte.

»Die sich über den Gürtel zieh'n«, setzte Tauscher hinzu und lachte über Katzis Selbstironie. »Hauptsache, du bist gesund. Und du siehst gut aus, Katzi.« Letzteres war glatt gelogen. Die Rötung von Katzis Hängebacken hatte mit gesunder Durchblutung wenig zu tun.

»Aber dich hätte ich auf der Straße gleich wiedererkannt. Wie hast du dich so gut gehalten?«

»Naturtalent, alles genetisch bedingt, keinerlei Verdienst«, lachte Tauscher. Es entstand eine kleine Gesprächspause, in der die beiden sich lächelnd ansahen. »Schon lustig, dich nach so vielen Jahren wiederzusehen«, knüpfte Tauscher neu an. »Ich habe inzwischen all die Typen von der Akademie total aus den Augen verloren. Hast du noch zu irgendjemandem Kontakt?«

»Nee, schon lange nicht mehr. Seit ich hier in Köln bin, ist es gerade, als sei ich gar nie in Karlsruhe gewesen. Ich habe gar keine Verbindung mehr.«

»Traurig, wie sich alles auflöst.«

»Ja, traurig.«

Als sie in dem geräumigen Lokal an einem schweren blanken Holztisch Platz genommen hatten, wurde schnell offenbar, dass mindestens Katzis Körperform nicht nur genetisch bedingt war. Wenn der Köbes mit dem Kranz vorbeikam, ließ er sich immer gleich zwei Kölsch hinstellen. »Schmeckt hervorragend«, kommentierte er seinen doppelten Zugriff, »aber in jedem Gläschen ist nur ein Schluck drin. Einfach zu wenig.«

Tauscher sah sich um und wunderte sich, wie belebt dieses Lokal schon am hellen Nachmittag war. Es hallte von Geschirrgeklapper und Stimmen. »Schön hier, aber ein wenig laut.«

»Das schon. Aber dafür isst du hier auch gut für wenig Geld. Wenn ich denke, was ich das letzte Mal in Stuttgart bezahlt hab! Nach so einem Laden wie dem hier kannst du bei euch lange suchen.«

Tauscher war sofort klar, dass er an diesem Tisch etwas liegen lassen musste, wenn er von Katzi Hilfe erwarten wollte. Immer wieder winkte er dem Köbes, bestellte zwischendurch auch für beide einen doppelten Korn und schaute bald in die Speisekarte, weil er dringend etwas essen musste, wenn er dieses Gelage durchstehen wollte.

»Halver Hahn als Vorspeise«, schlug Katzi vor, »und dann rheinischen Sauerbraten, darauf hätte ich jetzt Lust.«

Und Tauscher bestellte. Überrascht schaute er auf den Teller, den der Köbes vor ihn stellte.

»Ein halver Hahn für den Herrn.«

»Ein halver Hahn ist Käse?« fragte er.

»Ja, mittelalter Holländer mit Butter und Senf auf einem Röggelsche. Passt gut zum Bier.«

Immer wieder kam der Köbes vorbei, stellte auf Katzis Zunicken hin drei frische Kölsch auf den Tisch und machte auf Tauschers Bierdeckel die entsprechenden Striche. Nach dem vierten Glas spürte Tauscher den Alkohol im Kopf und konnte Katzis ausschweifendem Lob der rheinischen Küche nur mit Mühe folgen.

»Wenn du mal einen richtigen rheinischen Sauerbraten gegessen hast, dann lässt du jeden schwäbischen Zwiebelrostbraten stehen«, behauptete Katzi und stimmte dann nicht enden wollende Lobeshymnen über seine eigenen Kochkünste an.

Tauscher stimmte ihm nicht gerade zu, ließ aber seine Litaneien über sich ergehen und nickte immer wieder, was Katzi als Kommentar zu genügen schien. Eigentlich wollte er nichts mehr trinken, wusste aber nicht, wie er diese Sauferei beenden konnte, ohne Katzi die Stimmung zu verderben. Er ließ das nächste Bier einfach stehen und aß langsam seinen Sauerbraten, ohne ihn hinunterzuspülen. Katzi fiel das gar nicht auf. Als Tauscher anschließend einen Kaffee bestellte, meinte Katzi, das sei eine gute Idee, denn man müsse ja nüchtern bleiben, wenn man sich über Geschäftliches unterhalten wolle. Tauscher zählte die fünfzehn Striche auf seinem Bierdeckel und fragte sich, ob es eine Zahl gab, ab der Katzi sich als nicht mehr nüchtern bezeichnen würde.

Katzis unvermittelten Einstieg ins Thema verstand er nicht gleich. »Was hast du?«

»Nichts. Was soll ich haben?«, sagte Tauscher schnell, weil er meinte, Katzi hätte ihn beim Zählen ertappt.

»Was hast du mitgebracht, meine ich.«

»Ach so. Einen Otto Mueller.«

»Kopie?«

»Nein, Pasticcio, eine Kreuzung aus zwei Akten.«

»Hmm. Werd ich mir mal ansehen. Und du willst ihn loswerden?«

»Natürlich. Wieso?«

»Du willst das Bild wirklich verkaufen und nicht nach der Auktion zurückhaben?«

»Was hätte ich denn davon, wenn ich es zurücknehmen würde?«

»Den Adel eines Auktionshauses.«

Trotz der vier Kölsch, die er intus hatte, begriff Tauscher schlagartig, warum seine beiden Rothkos versteigert worden waren. Aber das wollte er sich noch genauer erklären lassen. »Was meinst du damit?«

»Du bist halt ein Anfänger, aber das ist keine Schande, wir haben ja alle mal angefangen«, sagte Katzi gönnerhaft und trank Tauschers letztes Kölsch aus, das dieser ihm in einem unbeobachteten Moment zugeschoben hatte. »Nicht jedes Bild, das versteigert wird, wechselt auch wirklich den Besitzer, musst du wissen. Was hat denn dein Otto Mueller für eine Provenienz?«

Tauscher erzählte ihm, was Helene und er sich ausgedacht hatten.

»Nicht schlecht«, lachte Katzi laut und schlug dabei auf den Tisch, dass die Gläser hüpften, »das mit dem toten GI ist ja rührend.« Dann wurde er leise. »Aber eine Auktion fehlt noch. Das wäre das Adelsprädikat. So ein Aufkleber auf der Rückseite steigert den Wert beträchtlich.«

»Ich habe nicht das Geld, um mitbieten zu können.«

»Das brauchst du auch gar nicht.« Katzi beugte sich zu ihm herüber und legte schwer eine Hand auf seinen Arm.

»Verstehe ich nicht.«

»Ganz einfach. Wir nehmen das Bild herein ...«

»Wo herein?«

»In eine Auktion bei Hahn & Keller natürlich, feinste Adresse in der Stadt.« Er versicherte sich, dass niemand in Hörweite war und flüsterte, wobei er das linke Auge zukniff: »... und organisieren zwei Bieter, die den Preis hochjubeln. Dann gibt es zwei Möglichkeiten: Entweder eine dritte Partei treibt den Preis so hoch, dass es dumm wäre, das Bild nicht für eine solche Summe wegzugeben, oder einer von den Unseren bekommt den Zuschlag. Den Preis brauchst du natürlich nicht zu bezahlen.«

»Einfach so?«

»Na ja, fünfzehn Prozent Auktionsgebühren und sieben Prozent Umsatzsteuer müsstest du dann schon abdrücken.

Für die Geschäftsleitung muss die Bilanz schließlich stimmen.«

»Das Geld habe ich nicht. Ich weiß nicht, wo ich zweiundzwanzigtausend Euro hernehmen soll, wenn das Bild zum Beispiel um hunderttausend weggeht. Und so viel sollte es schon bringen.«

»Kein Problem. Du hast bei uns Kredit. Zwölf Prozent tilgungsfrei. Du gibst uns unseren Anteil, wenn du das Bild dann nach ein, zwei Jahren richtig versteigern lässt.«

»Du redest immer von ›uns‹ und ›wir‹. Wer gehört denn noch zu dir?«

»Das willst du gar nicht wissen. Entweder du vertraust Katzi oder nicht. Einen sehr wichtigen Mann lernst du aber kennen, Dr. Schimmelpfennig. Er muss deine Arbeit gut finden. Das ist die einzige Voraussetzung, dann läuft das Geschäft.«

»Und was kriegt ihr?«

»Nochmal fünfzehn Prozent. Umsonst ist der Tod.«

»Pfffffffff«, machte Tauscher. Ihm wurde ganz schwindelig.

»Hör mal, du hast ein Bild, das bei dir bloß rumliegt, und kein Geld. Und hinterher bist du das Bild los und bist aus dem Schneider. Zweiundvierzig Prozent musst du abgeben, das ist nicht einmal die Hälfte, und einiges mehr, als dir jeder Galerist lassen würde.«

»Wieso zweiundvierzig? Ich war gerade bei siebenunddreißig.«

»Na ja, Schimmelpfennig kriegt auch noch fünf.«

»Und wenn es schiefgeht?«

»Was soll schiefgehen? Wir sind doch nicht neu im Geschäft, wir sind doch alte Hasen. Beim letzten Mal ging doch auch nichts schief, oder«, lachte er und klopfte Tauscher auf die Schulter. Tauscher fragte schnell: »Und wann schaut sich dieser Schimmelpfennig das Bild an?«

»Weiß ich noch nicht. Warte mal.« Katzi stand auf und ging hinaus.

Welches letzte Mal hatte Katzi gemeint? Hatte er tatsächlich mit der Versteigerung der Rothkos zu tun und wusste, dass er sie gemalt hatte? Nachfragen wäre jetzt völlig falsch. Er musste wachsam bleiben, sagte er sich, wobei er aber spürte, dass es um seine Konzentrationsfähigkeit schlecht stand. Er bestellte sich einen weiteren Kaffee und kippte seinen Korn in Katzis Bier.

Katzi hatte das Handy noch am Ohr, als er sich wieder an den Tisch setzte. »Okay, Schimmi«, sagte er. »Dann um acht im Ibis an der Weyerstraße.« Mit den Schweißperlen auf der Stirn und seinen rot angelaufenen Wangen sah er aus, als hätte er eine körperliche Anstrengung hinter sich. »Klappt alles wie am Schnürchen, sag ich dir. Prost auf unseren Deal.« Er griff nach dem Kölsch und stürzte es in einem Zug hinunter.

Tauscher schaute auf die Uhr. »Bis acht sind es noch zweieinhalb Stunden. Ich würde jetzt gerne ins Hotel gehen und mich etwas frisch machen.«

»Ach Diego, komm, lass uns noch einen nehmen.«

»Hinterher, Katzi, bitte erst hinterher. Ich bin seit vier Uhr auf und bin gestern erst spät ins Bett. Ich muss mich kurz hinlegen, sonst kippe ich aus den Latschen.«

»Na gut. Dann komme ich um acht mit dem Schimmelpfennig zu dir ins Hotel.«

16

Tauscher sammelte sich. Eine gute halbe Stunde saß er in seinem Hotelzimmer und tat nichts. Trotz des Verkehrslärms, den das geschlossene Fenster nicht ganz dämpfen konnte, genoss er nach der betäubenden Mischung aus Gasthauslärm und Katzis pausenlosem Geschwätz die vergleichsweise Stille. Dann ging er unter die Dusche. Erst warm, dann kalt. Das tat ihm gut. Er bekam wieder einen klaren Kopf. Er nahm den Zettel zur Hand, den er von Wels' Schreibtisch mitgenommen hatte, und strich ihn glatt. Und nun war ihm klar, was diese Zahlen bedeuten mussten. Er ergänzte sie mit einem Bleistift.

	1,8 Millionen	*3,5 Millionen*
Schätzg.	*90 000 (= 5%)*	*175 000*
	270 000 Geb (= 15%)	*525 000 Auktionsgebühren*
	126 USt (= 7%)	*245 000 Umsatzsteuer*
	90 G	*175 000 G ????*
	90 B…l… (= Bieter)	*175 000*
		Ekap. 166 000

Zu »G« fiel ihm absolut nichts ein. Aber dass Wels zur Finanzierung dieser Auktion auf nur 166 000 Euro Eigenkapital zurückgreifen konnte, konnte er sich gut vorstellen.

Es war Zeit, Detlev Krohn anzurufen. Er setzte ihm genau auseinander, was Katzi ihm eröffnet hatte. »Eigentlich weiß ich jetzt schon genug. Wir müssen es nur noch beweisen können. Was schlägst du vor?«

»Wir müssen aufpassen, dass du dich nicht der Anstiftung zu einer Straftat schuldig machst. Das können wir absolut nicht brauchen. Jetzt warten wir einmal ab, was sich ergibt. Hättest du die Nerven, dein Handy eingeschaltet zu lassen, wenn du mit diesem Schimmelpfennig verhandelst? Dann würde ich das Gespräch hier aufnehmen. Und hinterher schließen wir uns wieder kurz.«

»Okay, mach ich. Halt du dich gegen acht bereit. Ich versuche, das Gespräch ein wenig voranzutreiben.« Tauscher bat die Rezeption, ihn Viertel vor acht zu wecken, und legte sich ins Bett. Das Kölsch tat seine Wirkung. Er schlief tatsächlich ein.

Als er geweckt wurde, duschte er noch einmal, trank eine Flasche Mineralwasser und fühlte sich fit. Er machte sein Bett, packte vorsichtig sein Bild aus und legte es bereit. Eben wollte er ins Foyer hinuntergehen, um seine Besucher zu empfangen, da klopfte es schon.

»Einen Moment bitte«, rief Tauscher, wählte Detlevs Nummer und steckte sein Handy in die Hosentasche. Dann öffnete er.

»Wir sind gleich heraufgekommen«, sagte Katzi und ließ mit seiner Körpermasse das Zimmer noch enger wirken, als es ohnehin war. »Dr. Schimmelpfennig, Diego Tauscher«, machte er die beiden miteinander bekannt.

Als sie sich die Hand gaben, hatte Tauscher das Gefühl, dass er etwas Weiches und Aalglattes umfasste. Er hatte jemanden aus ihrer Generation erwartet, aber Schimmelpfennig war gute zehn Jahre älter. Seine förmliche Kleidung und sein hageres Gesicht überraschten Tauscher, denn er war von Katzi so beeindruckt gewesen, dass er einen ähnlichen Typen erwartet hatte, ohne sich dessen bewusst zu sein.

»Sie sind also Diego Tauscher«, eröffnete Dr. Schimmelpfennig das Gespräch. Es klang, als hätte er schon viel von ihm gehört. »Und hier liegt ja auch schon das Objekt.« Sein rheinischer Singsang war nicht zu überhören. »Wollen wir mal sehen.«

Er nahm eine Lupe aus der Tasche und betrachtete als Erstes die Rückseite des Bildes. »Alte, jrobe Leinwand, juut, und die Nägel leicht anjerostet. Dat Material wirkt äscht.«

Dann drehte er das Bild um, stellte es aufrecht ans Kopfende des Bettes und betrachtete es lange. Anerkennendes Kopfnicken. »Ein rischtischer Otto Mueller. Juut. Womit haste jemalt?«

»Mit Hasenleim.«

»Dat Janze?«

»Klar, alles.«

»Juut! Haste die Farbe jealtert?«

»Das Bild hat immer mal wieder ein sattes Sonnenbad gekriegt, über drei Sommer weg.«

»Ein schöner Otto Mueller. So was hatten wir schon lange nicht mehr.«

»Hab ich dir nicht gesagt, dass Diego gut ist?«, wollte sich Katzi ins Gespräch drängen, aber Schimmelpfennig ignorierte ihn.

»Ich weiß nicht, was dir dein Freund über die Konditionen gesagt hat«, sagte er zu Tauscher.

»Ich denke, ich weiß Bescheid.«

Schimmelpfennig betrachtete schweigend das Bild und ließ sich Zeit. Tauscher wartete gespannt auf seine Schätzung.

»Ja, was soll ich sagen? Ich denke, wir nehmen das Bild mal mit 250 000 Euro herein. Und wenn du es janz loshaben willst, könnten 500 000 Euro drin sein.«

»Das freut mich«, nickte Tauscher und rieb sich die Hände.

»Nun zum Jeschäftlischen«, sagte Schimmelpfennig, indem er seiner Brieftasche zwei Kärtchen entnahm. »Du überweist baldmöglichst 15 000 auf jedes dieser Konten.«

»Ich dachte«, Tauscher schluckte, »ich dachte, ich hätte Kredit, bis das Bild verkauft ist.«

»Schon«, erklärte Schimmelpfennig, »aber nur über den Betrag für die grundlegende Dienstleistung, also die Schätzung und die Aufnahme in den Ausstellungskatalog. Für alles andere musst du vorab was bezahlen. Du kannst ja nicht als Anbieter auftreten, wenn du das Bild behalten willst. Also musst du noch einen Anbieter engagieren. Und unsere Bieter müssen ja auch etwas haben. Die wollen alle gleich Jeld sehen. Wenn das Bild dann verkauft ist, für 500 000, meine ich, dann kommen noch mal ein paar Tausend dazu, aber die haste ja dann.«

»Tja«, dachte Tauscher laut nach, »da werde ich mich wohl um einen Kredit kümmern müssen.« Er schaute Katzi fragend an, der sich aber ganz auf das Bild zu konzentrieren schien. »Katzi«, fragte er direkt, »deckt dein Kreditangebot das auch ab?«

»Das? Nein. Beim ersten Mal nicht.«

»Egal«, spielte Tauscher die Angelegenheit herunter. »Ich werde diesen Kleinkredit schon bekommen. Keine Frage.«

»Dann bring dat Bild doch gleich morgen bei Hahn & Keller vorbei. Ich selbst bin nicht da, hab 'nen Außentermin. Sag einfach, ich wüsste über das Bild Bescheid. Ach so, die Herkunftsjeschischte brauch ich noch schriftlich. Haste die da?«

»Nein, aber ich kann meine Frau anrufen, die schickt sie dann per Mail.«

»Juut. Perfekt. Wenn dat Jeld dann da is …«

»Okay, einverstanden. Schriftlich …?«

»Nee, schriftlich wird nichts festjelegt. Du kriegst vom Auktionshaus die normale Quittung und stellst einen Auktionsauftrag aus, dafür geben sie dir ein Formular, un dat is et dann. Der Rest is Treu un Glauben.« Er streckte Tauscher seine Rechte entgegen. Tauscher schlug ein.

»Dann wollen wir den Deal begießen«, sagte Katzi stolz, als hätte er Großes geleistet.

»Ja, wir können noch einen Schluck nehmen«, stimmte Tauscher zu, »aber ich muss mir noch etwas Leichteres anziehen. Mir ist etwas zu warm. Ich komme gleich nach.«

Mit diesen Worten öffnete er die Tür. Schimmelpfennig nickte ihm zu und ging voran. Katzi folgte ihm, hob hinter seinem Rücken den Daumen und zwinkerte Tauscher zu.

Tauscher lauschte an der Tür, bis er sicher war, dass er nicht gehört werden konnte. Dann zog er sein Handy aus der Tasche.

»Alles okay?«

»Super! Diego, es reicht. Mehr brauchen wir nicht. Du hast Schimmelpfennigs Bankverbindungen? Habe ich das richtig gehört?«

»Ja, ich habe zwei Kärtchen mit Bankkonten et cetera.«

»Dann pack dein Bild ein und fahr nach Hause.«

»Ich weiß nicht. Meinst du nicht, mein Manöver ist zu durchsichtig, wenn ich das Bild jetzt nicht bei denen lasse? Die merken doch, dass sie ausgehorcht worden sind.«

»Ist doch völlig egal, was die denken. Es geht vor allem darum, dass du bei der Polizei gut dastehst.«

»Aber deswegen haben wir doch aufgeschrieben, was die ganze Übung soll, und den Schrieb beim Notar hinterlegt.«

»Ja, okay, aber ich habe es mir inzwischen anders überlegt. Stell dir bloß mal vor, ein paar gefährliche Ganoven ersteigern das Bild, weil sie Geld waschen wollen, und stellen hinterher fest, dass sie reingelegt worden sind, weil du einen Skandal lostreten wolltest. Dann kann die Angelegenheit für dich ziemlich ungemütlich werden. Außerdem würde das ja noch ein paar Monate dauern, bis dein Otto Mueller versteigert wird. So viel Zeit hast du nicht, wenn du aus der Sache mit den Rothkos gut herauskommen willst.«

»Na gut, klingt einleuchtend.«

Schon am nächsten Morgen um sieben checkte Tauscher aus und fuhr nach Süden. Auf der Höhe von Koblenz hielt er kurz an und schickte Katzi eine SMS:

Hallo Katzi, ich mag das Bild nicht gleich dalassen, ohne dass ich die Kreditfrage geklärt habe. Sorry. Melde mich sofort, wenn alles klar. Ciao Diego

Den ganzen Tag wartete er gespannt auf eine Antwort, aber Katzi meldete sich nicht.

17

Auf Kupfers Schreibtisch stand eine Schuhschachtel voller Fotos. »Was machen wir jetzt mit denen?«, fragte Paula Kußmaul.

»Sichten. Und das wäre doch was für Sie, mal eine Weile zur Abwechslung Bildle angucken. Keine Lust?«

»Wenn Sie mich dazu zwingen, dann will ich halt diese Schreibarbeiten hier schweren Herzens auf die Seite schieben«, grinste Paula.

»Schön. Sie haben ja einen Blick für Mode und die Veränderung weiblicher Schönheit. Da ist es doch ganz leicht für Sie, diese Bilder zeitlich zu ordnen.«

»Das ist eine ehrenvolle Aufgabe. Ich fühle mich geschmeichelt.«

Paula Kußmaul arbeitete sich durch die Schuhschachtel und setzte mehrere kleine Stapel von Fotos nebeneinander, wobei sie ab und zu leise vor sich hinredete und immer wieder kicherte.

»Und?«, fragte Kupfer, als er sah, dass die Schuhschachtel inzwischen fast leer war. »Wie sieht's aus?«

»Gleich hab ich's, gleich. Aber eins kann ich Ihnen jetzt schon sagen: Das war ein ziemlich lustiger Vogel, die hat gern einen gekippt, war viel unterwegs und immer mit gestandenen Mannsbildern. Da, den hier kenn ich sogar: Manfred Stampfer. Möcht gern mal wissen, was Stampfer bei der in der Wohnung zu schaffen gehabt hat.«

»Ist doch ganz harmlos. Da, sehen Sie, es sind ja auch noch andere dabei.«

»Ja, schon, aber die Weiber sehen genauso leichtsinnig aus wie die Reichert. Mich tät interessieren, auf was das ›Feschtle‹ dann am Schluss hinausgelaufen ist.«

»Tja, das bleibt Ihrer Phantasie überlassen.«

»Auf jeden Fall sollte Frau Stampfer dieses Foto nicht sehen. Manfred Stampfer mit zwei jungen Weibern im Arm, da legst du dich nieder.«

Kupfer grinste.

»Was gibt's da zu lachen?«

»Ich frag' mich halt, welche sich da niedergelegt hat.«

»Schwer zu sagen. Fragen Sie ihn doch einfach.«

»Das, liebe Frau Kußmaul, ist nicht von strafrechtlicher Bedeutung. Aber das Bild zeige ich ihm. Mal sehen, was er dann sagt. Er ist uns sowieso noch ein paar Antworten schuldig.« Er drehte das Foto um. »Hier steht sogar ein Datum: 21.05.05. Das war der vierzigste Geburtstag der guten Erna, wenn mich nicht alles täuscht.«

Paula Kußmaul reichte Kupfer ein weiteres Foto. »Schauen Sie mal, und hier steht dasselbe Datum. Genau die gleiche Frisur hat sie, aber bei dem ›Feschtle‹ ist sie wilder geschminkt.«

»Wirklich? Da muss man aber genau hinsehen.«

»Ich seh so was auf den ersten Blick.«

»Natürlich, deswegen mussten Sie ja auch Ihre Schreibarbeit unterbrechen.«

Das zweite Foto war im Freien aufgenommen. Erna hatte sich an den großen Mann mit dem üppigen schwarzen Schopf gelehnt und schmiegte ihre Wange an seine Schulter, während er lässig den Arm um sie legte und mit gutgelauntem Besitzerstolz in die Kamera lächelte. Im Hintergrund lag die Reichenau.

»Was meinen Sie, lacht er jetzt wegen dem Auto oder wegen der Frau?«, provozierte Kupfer ein wenig.

»Weiß ich doch nicht. Aber ich weiß, wo die sind. Ich habe schon auf der Landkarte nachgesehen. Sie stehen irgendwo zwischen Allensbach und Hegne. Die waren auf einer Spritztour am Bodensee und haben dann bestimmt abends bei ihr weitergefeiert mit noch ein paar anderen. Und was ist das für ein schickes Auto?«

»Das ist ein englischer Oldtimer, ein Jaguar E-Type Baujahr 62. Dem Auto nach könnte der Herr dann dieser Gunno sein, Gunter Norbert Bergmann. Das ist der Mann, von dem Erna Reichert angeblich nur den Namen kannte.«

»Und woher kennen Sie den?«

»Vom Kfz-Brief für den Jaguar. Und die Nachbarin der Reichert hat ihn beschrieben: ›Oiner mit schwarze Wuschelhoor‹ sei früher jede Woche einmal oder zweimal zu ihr gekommen. Und nach dem Kfz-Brief hat unser Freund hier das Auto nur eine Zeitlang gefahren und dann vor drei Jahren an Wels verkauft. Wahrscheinlich wird es bald versteigert. Wäre das nicht ein hübsches Spielzeug für Ihren Mann, als nettes Geschenk zum Fünfzigsten?«

»Ein englischer Sportwagen? Um Himmels willen.«

»Es gibt aber auch noch zwei Mercedessportwagen zur Auswahl, einen 280 SL mit Pagodendach und ein 190 SL Cabrio, Baujahr 58. Oder lieber eine Harley-Davidson Fat Boy, so ein Feuerstuhl mit 1600 Kubik.«

»Nichts gibt's. Mein Mann soll brav seinen alten Passat weiter fahren. Mit solchen Extravaganzen vertut man bloß sein Geld. Hat sich denn der Wels das alles wirklich leisten können?«

»Das ist genau die Frage, die unsere Wirtschaftler klären müssen. Wahrscheinlich irgendwann mal, aber in letzter Zeit garantiert nicht mehr.«

»Dann hätte er doch jetzt seine Spielsachen verkaufen können.«

»Sagen Sie. So einer kann aber nichts verkaufen, weil er spinnt. Sonst hätte er sich doch seine vier Autos und drei Motorräder gar nicht in die Garage gestellt.«

»Wieso vier?«

»Für's Tägliche hatte er ja auch noch seinen Alfa.«

»Vornehm geht die Welt zugrunde.«

»Sie sagen's. Und was war sonst noch Interessantes in der Schachtel?«

»Fotos von ihr und Wels aus verschiedenen Jahren. Aber auch noch Bilder, auf denen sie mit den Damen von der Party zusammen ist. Immer lustig und fidel.«

»Keine Männer mehr?«

»Doch, noch einer, aber den erkennt man fast nicht. Schauen Sie her, das muss auf einem Schiff sein auf dem Neckar.«

Im Bug des Schiffes, das eben eine Schleuse anfuhr, stand Erna Reichert zwischen Wels und einem Unbekannten. Er war größer als Wels, sehr schlank und zog gerade an einer Zigarette, so dass seine lange knochige Hand Mund und Kinn verdeckte.

»Den kann man wirklich kaum identifizieren. Was muss der auch gerade an seiner Zigarette ziehen, als er fotografiert wird, und dann noch der Schatten von seinem Panamahut. Mit seiner Sonnenbrille sieht er gerade so aus, als wollte er eigentlich nicht aufs Bild. Scannen Sie das Bild doch bitte mit der größten Auflösung ein, und dann bitte auf DIN A4 ausdrucken. Und das von der Party bitte auch. Und dann wollen wir mal sehen, was wir mit der Ausbeute anfangen können.«

18

Tauscher war erschöpft, als er nach ein Uhr mittags zu Hause ankam. Der Verkehr zwischen Frankfurt und dem Walldorfer Kreuz war mörderisch gewesen, ganz abgesehen davon, dass ihm die vielen Baustellen mehr Konzentration abverlangt hatten, als er nach den Strapazen des Vortags wirklich aufbringen konnte. Auf derselben Strecke, die er hinzu ohne Stopp in dreieinhalb Stunden zurückgelegt hatte, hatte er zweimal anhalten müssen, um bei einem Glas Mineralwasser neue Kraft zu schöpfen. Für seinen Kopf wäre ein Espresso gut gewesen, aber den wollte er seinem Magen an diesem Vormittag nicht zumuten.

Er traf das Haus leer an. Helene hatte ihm einen Zettel geschrieben: »Bin nach Sifi auf den Markt gefahren.« Es war ihm recht, nicht gleich mit jemandem reden zu müssen. Er holte sich eine Flasche sauren Sprudel aus dem Keller und fläzte sich in den Liegestuhl auf der Terrasse.

Nach dem ersten langen Zug aus der Flasche schloss er die Augen und sah Katzi und Schimmelpfennig vor sich, er sah sich einen Kreditvertrag unterschreiben und träumte schließlich, wie er sein eigenes Bild ersteigern wollte, aber von Katzi überboten wurde, was er als Betrug empfand. Dann wachte er auf, weil er Helene kommen hörte.

»Du bist ja schon wieder da«, begrüßte sie ihn gut gelaunt.

»Schon wieder. Du bist gut. Gute fünf Stunden habe ich für die Strecke gebraucht. Die Autobahnen sind so voll, als sei ganz Europa in Deutschland unterwegs. Und zweimal musste ich Pause machen und etwas Kaltes trinken.«

Sie schaute ihm prüfend ins Gesicht und sagte dann mit einem spöttischen Unterton: »Du hast auch schon mal frischer ausgesehen. War der Abend so anstrengend?«

»Wenn es nur der Abend gewesen wäre! Ich musste mich am hellen Nachmittag an Katzi heranfressen, vom Saufen ganz zu schweigen. Du machst dir keine Vorstellungen, was der so verdrückt. Erst eine dicke Portion Käse als Vorspeise und dann ...«

»Diego, mir ist gleichgültig, wovon dir schlecht ist. Was dabei herauskam, will ich wissen. Du bist doch nicht zum Essen in Köln gewesen.«

»Gleich, gleich. Aber ich geh erst mal duschen.«

Solange Tauscher sich frisch machte, richtete ihm Helene einen gemischten Salat an. »Was willst du dazu? Ein Ei oder Schinken?«

»Erst mal nichts. Nur etwas Frisches. Und sauren Sprudel.«

»Außergewöhnlich genügsam – und sparsam«, bemerkte Helene und grinste dabei. Erst als Tauscher sich an den Tisch gesetzt hatte, wurde Helene auf das eingepackte Bild aufmerksam, das er gleich neben der Tür abgestellt hatte. »Und was ist das? Bist du das Bild nicht losgeworden?«

»Doch, aber ich wollte es nicht mehr dortlassen. Detlev hat mir auch geraten, es wieder mitzunehmen. Ich habe heute Nacht mit ihm telefoniert. Die Lage ist auch so schon klar. Ich muss so schnell wie möglich mit Kupfer sprechen.« Dann erzählte er Helene, was er erlebt und erfahren hatte.

»Und du meinst nicht, dass die Lunte gerochen haben?«

»Ich weiß nicht. Ist mir fast egal. Hätte ich mich denn jetzt auf die Schätzung von diesem zwielichtigen Schimmelpfennig einlassen sollen und von Katzi und Co. einen Kredit aufnehmen? Wozu? Ich weiß auch so schon, was ich wissen wollte. Außerdem wäre das Bild mindestens bis zum Herbst bei denen herumgestanden.«

»Okay, aber dann solltest du heute noch mit Kupfer Kontakt aufnehmen.«

»Will ich auch. Erst mache ich mich noch ein Stündchen lang.«

»Tu das. Nur noch eine Frage: Hat Katzi noch mit jemandem von der Akademie Kontakt?«

»Nein. Er sagte, das hätte sich alles aufgelöst.«

»Komisch«, meinte Helene. »Dabei kannte er doch Gott und die Welt.«

»Ja, er fand das auch traurig.«

Tauscher schlief auf dem Sofa seinen Kater aus, bis Helene ihn um kurz nach vier weckte. »Schluss jetzt mit dem ›beauty sleep‹. Wenn du heute noch mit Kupfer reden willst, dann solltest du es jetzt versuchen. Sonst wird es zu spät.«

Tauscher stand auf, duschte sich noch einmal und trank eine Tasse Tee. Dann fühlte er sich für ein Gespräch gerüstet und rief Kupfer an.

»Sie haben Glück, dass Sie mich hier im Büro erwischt haben. Es gibt Neuigkeiten, zu denen ich Sie auch noch befragen muss. Ich hätte Sie morgen sowieso hergebeten«, sagte Kupfer. »Mir wäre es eigentlich am liebsten, wenn Sie gleich am Vormittag zu mir ins Büro kommen könnten. Geht es bei Ihnen um neun?«

»Ja, sicher. Was ist denn passiert?«

»Ich sag es Ihnen morgen.« Kupfer legte auf.

»Da hättest du mich auch weiterschlafen lassen können«, sagte Tauscher schlecht gelaunt. Lange rätselten sie daran herum, was denn passiert sein könnte, bis Helene sagte: »Ruf doch die Reichert an. Vielleicht weiß die was.«

Aber Erna Reicherts Telefon klingelte in der leeren Wohnung.

Nach den Ereignissen der letzten beiden Tage und Kupfers Ankündigung von Neuigkeiten hatte Tauscher schlecht geschlafen. Er fühlte sich immer noch wie gerädert. Außer etwas Obst und einem leichten Tee konnte er nichts zu sich nehmen, ehe er sich gegen halb neun auf sein Fahrrad schwang und über die Felder auf Böblingen zufuhr. Die frische Morgenluft tat ihm gut. Trotzdem wurde er das flaue Gefühl im Magen nicht los, obwohl er sich immer wieder sagte, dass er doch nichts zu befürchten habe.

Kupfer begrüßte ihn freundlich und bot ihm einen Kaffee an, den er dankend ablehnte. Der Kriminalbeamte schaute ihn mitleidsvoll an und fragte: »Sie sind aber heute nicht gut drauf. Was hat Sie denn so mitgenommen?«

»Einiges. Und das will ich Ihnen ja erzählen.«

»Schön. Gleich. Nur hätte ich gerne, dass Sie sich vorher zwei hübsche Bildchen ansehen.« Damit reichte er ihm die beiden Fotos von Erna Reicherts Vierzigstem. Tauscher blieb der Mund offen stehen.

»Jetzt bin ich platt. Gunno und Wels mit Erna zusammen. Und wer ist der andere?«

»Stampfer, von dem Sie wahrscheinlich auch schon gehört haben.«

»Klar, der finanzstarke Blütensammler. Olina hat mir von ihm erzählt. Aber dass Erna mit Gunno zu tun hat, das haut mich um. Davon hatte ich keine Ahnung. Wo ist das aufgenommen?«

»In Frau Reicherts Wohnung an ihrem Vierzigsten.«

»Ich habe gar nicht gewusst, dass Gunno zu dieser Zeit hier in der Gegend war. Und dass er mit Erna etwas zu tun hat …«

»Dass er mit Erna zu tun hat-te. Sie ist tot.«

Tauscher erschrak und blickte mit schreckgeweiteten Augen von den Fotos auf. »Tot? Wie denn das? Ist sie verunglückt?«

Kupfer schüttelte den Kopf und sagte nichts.

»Wann? Wie? Was ist mir ihr passiert?«

»Das können wir nur vermuten. Aber es sieht nach Mord aus. Ich habe sie vorgestern in ihrer Badewanne gefunden, samt ihrem Hund. Sie war völlig ausgeblutet. Pulsaderschnitt.«

»Wann ist das passiert?«

»Schwer zu sagen. Irgendwann letztes Wochenende.«

»Arme Erna. Sie war so lebenslustig.«

»Sie würden also nicht an Selbstmord glauben?«

»Nein, absolut nicht. Aber warum? Warum sollte jemand Erna …« Er verstummte, zog die Stirn kraus und schüttelte den Kopf. »Nee«, sagte er vor sich hin.

»Warum sprechen Sie nicht weiter?«, fragte Kupfer.

»Weil ich meine … es könnte sein … ich weiß nicht, wie ich das auf die Reihe bringen soll. Ich war gestern und vorgestern in Köln. Ich glaube, Erna wusste viel mehr, als sie mir gesagt hat.«

Kupfer griff nach seinem Notizblock. »Und mehr, als sie uns gesagt hat. Das meine ich auch«, nickte er. »Aber erzählen Sie. Was hatten Sie in Köln zu tun?«

»Ich fange vielleicht am besten mit einem Geständnis an«, begann Tauscher und räusperte sich. »Als ich mit Olina zu Wels ging, hatte ich tatsächlich vor, Wels zu erpressen, wie Sie ja gleich vermutet haben. Es war so: Ich wollte ihm drohen, dass ich den Handel mit zwei gefälschten Rothkos durch eine Selbstanzeige auffliegen lassen würde, wenn er nicht bereit wäre, uns besser zu bezahlen. Olina hatte ja herausgekriegt, welche Summen er für unsere Arbeiten einstrich.«

»Und das hatten Sie vorher wirklich nicht gewusst?«

»Nein. Wirklich nicht.«

»Was hätten Sie denn getan, wenn Wels auf Ihre Forderungen eingegangen wäre?«

»Ich wollte ihn auf keinen Fall weiter beliefern, da können Sie meine Frau fragen. Nicht einmal eine Skizze hätte er noch von mir gekriegt. Ich hätte versucht, mit dem Geld für die Rothkos eine kleine Galerie aufzubauen, in der ich Kopien oder Fälschungen offen als Fälschungen angeboten hätte. Das wäre die Geschäftsidee gewesen.«

»So wie Kujau und Mrugalla? Sich als kleiner Gauner outen und damit Reklame machen?«, kommentierte Kupfer etwas bissig.

»Von irgendetwas muss man ja leben«, versuchte Tauscher, Kupfers Kritik abzuwehren.

»Und wenn er nicht mehr bezahlt hätte, dann hätten Sie ihn angezeigt?« Kupfer zog die Augenbrauen hoch und lächelte Tauscher spöttisch an. »Selbstlos wäre Ihr Kampf gegen Betrugsverbrechen nicht gerade gewesen. Sie sind vielleicht ein Typ!«, sagte er und schüttelte den Kopf. Tauscher wurde rot und schluckte wie ein ertappter Schuljunge. Er hüstelte verlegen.

»Wusste Frau Liska von Ihrer Absicht?«

»Nein. Sie wusste nur, dass ich ein Druckmittel in der Hand hatte, aber nichts Genaues.«

»Und weil Wels halb tot war, haben Sie dann nach den Unterlagen über den Verkauf Ihrer Fälschungen gesucht. Sehe ich das richtig?«

»Nur über den Verkauf von diesen beiden großen.« Dann erzählte er von der Versteigerung in Köln und zeigte Kupfer den Zeitungsartikel im Internet. »Ich habe die Bilder nicht signiert und habe auch diese Herkunftsgeschichte nicht erfunden. Mich hat es fast umgehauen, als ich das las. Den Maßen nach müssen es meine Bilder sein, da gibt es keinen Zweifel. Ich wusste ja von Erna, dass sie nach Köln geliefert worden waren. Da wollte ich halt herausfinden, was diese Versteigerung überhaupt sollte und wie so etwas abläuft. Wels wollte die Bilder offensichtlich bei Hahn & Keller durch eine Auktion laufen lassen, damit ihre Herkunft geadelt wird und der Preis steigt. Und diese Ganoven haben mitgemacht, obwohl ihnen klar war, dass es sich um Fälschungen handelte. Wenn sie nur eine hohe Auktionsgebühr einbringen.«

Dann setzte er Kupfer auseinander, was er von Katzi und Schimmelpfennig erfahren hatte. »Diese Versteigerung muss dann allerdings aus dem Ruder gelaufen sein. Da hat jemand dem Wels einen gewaltigen Strich durch die Rechnung gemacht. Sehen Sie mal, was ich auf Wels' Schreibtisch gefunden habe.« Mit diesen Worten zog er den Zettel mit den Zahlenkolonnen aus der Tasche.

»Das gibt's ja wohl nicht!« Kupfer stand der Mund offen, als sähe er etwas ganz Ungeheuerliches.

»Wels musste viel mehr an das Auktionshaus abdrücken, als er gedacht hatte. Mehr als eine Million. Damit hatte er nicht gerechnet, und das konnte er wahrscheinlich gar nicht bezahlen«, redete Tauscher weiter, ohne Kupfers Reaktion wahrzunehmen.

»Mein lieber Mann! Das ist ja ein Ding!«

»Ja, das denke ich auch«, sagte Tauscher arglos.

»Das denken Sie auch, das denken Sie auch!«, wurde Kupfer laut. »Ist Ihnen wirklich nicht klar, dass ich Sie jetzt eigentlich anzeigen müsste? Sie können doch nicht einfach irgendwelches Material verschwinden lassen! Das ist eine glatte Behinderung der Ermittlungen. Unterschlagung von Beweismaterial. Unglaublich!«

Tauscher sah ihn erschrocken an.

»Ein Künstler auf dem Egotrip, ich halt's im Kopf nicht aus, lässt mir nichts, dir nichts Beweismaterial verschwinden und hält sich dabei noch für clever.«

»Aber hier ist es doch wieder, und dazu noch sinnvoll ergänzt«, behauptete sich Tauscher und deutete flink auf seine Ergänzungen. »Ich weiß nicht, ob Sie das hätten lesen können. Und wenn ich den Zettel richtig verstehe, dann hat Wels diese Zahlenkolonne vervollständigen wollen. Er hat jemandem etwas vorrechnen wollen, und dann kriegte er eine auf den Kopf.«

»Sie halten uns wohl für blöd«, explodierte Kupfer, zügelte sich aber dann sofort und hielt die Luft an. Für einen Moment, der Tauscher unendlich lang vorkam, saßen sich die beiden Männer in großer Anspannung wortlos gegenüber und lieferten sich ein Blickduell. Tauscher hielt Kupfers bohrendem Blick trotzig stand, was Kupfer aus dem Konzept brachte. Schließlich entspannten sich seine Gesichtszüge, er atmete hörbar aus und sagte, als spräche er mit einem Kind, das etwas kaputt gemacht hat: »Jetzt isch's scho bassiert, jetzt isch's halt, wia's isch. Aber Sie, Herr Tauscher, Sie drehen schon Dinger, die absolut nicht einwandfrei sind. Noch so eine Aktion, und Sie sind dran. Ist Ihnen das klar?«

Tauscher vermied nun den Augenkontakt und begnügte sich mit einem unmerklichen Nicken.

»Wissen Sie wenigstens, wer jetzt die beiden Bilder hat?«

Tauscher verneinte. »Sie sollten vielleicht bei Hahn & Keller anfragen«, riet er.

»Da wäre ich jetzt nicht draufgekommen«, knurrte Kupfer. »Versprechen Sie mir eines, Tauscher, lassen Sie künftig Ihre

Finger von solchen Hobbyermittlungen. Das ist unser Geschäft. Wir schmieren ja auch nicht in Ihren Bildern herum, oder? Mal ganz davon abgesehen, dass Sie sich dabei gewaltig in die Scheiße setzen können und wir Sie dann aus dem Dreck ziehen müssen – falls wir überhaupt noch eine Chance dazu haben. Also, Finger weg von unserer Arbeit! Verstanden?«

»Ja.«

»Versprochen?«

»Versprochen. War's das dann?«

»Bis auf die Routinefrage, die ich Ihnen nicht ersparen kann. Wo waren Sie letztes Wochenende?«

»Die meiste Zeit daheim. Nur am Sonntag um die Mittagszeit waren wir im Sindelfinger Freibad.« Er schaute Kupfer fragend an.

Der machte ein nachdenkliches Gesicht und sagte dann: »Und als Zeuge gewiss nur Ihre Frau. Aber was soll's! Wir wissen den Todeszeitpunkt ja ohnehin nicht genau. Kannten Sie Frau Reichert gut?«

»Nein. Ich kannte Sie nur von den paar Mal, die ich in Wels' Büro war. Und wenn Wels nicht da war, was ja oft der Fall war, dann hat sie einen zugetextet. Sie war ja als einzige Angestellte die meiste Zeit allein und war über jede Abwechslung froh. Manchmal musste man fast unhöflich sein, damit man endlich wieder wegkam. Daher weiß ich zum Beispiel, wo sie wohnt – oder gewohnt hat.«

»Und da haben Sie nichts über ihr Privatleben erfahren?«

»Nein, eigentlich nicht. Sie redete vom Wetter, von ihrem Hund, schimpfte manchmal auf ihren Chef. Lauter belangloses Zeug. Stadtklatsch. Wo Sie mich jetzt danach fragen, muss ich sagen, dass sie über sich selbst eigentlich nie was erzählt hat.«

»Danke. Ich denke, das war's dann. Aber, Herr Tauscher, denken Sie dran: Keine Touren mehr auf eigene Faust! Lassen Sie die Finger von unserem Geschäft.«

Auf dem Weg nach Hause fühlte sich Tauscher wie ein kleiner Junge, der gerade noch rechtzeitig beim Zündeln in der Scheune erwischt worden ist.

19

Kupfer war äußerst diskret. Er rief von seinem Handy aus in Stampfers Firma an. Die Chefsekretärin meldete sich und sagte, Herr Stampfer befände sich in einer sehr wichtigen geschäftlichen Besprechung und könne momentan nicht gestört werden.

»Dann richten Sie ihm doch bitte aus, Kriminalhauptkommissar Kupfer müsse ihn dringend in einer äußerst wichtigen persönlichen Angelegenheit sprechen. Es sei so dringend, dass es keinen Aufschub dulde.«

Die Sekretärin nahm dies etwas gereizt entgegen, versprach aber, der Bitte umgehend nachzukommen. Es dauerte keine fünf Minuten, bis Stampfer zurückrief.

»Ja, ich kann es mir denken, worum es sich handelt ... ja, ich habe es in der Zeitung gelesen ... es tut mir so leid ... Fotos? Was für Fotos? ... selbstverständlich ... natürlich ... ja, ich mache es heute noch möglich ... zwischen vier und fünf.«

Schon kurz nach vier ließ er sich bei Kupfer melden. Stampfer begrüßte ihn aufgeregt freundlich, als er ihn an der Pforte abholte. Schweigend folgte er ihm mit einem halben Schritt Abstand, kam auf der Treppe ins Schnaufen und wischte sich erst einmal den Schweiß von der Stirn.

»Ein Glück, dass es hier an der Nordseite nicht ganz so heiß ist«, versuchte Kupfer ihm eine Brücke zu bauen, obwohl es keinen Zweifel daran gab, dass Stampfer nicht nur wegen der Temperatur ins Schwitzen gekommen war.

»Ich bin Ihnen dankbar, dass Sie nicht zu mir nach Hause gekommen sind«, schnaufte Stampfer und setzte sich.

»Schon recht, wir wollen mit der Sache so wenig Wind machen wie möglich. Wie ich schon sagte, haben wir in Frau Reicherts Wohnung Fotos gefunden, die uns möglicherweise etwas Aufschluss über ihren Umkreis geben. Und auf einigen dieser Fotos sind Sie drauf. Hier, schauen Sie.«

Damit schob er ihm das Foto von der Geburtstagsfeier zum Vierzigsten hin. »Sie verstehen sicher, dass ich Sie nach Ihrem Verhältnis zu Frau Reichert fragen muss.«

Stampfer rieb sich verlegen das Kinn.

»Herr Stampfer, es bleibt unter uns.«

»Das ist schon länger her«, begann er zögerlich, als müsste er sich besinnen. »Frau Reichert war ursprünglich die Sekretärin eines Geschäftspartners hier in Böblingen, der auch im Golfclub ist. Und wie das halt so ist, hat man mal einen Abschluss gefeiert und auch mal gemeinsam eine Messe besucht, ja … und dann halt …«

Kupfer sagte nichts und wartete.

»Ich war ja nicht der Einzige bei ihr«, entschuldigte sich Stampfer. »Wie sie dann wegen der Pleite meines Partners bei Wels angestellt war, da lief mindestens noch etwas mit dem Wels. Vielleicht hat sich Wels' Ex sogar wegen dieser Affäre scheiden lassen. Aber das weiß ich nicht genau. Die Erna war halt nett und unkompliziert.«

»Also Sie und Wels waren ihre Liebhaber?«

»Ich schon lang nicht mehr. Und das ging auch nicht lang. Meine Frau wurde misstrauisch. Herr Kupfer, ich muss Sie noch mal um äußerste Diskretion bitten. Meine Frau darf von diesem Foto nichts erfahren, auch wenn das schon fünf Jahre her ist. Meine Frau ist krankhaft eifersüchtig, und wenn sie sich scheiden lässt, bin ich pleite. Sie macht mir jetzt schon laufend Vorwürfe wegen dieser Fälschungen, die mir Wels aufgeschwätzt hat. Wenn jetzt noch irgendetwas dazukommt, weiß ich nicht, was passiert. Meiner Frau gehört mehr als die halbe Firma. Ich wäre ruiniert.«

Seine Stimme hatte etwas Flehentliches angenommen, was Kupfer schon fast peinlich war. »Machen Sie sich keine Sorgen. Was Sie sagen, bleibt unter uns«, beruhigte er ihn. Dann zog er das Foto von der Bodenseetour aus seinem Ordner. »Und diesen Herrn kennen Sie gewiss auch.«

»Natürlich. Das ist dieser Bergmann, Gunno haben sie ihn immer gerufen. Das ist der Maler, von dem das Stillleben mit der Rolex stammt, das ich Ihnen gezeigt habe. Er hat mich auch zu Wels geschickt. Ganze Vorträge hat er mir darüber gehalten, dass Kunst eine Währung sei, die laufend im Wert steigt, das hat er jedenfalls behauptet, und ich bin darauf hereingefallen. Ich fand diese Sammlerei ein interessantes Hobby. Man lernt dabei andere Leute kennen als bloß immer die aus der eigenen Branche, und dann trägt man mit der Zeit ja auch etwas zusammen, was einen Wert hat. So habe ich gedacht. Ich habe immer mehr und mehr gekauft, gegen den Willen meiner Frau übrigens. So ist das gelaufen.«

»Ihre Frau traut also der Währung Kunst nicht«, sagte Kupfer nachdenklich und stellte sich vor, in welchen privaten Schwierigkeiten Stampfer sich möglicherweise befand. Es entstand eine Pause.

»Es ist halt eben so …«, redete Stampfer nun in einem jovialen Ton weiter. »Meine Frau und ich leben halt den Gegensatz von Böblingen und Sindelfingen voll aus. Ich stamme ja aus dem Gäu, fühlte mich aber als Sindelfinger, und meine Frau kommt aus einer alten Böblinger Familie. Und man sagt ja bekanntlich, dass die Böblinger arm leben und reich sterben und die Sindelfinger reich leben und arm sterben.«

»Arm?«

»Na ja, auf höherem Niveau, das muss ich schon zugeben.« Dazu lachte er verschämt.

»Wissen Sie, wo man Herrn Bergmann erreichen kann?«, kam Kupfer zu einem neuen Punkt.

»Leider nicht. Damals hat er in Weil im Schönbuch gewohnt, aber ich weiß nicht, wo er jetzt steckt. Ich habe ihn schon lange nicht mehr gesehen. Und gut gekannt habe ich ihn auch nicht. Er war halt ein Freund von Wels. Ich war ja bis vor kurzem immer wieder mal bei Wels draußen, aber da war meistens niemand außer mir, höchstens die Erna.«

»Kommen wir jetzt auf das Foto zurück. Sie sagten doch, dass Ihre Affäre schon lange vorbei war. Wieso waren Sie dann bei dieser Geburtstagsfeier?«

»Wels hat mich mitgenommen. Ich war bei ihm gewesen. Meine Frau war zu dem Zeitpunkt wegen ihren Gallensteinen in Kur. Und wie man halt so redet, hat sich das dann ergeben.«

»Und Sie freuten sich, Frau Reichert einmal wiederzusehen«, forderte Kupfer ihn heraus.

»Schon.«

»Wer war noch da?«

»Diese zwei Freundinnen von ihr, nette Dinger.« Er deutete auf das Foto. »Ich weiß aber ihre Namen nicht mehr. Und dann dieser Gunno. Er redete gar nicht so viel, aber ich hatte den Eindruck, dass er damals was mit der Erna hatte. Er spielte den Hausherrn, könnte man sagen. Mehr weiß ich nicht.«

»Das kann schon sein. Sehen Sie her.« Kupfer schob ihm das Foto vom Bodensee über den Tisch.

»Ja, richtig. Dem gehörte der Jaguar E, den Wels sich später geleistet hat.«

»Herr Stampfer, ich hoffe, Sie verstehen, dass ich Ihnen unter den gegebenen Umständen noch die Routinefrage stellen muss: Wo waren Sie am letzten Wochenende?«

Die Frage verwirrte Stampfer. »Was? Ich? Am Wochenende? Wo ich war? Ich war daheim. Nein, wir waren am Samstagabend bei Freunden in Sindelfingen eingeladen. Wir sind erst gegen zwei Uhr wieder zu Hause gewesen. Hier, ich schreibe Ihnen den Namen und die Adresse auf. Aber meine Frau …«

»Ich weiß schon. Und am Sonntag?«

»Am Sonntag haben wir ausgeschlafen und waren den ganzen Tag daheim.«

»Aber das kann sicher nur Ihre Frau bezeugen?«

»Ja, leider.«

»Keine Sorge, Herr Stampfer, es wird kaum so weit kommen, dass wir Ihre Frau befragen müssen. Damit rechne ich nicht. Nur gibt es hier noch ein anderes Problem.«

Stampfer schaute ihn erschrocken an.

»Nämlich Ihre Finanzen.«

Stampfer lockerte seine Krawatte und wischte sich die Stirn.

»Sagten Sie nicht, dass Wels Ihnen 195 000 Euro zurückzahlen musste? Hat er das alles schon zurückgezahlt?«

»Ja, zum guten Glück. Warum?«

»Weil die Überweisung an Sie nur 90 000 ausmacht. Wie wurde der Rest bezahlt?«

»Das Geld kam von einem Konto in Luxemburg. Aber bei mir ist alles einwandfrei verbucht, obwohl das zu meinem Privatvermögen gehört.«

»Schon gut. Wir haben auch Ihre Überweisungen auf Wels' Konten überprüft. Und da kommen wir allerdings nicht auf diesen Betrag. Wie haben Sie die Bilder bezahlt, die Wels geliefert hat?«

»Daran erinnere ich mich gut. Ein großer Teil der Überweisungen ging an eine Kölner Gesellschaft, die sich Artcredit nennt. Als Verwendungszweck musste immer der Name Wels genannt werden. Sagt Ihnen dieser Firmenname etwas?«

»Inzwischen schon. Wir ermitteln in diese Richtung. Jetzt hätte ich noch eine letzte Frage an Sie, obwohl ich mir die Antwort fast schon denken kann. Wie haben Sie Wels dazu gebracht, dass er Ihnen diesen hohen Betrag einfach so zurückgezahlt hat? Was wussten Sie von ihm?«

»Ich habe ihn nicht erpresst, wenn Sie das meinen«, wehrte Stampfer ab. »Ich wusste von seinem Schwarzgeldkonto in Luxemburg, weil ich dort einmal einen größeren Betrag bar eingezahlt habe, 30 000 Euro für eine Zeichnung, die nichts wert ist. Ich sag Ihnen, so wie ich das seh, hätte eine Betriebsprüfung den Wels umgebracht. Er wusste ja, dass er bei mir Dreck am Stecken hatte, und da brauchte ich ihm bloß zu erzählen, dass bei mir gerade die Steuerprüfung kommen würde. Ich habe nicht gedroht, wirklich nicht, aber er hat sofort reagiert. Zuerst hat er mir einen seiner Oldtimer angeboten, einen Mercedes 280 SL. Aber da habe ich nur gelacht. Was soll ich denn mit einem Sportwagen? Den hätte ich mir doch selbst kaufen können, wenn ich einen gewollt hätte. So billig habe ich es ihm nicht gemacht.«

Die Erinnerung an die Genugtuung, die er sich bei Wels hatte verschaffen können, schien ihm fast gute Laune zu machen. »Das war absolut keine Erpressung, Herr Kupfer, das müssen Sie mir glauben. Ich hatte ja keine Ahnung, ob Wels' Buchhaltung in Ordnung war. Ich habe nur auf den Busch geklopft, sonst nichts, und das darf man doch, oder etwa nicht?«

»Wenn es so war, wie Sie sagen, und ich nehme es Ihnen mal ab, dann haben Sie einfach Glück gehabt und mussten keine dickeren Geschütze auffahren. Und was Sie getan hätten, wenn Sie kein Glück gehabt hätten, steht nicht zur Debatte.«

Stampfers Gesicht hellte sich auf. Ihm war ein Stein vom Herzen gefallen. »Herr Kupfer, wenn ich wieder mal ein paar Leute in meine Galerie einlade, dann werde ich …«

»Nein, Herr Stampfer, ich würde mich da sicher nicht wohlfühlen«, fiel ihm Kupfer ins Wort.

Diese unerwartete glatte Zurückweisung versetzte Stampfer in hilflose Verlegenheit. »Entschuldigung, ich hab ja nur gemeint …«, sagte er, verbeugte sich ruckartig und verabschiedete sich. Sein Lächeln beim letzten Händedruck hatte etwas Gezwungenes an sich.

20

Gundula Vogt, Helenes jüngere Schwester, lud zu ihrem vierzigsten Geburtstag ein, der auf den Sonntag fiel. Natürlich wollte man in dieses wichtige Wiegenfest hineinfeiern und erwartete daher die Gäste am Samstagabend um neun Uhr. Gundula hatte Kunstgeschichte und Kulturwissenschaften studiert und ein ganz passables Examen hingelegt. Zu einer Doktorarbeit konnte sie sich aber dann doch nicht entschließen. Es war wohl Henriks Heiratsantrag gewesen, weswegen sie die ursprünglich einmal gehegte Absicht fallen ließ. Henrik war als IBM-Manager viel unterwegs und musste darauf gefasst sein, plötzlich in einem ganz anderen Teil der Welt eingesetzt zu werden. Da hatte Gundula es viel passender gefunden, sich als freie Journalistin einen Namen zu machen, indem sie für verschiedene Blätter die Events in der Kunstwelt kommentierte. Das, meinte sie, könnte sie auf jedem Kontinent ohne einen akademischen Titel tun. Sie tat es bisher aber nur in Deutschland.

Obwohl Henrik und Gundula gerne sagten, es sei nicht sicher, wie lange sie in der Stuttgarter Gegend bleiben könnten, hatten sie sich in Stuttgart-Vaihingen einen geräumigen Bungalow in Südhanglage gekauft. Ihre Feste waren berühmt. Zwei- bis dreimal im Jahr füllte sich ihr Haus mit einer bunten Gesellschaft gleichaltriger Leute, die man in drei Gruppen einteilen konnte: die Herren aus der Wirtschaft mit ihren Damen, die Journalistinnen und Journalisten und dazu ein paar Künstlerinnen und Künstler, die als eine Art exotisches Beiwerk betrachtet wurden. Als einzige Lehrerin, wenn auch Kunsterzieherin, fühlte sich Helene in dieser Gesellschaft etwas fremd. Da sie sich aber mit ihrer Schwester gut verstand, unterdrückte sie diese Gefühle, während Tauscher überhaupt keine Berührungsängste kannte, vor allem nicht, weil das Buffet und der Wein immer nach seinem Geschmack waren.

Und das stimmte auch dieses Mal wieder. Eine Firma, die sich im Internet als Party-Service und Schlemmer-Metzgerei anpries, hatte ein perfektes italienisches Buffet geliefert, samt passenden Weinen und zwei Butlern. Und so konnte Tauscher in Genüssen schwelgen, die er sich zu Hause nicht geleistet hätte.

Nachdem man dem Buffet zugesetzt hatte, verteilte sich die Gesellschaft etwas. In jeder Ecke des geräumigen Wohnzimmers, in der Küche, im Eingangsbereich und auf der Terrasse standen kleine Grüppchen mit Gläsern in den Händen und diskutierten ihre Themen.

Helene hatte ihre Schwester längere Zeit nicht gesehen und führte mit ihr, etwas außer Hörweite der anderen, ein Gespräch von Frau zu Frau. Tauscher hatte sich in der Künstlergruppe festgeredet. Zu seiner freudigen Überraschung hatte er unter den Journalisten einen alten Bekannten getroffen. Arne Käfer und er hatten in derselben Malklasse der Kunstakademie Karlsruhe ihr Studium begonnen und einander während der schwierigen Phase des Sicheingewöhnens gut zugeredet. Dieser Zuspruch, so gut er auch gewesen war, hatte Arne auf die Dauer nicht gereicht, und da ihn »die Ferne der Professoren«, wie er sagte, zu sehr deprimiert hatte, hatte er den Pinsel weggeworfen und war als Volontär zur Badischen Zeitung gegangen. Inzwischen war aus ihm ein erfolgreicher freier Journalist geworden, den mit Gundula so etwas wie freundschaftliche Kollegialität verband.

Die beiden hatten sich vom Butler eine volle Flasche Rotwein geben lassen und sich auf die Terrasse gesetzt, wo Arne Käfer rauchen konnte. »Sie rufen dich immer noch Diego«, sagte Arne freundlich lachend.

»Ja, wenn du hier nach Fritz fragst, weiß keiner, wer gemeint ist.«

»Passt ja auch besser zu dir als Künstler, oder?«

»Weiß nicht.« Tauscher zog die Schultern hoch. »Ich hab mich dran gewöhnt und meinen Künstlernamen daraus gemacht, Fritz Diego Tauscher.«

»Wow, ein exotischer American middle name. Und der zieht?«

»Wohl eher nicht. Heutzutage zieht gar nichts. Der Markt ist miserabel. Du wirst ja selbst wissen, wie viele Galerien seit der Bankenkrise zusammengebrochen sind.«

»Ja, aber die überlebenden strotzen teilweise nur so vor Gesundheit. Was ich dich übrigens fragen wollte: Machst du noch solche perfekten Kopien wie damals in Karlsruhe?«

»Ab und zu, ja, wenn mir ein Bild besonders gefällt. Weißt du, es muss schon so gut sein, dass es mich wirklich in den Fingern juckt. Du musst dich in ein Bild richtig verlieben und du musst dich ganz mit dem Künstler identifizieren, sonst klappt das überhaupt nicht, weil du die Geduld nicht aufbringst.«

»Na, dann Prost auf die Geduld.«

Arne Käfer und Tauscher verstanden sich gut und hatten einander viel zu erzählen, so dass sie sich fast etwas abkapselten. Kurz nach zehn aber löste sich ihre Zweisamkeit vorübergehend auf. Tauscher erblickte über Käfers Schulter hinweg einen großen, schlanken Mann mit kahlrasiertem Kopf, der Gundula per Handschlag begrüßte und dann um eine der Damen, die Gundula Tauscher als eine Kollegin namens Elke vorgestellt hatte, in deutlich zur Schau getragenem Besitzerstolz den Arm legte.

»He, den kenn ich doch. Wer ist das?«, fragte Tauscher.

Arne Käfer drehte sich um und sagte nach einem kritischen Blick: »Denk dir eine schwarze Künstlermähne dazu, dann …«

Er brauchte nicht weiterzusprechen. »Klar, Gunno! Den habe ich ewig nicht gesehen.«

Arne Käfer ging es ebenso.

»Ich glaube, ich hätte ihn nicht erkannt, wenn er auf der Straße einfach an mir vorbeigegangen wäre«, sagte Tauscher. »Wenn ich an Gunno dachte, sah ich immer seine schwarze Mähne vor mir.«

Gunno stand mit dem Rücken zu ihnen, musste aber ihre Blicke geradezu zwischen den Schulterblättern gespürt haben. Er drehte sich um, erkannte die beiden und kam lachend zu ihnen auf die Terrasse heraus. »Arne, Diego, was für eine Überraschung, euch hier zusammen zu treffen.« Sie umarmten einander wie alte Freunde.

»Dich hätte ich fast nicht erkannt ohne deine Haarpracht.«

»War schon etwas angegraut und musste weg«, lachte Gunno und fuhr sich mit der Hand über den kahlen Schädel.

»Wie kommst du ins noble Haus meiner Schwägerin?«, fragte Tauscher.

»Über meine Bekannte. Sie schreibt als freie Mitarbeiterin für ›Art‹, so wie Gundula.«

»Ach so, das wusste ich nicht. Ihr wohnt nicht zusammen?«

»Nein, noch nicht. Ich hoffe, das ergibt sich bald mal. Aber ich wäre heute Abend ohnehin allein hergefahren, weil ich am Spätnachmittag noch einen wichtigen Termin bei einem Sammler in Augsburg hatte, bei einem Stammkunden. Er wollte einen Kostenvoranschlag für eine Restaurierung von mir. Und für eine einträgliche Geschäftsbeziehung muss man in unserer Sparte schon mal einen Samstagnachmittag opfern. Das zog sich lange hin, so dass ich erst gegen halb neun dort wegkam. Ich bin hierhergefahren, was das Zeug hält. Hoffentlich kommt nicht noch ein Strafzettel nach.«

»Was für einen heißen Ofen fährst du denn jetzt?«, fragte Tauscher.

»Ich einen heißen Ofen? Nein, ich fahre einen soliden A3.«

»Aber du hast doch früher für schnelle Autos geschwärmt, oder nicht?«

»Schon. Aber das war doch lange nach unserer Akademiezeit. Was weißt denn du davon?«

»Ich habe ein Foto gesehen, auf dem du stolz vor einem Jaguar stehst. Im Hintergrund sieht man die Reichenau.«

»Ja, einen Jaguar hatte ich mal, aber nur einen Sommer lang. War einfach zu teuer im Unterhalt, einfach ärgerlich.«

»Den Ärger sieht man dir aber auf dem Foto nicht an.«

Arne Käfer verstand nicht, worauf Tauscher hinauswollte, und blickte zwischen den beiden hin und her. Er beobachtete, wie sich über Gunnos Nasenwurzel zwei steile Falten bildeten. »Von was für einem Foto redest du eigentlich?«

»Von einem Foto, das man in der Wohnung von Erna Reichert gefunden hat. Weißt du, dass sie tot ist?«

Gunno nickte. »Sehr traurig, wirklich bedauerlich. Sie war ein lieber Kerl. Und die Geschichte mit Wels schockiert mich natürlich auch. Ich war platt, als ich davon in der Zeitung las.«

»Ja, furchtbare Geschichte. Ich habe ihn ja gefunden.«

»Du warst das?«

»Ja. Aber reden wir von etwas anderem. Ich mag heute Abend nicht daran denken.«

»Kann ich gut verstehen.«

»Aber das ist schon seltsam, dass ich jahrelang Wels Bilder verkauft habe, ohne von dir irgendetwas zu hören. Und dabei warst du doch mit Wels befreundet.«

»Na ja, ich kannte ihn gut. Befreundet waren wir nicht gerade«, korrigierte ihn Gunno. »Wels hat nie viel geredet, wenn es nicht ums Geschäft ging. Und auch dann nur das Nötigste.«

»Wie bist du mit dem in Kontakt gekommen?«

»Auf einer Antiquitätenmesse, wo ich einen Stand als Restaurator hatte. Das war überhaupt der Anfang von meinem Geschäft. Von da an ging es richtig bergauf: Restaurierungen, Gutachten, Schätzungen, Kaufberatung. Ich hätte nie gedacht, dass man von der Kunst anderer so gut leben kann.«

»Aber du hast doch auch selbst noch ausgestellt. Helene hat etwas von altmeisterlichen Stillleben mit modernen Beigaben gehört.«

»Ach so, das. Das war mal zwischendurch ein Versuch, wieder selbst was zu machen. Drei Stück hab ich verkauft, aber dann war es aus. Hat sich nicht gelohnt.«

»Hast du auch für Wels gearbeitet?«

»Vor ein paar Jahren mal. Da fragte er mich, ob ich ein paar Empiremöbel für ihn restaurieren könnte. Und das hat mir Spaß gemacht. Für Geld allein hätte ich es nicht getan.«

Da fasste ihn seine Freundin an der Schulter und sagte: »Gunno, kannst du dich bitte einen Moment losreißen. Ich möchte dir jemanden vorstellen.« Sie nickte Tauscher und Käfer freundlich zu und entführte ihn.

»Du hast diesen ermordeten Möbelhändler gefunden?«, fragte Käfer.

»Ja, leider.« Und dann erzählte er die Geschichte doch, wobei er aber aussparte, in welche Schwierigkeiten er sich dabei gebracht hatte.

Helene tauchte unter der Terrassentür auf und sah die beiden sitzen. »Arne, glaub nicht alles, was er erzählt. Er quatscht ganze Romane, wenn er zu viel hat.«

»Weiß ich doch, kann mich gut daran erinnern«, lachte Arne, und Helene verschwand wieder im Innern des Hauses. Damit war für Tauscher das erlösende Stichwort für einen Themenwechsel gegeben.

»Wie war das noch? Ein traditionelles deutsches Studentenlied, zu singen nach der Weise der englischen Nationalhymne?«, lachte Tauscher und begann, leise vor sich hinzusingen: »Trinkfest und arbeitsscheu, trinkfest und arbeitsscheu«, und Arne Käfer stimmte ein. Aber schon nach der zweiten Zeile war die Textverteilung nicht mehr klar, und sie brachen ab. Sie stießen an und nahmen einen großen Schluck.

»Ein herrlicher Tropfen«, bemerkte Tauscher. »Aber irgendwie hat Helene recht. Wenn ich noch eine Weile im selben Tempo weitertrinke, dann muss sie mich nach Hause tragen.«

»So schlimm wird es schon nicht werden. Oder verträgst du nichts mehr?«

Tauscher musste die Antwort schuldig bleiben, denn der Hausherr rief die Geburtstagsgesellschaft zusammen. Die beiden Butler reichten Sekt. Henrik Vogt sah auf seine Uhr und zählte rückwärts. »Fünf, vier, drei, zwei, eins. Happy birthday, dear Gundula.«

Damit nahm das Gratulationsritual seinen Lauf. »Halt, bitte lauft noch nicht auseinander«, rief Henrik, als die Gäste sich wieder neu gruppieren wollten. »Ich habe noch eine Überraschung für Gundula.«

Mit diesen verheißungsvollen Worten ging er an die helle Klinkerwand, die zuvor vom Buffet verstellt gewesen war. Unter einem weißen Tuch versteckt hing dort ein großer Bilderrahmen, der fast die halbe Höhe der Wand einnahm.

»Liebe Gundula, ich weiß, dass du dir das immer gewünscht hast, auch wenn du deinen Wunsch nicht deutlich ausgesprochen hast.« Damit ließ er das Tuch vom Rahmen fallen und enthüllte einen großen Kunstdruck eines abstrakten Gemäldes von Mark Rothko, *White cloud over purple.*

»Ein Bonsai-Rothko«, kicherte Tauscher. »Ich krieg die Tür nicht zu.« Dann schaute er Arne feierlich an und sagte: »Am farbigen Abklatsch haben wir das Leben. Goethe, irgendwo.«

»Abglanz heißt das. Aber wo?«

»Irgendwo, hab ich doch gesagt.« Tauscher griff nach einer neuen Flasche und zeigte mit dem Finger auf ihr vorheriges Plätzchen auf der Terrasse.

»Na ja«, lästerte Arne im Hinausgehen, »wenn es ein echter Rothko hätte sein sollen, dann hätte man ja auch das Dach aufreißen müssen und die Wand viel höher ziehen. Ganz abgesehen von der Knete. Der letzte Rothko, der in New York versteigert wurde, brachte meines Wissens 73 Millionen. Das muss man sich mal vorstellen. He, Diego, wäre das nichts für dich, einen Rothko fälschen?«

Tauscher lachte und fing an zu fabulieren, als hätte Arne mit seiner Frage auf die Abspieltaste eines Recorders gedrückt. »Warum nicht?«, begann er frech lachend. »Das wäre kaum mehr als ein Kavaliersdelikt. Stell dir vor, als good old Rothko vor vierzig Jahren freiwillig über den Jordan ging, hinterließ er einen Mordsnachlass: 798 Bilder. Sie-ben-hundert-acht-und-neun-zig. Die Zahl musst du dir auf der Zunge zergehen lassen. Dass man da auf 800 aufrundet, ist doch eine ästhetische Pflicht. Aber mit der Größe könnte es doch schwierig werden. Wenn ich so einen Zwölfquadratmeterschinken malen wollte, müsste ich mir eine Scheune oder eine Halle mieten. Die Dinger kriegst du in einem normalen Atelier nicht gebacken. Pass auf, ich habe das mal ausgerechnet, nur zum Spaß: Wenn Rothko im Schnitt zwölf Quadratmeter Farbfläche abgeliefert hat, dann kannst du mit seinem Nachlass mehr als ein Fußballfeld abdecken.«

»Diego, jetzt glaube ich doch, dass du besoffen bist.«

»Besoffen oder nicht, das ist so. Aber wenn ich einen Rothko fälschen würde, dann einen heiteren aus den Fünfzigerjahren, so wie diese Miniausgabe dort drin. Mit hellen Farben, rosa, gelb, weiß. Nicht so düster wie die späten Bilder, mit denen er sich selbst in seine Depression gemalt hat. Vielleicht war es auch umgekehrt: Er wurde vollends depressiv, weil er deprimierende Bilder malte, weil er depressiv war. Ist ja wurst, wie das nun wirklich damals gelaufen ist, scheißegal. Jedenfalls würde ich mich nicht in eine Depression malen, davon hätte ja niemand was, auch nicht die Banker, die das Opus in ihre Eingangshalle hängen wollen. Also in den Farben warm und heiter bleiben!«

Arne blickte Tauscher forschend an und goss nach. »Prost!«, forderte er ihn zum Trinken auf, und Tauscher stürzte ein halbes Glas auf einmal hinunter.

»Mit der Komposition bist du bei Rothko ja schnell fertig, Rechtecke auf Rechtecken. Anstrengend ist nur diese Streicherei. Dabei kugelst du dir fast den Arm aus. Da kann dir ein Physiotherapeut eine ganze Menge Gutes tun, wenn du nicht zur Spritzpistole greifst. Weißt du noch? Unser Freund Gunno hat das in Karlsruhe auch gemacht, nur waren seine Formate ja viel handlicher. Das Spritzen geht ganz gut, wenn du erst einmal weißt, wie weit du die Farbe verdünnen musst. Rothko malte ja mit stark verdünnten Farben. Und dann der genaue Abstand! Ein Zentimeter zu nahe und du kriegst Farbnasen und kannst den ganzen Schinken wegschmeißen! Und diese watteweichen Rothko-Ränder kannst du nicht spritzen, die musst du von Hand machen. Das geht nicht anders.«

»He, da weiß einer Bescheid und spricht aus Erfahrung? Gestehe, Diego, du hast das schon einmal gemacht«, sagte Arne und freute sich diebisch, weil Tauscher sich offensichtlich verplappert hatte.

»Ich? Nöö. Wieso?«

»Schau mir in die Augen, Kleiner.«

Tauscher grinste schelmisch und konnte Arnes Blick trotzdem nicht standhalten. »Verdammte Sauferei«, spielte er den Zerknirschten und betrachtete sein Weinglas, das er schon wieder geleert hatte. Dann legte er den Zeigefinger über die Lippen und schaute sich um, ob auch niemand ihr Gespräch mitgehört hatte. »Ja, ich habe es zweimal versucht, und es war eine verdammte Schinderei, die mir bis jetzt nicht einen Cent eingebracht hat. Und ich hatte nicht einmal Lust dazu. Wir hätten halt die Knete gebraucht, weil unser Auto auseinanderfiel. Aber horch, das muss unter uns bleiben, das war keine künstlerische Heldentat.«

»Keine Angst, Diego, Ehrensache. Du hast aber keine siebzig Farbschichten übereinandergelegt?«

»Natürlich nicht. Helene hat schon bei fünfzehn gemeint, dass es reicht. Vor allem für diese prestigeobjektgeilen Banker irgendwo im Osten oder irgendwelche Scheichs. Ich weiß nicht, wo die hinsollten.«

»Dein direkter Abnehmer war aber der tote Wels?«

»Ja. Und das Schwein hat mir noch keinen Cent bezahlt. Nichts als Unkosten. Und jetzt? Klappe zu, Affe tot.«

»Ärgerlich. Und wo sind die Bilder jetzt?«

»Weiß ich doch nicht. Aber ich sag es dir, wenn ich es herausgefunden habe. Darüber kannst du dann meinetwegen schreiben.«

»Ich dachte, ich soll den Mund halten«, sagte Arne verwundert.

»Ja, vorerst. Hör mal, ich weiß, dass Wels und Konsorten diese beiden Bilder …, ich habe sie ja ohne Signatur weggegeben, und die, die haben sie als echte Rothkos durch eine Auktion geschleust. Irgend so ein Ferkel hat sie signiert, und dann wurde eine Expertise gefälscht. Alles, damit sie echt wirken. Und diese Betrügerei habe ich aufgedeckt. Und es dauert nicht mehr lange, bis die Polizei diesen Laden dichtmacht. Wenn es dann so weit ist, dann liefere ich dir ein tolle Story, aber eine ganz tolle.«

Er legte Arne die Hand auf die Schulter. Seine Zunge war ein wenig schwer geworden. »Und mit der Story, mit der kommen wir beide ganz groß raus, ganz groß, wirst schon sehen. Wir treten einen Skandal los, dass … dass die Stellwände auf den Ausstellungen wackeln.« Er lachte ausgelassen. »Wirst schon sehen, wirst schon sehen.«

»He, Diego, ich versteh dich nicht. Was läuft nun eigentlich? Du fälschst zwei Rothkos und willst hinterher den Deal auffliegen lassen? Du glaubst, du kommst damit durch?«

»Ist kompliziert, geb ich zu. Aber du wirst schon sehen, dass das klappt. Und die Kunstwelt wird Fritz Diego Tauscher – er rülpste zwischendurch – kennenlernen.«

»Da bin ich aber gespannt.« Arne Käfer hätte Tauscher gern noch weiter ausgehorcht. Aber zwei Journalisten, die Arne kannten, kamen auf die Terrasse.

»Ihr habt es euch hier gemütlich gemacht. Warum auch nicht, in so einer lauen Nacht. Dürfen wir uns dazusetzen?«

21

Es war ungefähr um drei, als die letzten Gäste aufbrachen. Helene fuhr. Tauscher saß stark angetrunken neben ihr und freute sich darüber, dass er sich wieder einmal auf Helene verlassen konnte. »Ein Glück, dass du nach dem Begrüßungssekt immer schon genug hast«, sagte er mit schwerer Zunge, lehnte den Kopf gegen die Nackenstütze und schloss die Augen.

»Wehe, wenn du jetzt anfängst zu schnarchen«, drohte Helene im Spaß und schlug mit dem Ellbogen nach ihm aus. »Ich kann mich auf einen ruhigen Sonntag freuen«, fügte sie hinzu, »aber deinen Kopf möchte ich morgen nicht haben.«

»Wird nicht so schlimm sein«, winkte er ab, »ich habe nur Roten getrunken, sonst nichts.«

»Wenn man von dem Sekt absieht. Ein bisschen Wasser zwischendurch hätte dir gewiss nicht geschadet.«

Er grinste sie an und sagte mit belehrend erhobenem Zeigefinger: »Wasser trinken im Haus deiner lieben Schwester ist eine Verschwendung von Fassungsvermögen. Wasser trinke ich morgen wieder oder gleich, wenn wir heimkommen.« Damit schloss er wieder die Augen.

Als sie unter der A 8 durchfuhren, hellte ein Wetterleuchten den westlichen Himmel auf. »Wir kriegen ein Gewitter. Hoffentlich fängt es nicht an zu hageln.«

»Hmm«, brummte Tauscher.

Gleich darauf, sie hatten Sindelfingen noch nicht einmal erreicht, setzte ein Platzregen ein, so dass Helene das Gas wegnahm und langsamer weiterfuhr. »Gottseidank sind wir schon von der Autobahn runter«, sagte sie vor sich hin, wandte sich dann plötzlich Tauscher zu und fragte: »Bist du sicher, dass bei uns alle Fenster zu sind?«

»Glaub schon.«

»Auch im Atelier?«

Tauscher antwortete nicht.

»Hallo, ich frag dich was: Hast du in deinem Atelier alle Fenster zugemacht?«

»Darüber denke ich gerade nach. Ich weiß nicht.«

»Dann kannst du nachher gleich aufwischen. Das schaffst du doch noch?«

»Ehrensache.«

Auf der Höhe des Sindelfinger Bahnhofs fuhr Helene rechts ran und stellte das Auto mit zwei Rädern auf den Gehsteig. »Ich sehe gar nichts mehr. Hoffentlich fährt jetzt keiner hinten drauf.«

Ein paar Autos passierten sie langsam, und eben wollte auch Helene es wieder wagen, als plötzlich Hagel auf Dach und Windschutzscheibe trommelte.

»Das kommt genau von Nordwesten«, bemerkte Helene. »Wenn deine Atelierfenster nicht zu sind, musst du die Hagelkörner rausschaufeln.«

»Jetzt mal nicht den Teufel an die Wand. Vielleicht hab ich sie doch zugemacht.«

»Optimist, du unverbesserlicher.«

»Ach, jetzt hör halt auf zu unken«, sagte Tauscher leicht gereizt.

So plötzlich, wie der Hagel begonnen hatte, hörte er auch wieder auf, und der Starkregen flaute zu einem Landregen ab.

Als sie durch Maichingen fuhren, waren die Straßen noch weiß von Hagelkörnern. »Hier muss ja mächtig was los gewesen sein«, sagte Helene besorgt.

Tauscher sah schweigend geradeaus, bis sie am Ortsrand in ihre Einfahrt einbogen. »Wie im Winter«, sagte Tauscher und stieg aus. Die Hagelkörner knirschten unter seinen Sohlen. Er betrat sein Atelier und drückte auf den Lichtschalter. Ehe die Neonröhren aufleuchteten, knallte ein starker Luftzug hinter ihm die Tür ins Schloss. »Autsch«, sagte er vor sich hin.

Die Neonröhren flammten auf, und er sah die ganze Bescherung. Das Wasser stand auf dem Dielenboden, Hagelkörner lagen im Raum verteilt. Aber das Oberlicht an der Nordwestwand stand doch gar nicht offen. Erst auf den zweiten Blick sah er die Glasscherben, die auf seinem Arbeitstisch darunter lagen. Und was war das? Auf und zwischen seinen Farbtuben und Flaschen mit Terpentin, Alkohol und anderen Chemikalien lag etwas Wolliges, blaugrün war es, und als er herantrat, roch er das Leinöl. Ein Haufen Putzwolle, den er kaum mit zwei Händen fassen konnte, lag auf seiner Arbeitsplatte. Obwohl es die Wolle nassgeregnet hatte, war sie noch warm, und wo sie nicht so nass geworden war, sogar heiß.

Tauscher war mit einem Schlag wieder klar im Kopf. »Helene«, rief er, »Helene!«

Die Tür ging auf. »Schöne Sauerei! Habe ich nicht Recht gehabt?«

Tauscher drehte sich um und schüttelte den Kopf. Er hob etwas von der Putzwolle hoch und roch noch einmal daran.

»Schau mal, mit Leinöl getränkt. Da wollte einer mein Atelier abfackeln.« Er zeigte auf das zerschlagene Oberlicht. »So eine infame Sauerei. Wenn es nicht hereingeregnet hätte, hätte sich das Zeug entzündet.«

»Wie? Echt?«, zweifelte Helene.

»Hundert Pro. Denk mal an den Brand im Zeicheninstitut in Tübingen in den 90er-Jahren. Da hatte einer einen in Leinöl getränkten Lappen in den Papierkorb geworfen und das Atelier fing Feuer. Wenn da nicht zufällig eine Putzfrau gekommen wäre, mein lieber Mann! Und gegen so einen Lappen ist diese Wolle eine richtige Brandbombe.«

»Wieder mal Glück gehabt! Was machen wir jetzt?«

»Wir rufen die Polizei.«

Zum Wachsein zu müde, zum Schlafen zu aufgewühlt und für jede sinnvolle Tätigkeit noch zu betrunken, schleppte sich Tauscher hundemüde durch den Sonntagvormittag. Mit einer Flasche Wasser neben sich fläzte er auf dem Sofa. Helene hatte ihn so liegen lassen und sich aufgemacht, um die Nachbarn zu befragen, ob sie am Vorabend oder in der Nacht irgendjemanden im Umkreis des Hauses beobachtet hätten. Als sie nach einer guten halben Stunde zurückkam, fand sie Tauscher in unveränderter Stellung. »Das Wasser wäre gestern Abend besser gewesen«, bemerkte sie trocken.

»Quatsch. Mir war das heute früh einfach zu viel«, verteidigte er sich und seinen Kater und trank einen weiteren Schluck. Mit Mühe hatte er bis halb fünf, noch während die Polizei da war, die Regenpfützen im Atelier aufgewischt und hatte manche Stellen mit dem Fön bearbeitet, weil er vermeiden wollte, dass die Dielen aufquollen. Er hatte sich eingebildet, dass er dabei nüchtern geworden war. Aber die nächsten Stunden zeigten, dass er sich gewaltig geirrt hatte. Nun schaute er mit verquollenen Augen zu Helene auf. »Und?«

Sie schüttelte den Kopf. »Niemand hat etwas gesehen.«

»Wäre auch zu schön gewesen.«

Damit gab es keine Anhaltspunkte für die Ermittlung. Der starke Regen hatte alle Spuren ums Haus herum verwischt, die Putzwolle war von der Art, wie man sie in jeder Mechanikerwerkstatt finden kann, und ob es sich bei dem Leinöl um rektifiziertes Öl handelte, wie es in der Malerei verwendet wurde, oder um Leinöl aus der Küche, war zum einen noch nicht entschieden und zum anderen völlig bedeutungslos.

»Das sind liebe Grüße aus Köln. Und du wirst nichts beweisen können«, sagte Helene und verschwand in der Küche.

Mit einer Tasse Kaffee kam sie zurück und setzte sich Tauscher gegenüber. Lange Zeit schwiegen sie.

»Kennst du eigentlich diese Elke, die mit Gunno zusammen ist?«, fragte er dann plötzlich.

»Nein, nie gesehen. Im Freundes- und Bekanntenkreis meiner Schwester kenne ich mich schon lange nicht mehr aus.«

»Hast du zufällig gehört, wo Gunno wohnt?«

»Nein, aber ich kann mal nachfragen. Warum?«

»Es will mir einfach nicht in den Kopf, dass Gunno mit Wels zu tun hatte, ohne dass ich jemals etwas von ihm gehört oder gesehen habe. Er muss doch eigentlich hier in der Gegend gewesen sein.«

»Und warum ist dir das so wichtig?«

»Kupfer hat gefragt, ob ich ihn kenne. Ich wollte ihn schon ein wenig ausfragen, aber Elke hat ihn von uns weggeholt, und nach der Gratuliererei habe ich ihn nicht mehr gesehen.«

»Sie sind kurz nach zwölf gegangen, als Erste.«

Dann war wieder Gesprächspause. Jeder hing seinen Gedanken nach.

»Ich meine die ganze Zeit, ich müsste etwas tun, damit sie dieses Schwein schnappen. Aber ich weiß nicht was«, sagte Helene schließlich.

»Was denkst du, was ich die ganze Zeit denke?«

Helene stand auf und ging ein paar Schritte unschlüssig hin und her. »Der Tag ist völlig verkorkst. Ich gehe jetzt wenigstens schwimmen. Kommst du mit?«

Der Parkplatz an der Hohenzollernstraße war schon überfüllt. »Ich weiß nicht, ob mir der Rummel heute guttut«, brummte Tauscher.

»Jetzt komm halt. Wir werden schon ein Eckchen finden, wo es einigermaßen ruhig ist.«

Sie suchten sich einen schattigen Platz nahe am Zaun. »Leg dich hin und mach die Augen zu.«

Das hätte sie ihm nicht zu sagen brauchen. Tauscher streckte sich auf der Decke aus, legte sich seine Badetasche unters Genick und schloss die Augen.

»Ich schwimme erst mal eine Runde. Bis gleich«, sagte Helene und entfernte sich.

Tauscher störte die Sonne im Gesicht. Er suchte in Helenes Tasche nach etwas, was er sich über die Augen legen könnte, als ihr Handy sich meldete. Tauscher griff danach und las »Miri« auf dem Display. Den Anruf musste er annehmen! »Hallo Miri.«

»Hallo Diego. Wo steckt Helene?«

»Wir sind im Freibad. Sie schwimmt gerade, wozu ich mich noch nicht entschließen kann.«

»Du bist doch nicht etwa verkatert?«

»Sagen wir mal so: nicht ganz ausgeschlafen.«

»Tut mir leid, wenn ich dich gerade störe. Ich wollte nur fragen, ob ihr Lust hättet, nächsten Samstag zu uns zu kommen. Wir machen ein Gartenfest.«

»Klingt gut. Gerne.«

»Wir wollten euch gestern schon einladen, haben es aber zu Gundulas Party nicht geschafft.«

»Helene hat dich vermisst und wollte dich schon fragen, was denn bei euch los war. Euch geht's doch hoffentlich gut, oder?«

»Doch, keine Sorge. Wir sind nur bei Merklingen auf der Autobahn hängen geblieben. Wir waren in München bei einer Ausstellung gewesen und rechtzeitig losgefahren, weil wir einmal im Leben pünktlich sein wollten, und dann krachte es kurz vor Merklingen, und wir standen von sieben bis halb zehn im Stau. Das kannst du wahrscheinlich morgen in der Zeitung lesen. Dann mussten wir umdrehen, weil wir unserem Babysitter gesagt hatten, dass wir spätestens um eins wieder zu Hause sein würden. Da hat es sich dann gar nicht mehr gelohnt, bis nach Stuttgart zu fahren. Das ist dumm gelaufen. Babysitter bezahlt, durch die Gegend gedüst und nichts als Abendsonne auf der Autobahn.«

»Bedauerlich. Außer Spesen nichts gewesen.«

»Aber sag mal, wie war's denn?«

Tauscher berichtete kurz von der ereignisreichen Nacht. Dann sagte er: »Helene wird dich dann zurückrufen«, und verabschiedete sich. Er machte es sich wieder bequem und legte sich Helenes Buch über die Augen. Aber nun war er noch unruhiger als zuvor.

Als Helene aus dem Wasser kam, saß Tauscher auf der Decke und schaute ihr hellwach entgegen.

»Bist du wieder fit?«, fragte sie ihn.

»Miri hat angerufen. Sie konnten gestern nicht kommen, weil sie von sieben bis halb zehn auf der Autobahn im Stau standen«, berichtete er aufgeregt.

»So ein Pech«, antwortete sie und griff nach ihrem Handtuch.

»Und Gunno behauptete, dass er in derselben Zeit in einer guten Stunde von Augsburg nach Stuttgart gefahren wäre«, schob Tauscher nach.

»Hat er das wirklich gesagt?«

»Hundert Pro. Ich habe ihn nämlich gefragt, warum er und seine Freundin getrennt gekommen sind.«

22

»So was nennt man wohl eine verschleppte Insolvenz«, sagte Feinäugle und reichte den Bericht der Wirtschaftsprüfer an Kupfer weiter. »Diese Unternehmensgeschichte musst du dir ansehen. Da hat sich ein kleiner Gerümpelhändler mit gefälschten Antikmöbeln hochgeschummelt und meinte dann, am Kunstmarkt das große Geld machen zu können. Ich würde gerne wissen, wer ihn dabei beraten hat. Das ist so schiefgegangen, wie nur etwas schiefgehen kann. Wels war schon längst bankrott.«

Was Wels auf dem Papier wirklich noch besaß, waren eigentlich nur seine Autos und Motorräder. Seine Geschäftsräume, das Magazin und das Grundstück waren mit so hohen Hypotheken belastet, dass sie praktisch der Bank gehörten.

»Man muss sich darüber wundern, dass er bisher seine Zinsen bezahlen konnte. Da muss es irgendwo eine letzte Manövriermasse gegeben haben, die er geschickt hin- und hergeschoben hat. Aber in den letzten paar Monaten hat es ihm doch ein paar Löcher ins Kontor gehauen, die er nicht mehr wegmogeln konnte.«

»Den einen Schlag ins Kontor kann ich dir erklären: Ein gewisser Herr Manfred Stampfer, ortsansässiger Unternehmer und Möchtegern-Mäzen, konfrontierte unseren Pseudo-Kunsthändler mit einer Rückforderung von 195 000 Euro, nachdem ihm seine Schwiegertochter einen Teil seiner Kunstschätze als billige Fälschungen entlarvt hatte. Und dieser Stampfer beteuert, er habe Wels nicht zu erpressen brauchen. Er habe nur das Wort Steuerprüfung fallen lassen.«

»Das schubste ihn natürlich vollends über die Kante. Was ihn aber vorher schon an den Rand des Ruins getrieben hatte, waren große Überweisungen an eine Kölner Firma, die sich Artcredit nennt. Sie ist als Finanzdienstleister im Handelsregister eingetragen, und als Geschäftsführer fungiert ein Dr. Schimmelpfennig. Welche Dienste diese Firma leistet, überblicken wir noch nicht ganz.«

»Aber ich«, sagte Kupfer trocken. »Die Artcredit gibt Kredite zur Vorfinanzierung von Kunstauktionen, und zwar den Anbietern. Wenn du, lieber Feinäugle, ein Gemälde versteigern lassen willst, dann wird das erst einmal geschätzt. Und wenn der Schätzer Dr. Schimmelpfennig heißt, dann hält er gleich die Hand auf und will fünf Prozent. Und wenn du diese fünf Prozent nicht bezahlen kannst, weil du außer deinem teuren Bild nichts besitzt, dann werden dir die fünf Prozent von der Artcredit vorgeschossen – zu einem sehr hohen Prozentsatz natürlich. Manchmal vergeht fast ein halbes Jahr zwischen Schätzung und Versteigerung, was für die Artcredit sehr einträglich ist.«

»Und was passiert, wenn dieser Schimmelpfennig mein Bild viel zu hoch geschätzt hat?«

»Das wäre dann dein Schaden. Pass mal auf, wie du dann unter Umständen baden gehst.« Er griff zu einem Zettel und stellte seinem Kollegen eine Rechung auf.

»Wenn dieser Schimmelpfennig ein Kunstobjekt auf eine Million schätzt und in die Auktion aufnimmt, dann hat er schon einmal 50 000 Euro sicher in der Tasche. Wenn das Bild aber dann nur für 300 000 Euro weggeht, dann hast du viel zu viel für die Schätzung bezahlt. Dazu kommen für dich noch die Umsatzsteuer und fünfzehn Prozent Auktionsgebühr. Im Fall, dass du das Bild relativ teuer eingekauft hast, kommst du unter Umständen ganz schön unter Druck. Das muss Wels ein paar Mal passiert sein, und jedes Mal hat ihm wahrscheinlich die Artcredit für den Moment aus der Patsche geholfen, und dabei wurde sein Schuldenberg immer höher.«

»Hmm, leuchtet ein«, nickte Feinäugle verständig. »Woher weißt du das alles?«

»Von unserem Freund Tauscher. Diese Geschichte hätte ich dir jetzt ohnehin erzählt.« Er legte den Zettel auf den Tisch, den er von Tauscher bekommen hatte. »Dieses Dokument ist vermutlich das Letzte, was Wels aufgeschrieben hat.«

»Dieses Gekritzel? Und wie ist Tauscher dazu gekommen?«

»Ganz einfach: Er hat den Zettel geklaut.«

»Und ihn dann dir gegeben?«

»Ja, aber da gab es einen großen Umweg.«

Kupfer erzählte Feinäugle von Tauschers Geständnis und seiner Köln-Exkursion. »Das ist vielleicht ein komischer Vogel«, sagte Feinäugle.

»Das kannst du laut sagen; ein naiver Traumtänzer, der am Rand der Legalität entlangbalanciert. Ich habe ihm den Marsch geblasen, das kannst du mir glauben. Und ich glaube, er hat die Quittung für seinen dreisten Alleingang schon von anderer Seite gekriegt. In der Nacht zum Sonntag hat ihm jemand das Oberlicht seines Ateliers eingeschlagen und einen Haufen in Leinöl getränkte Putzwolle hineingeworfen. Zum Glück hat es reingeregnet, sonst hätte sich das Zeug entzündet und sein Atelier hätte lichterloh gebrannt. Stell dir vor, die Putzwolle lag zufällig genau über seinen Flaschen mit Terpentin und solchem Zeug. Das hätte noch als Brandbeschleuniger gewirkt. Und das Ateliergebäude ist eine Holzkonstruktion.«

»Wie hat er das gemerkt?«

»Seine Frau und er kamen während diesem Unwetter von einer Party zurück und sahen nach, ob auch alle Fenster zu waren.«

»Schwein gehabt.«

»Kann man wohl sagen.«

»Und du meinst, dass dieser Anschlag aus Köln kam?«

»Für mich ist es jedenfalls das Nächstliegende. Tauscher wüsste sonst auch nicht, wen er verdächtigen sollte. Wir werden sehen, was wir da herausfinden können.«

»Aber zeig jetzt mal den Zettel. Das kann man ja kaum lesen.«

	1,8 Millionen	*3,5 Millionen*
Schätzg.	*90 000 (= 5%)*	*175 000*
	270 000 Geb (= 15%)	*525 000 Auktionsgebühren*
	126 USt (= 7%)	*245 000 Umsatzsteuer*
	90 G	*175 000 G ????*
	90 B…l… (= Bieter)	*175 000*
		Ekap. 166 000

»In der linken Spalte sind die Beträge, mit denen Wels gerechnet hatte«, erläuterte Kupfer. »Schimmelpfennig hatte das Objekt, auf das ich gleich noch zu sprechen komme, auf 1,8 Millionen geschätzt. Dafür hat er 90 000 Euro Gebühr eingestrichen. Und dazu kommen die Auktionsgebühren mit 270 000 und die Umsatzsteuer mit 126 000. Und dann wird es geheimnisvoll. Wir wissen nicht, was G heißt. Das könnte ein

Strohmann sein. Aber das Wort mit B kann man entziffern. Es heißt ›Bieter‹. Und ›G‹ und ›Bieter‹ waren nach Wels' Berechnung noch mit jeweils 90 000 Euro zu bedienen.«

»Seit wann werden die Bieter vom Besitzer des Versteigerungsobjekts bezahlt?«

»Immer dann, wenn es sich um keine echten Bieter handelt, was nach Tauschers Aussagen bei Hahn & Keller wohl öfter der Fall ist. Mit anderen Worten: Wels hat das Objekt bei dieser Versteigerung gar nicht verkaufen wollen, sondern es nur durchgeschleust, damit es eine bessere Provenienz, sprich Herkunftsgeschichte, bekommt. Und jetzt lies mal noch das hier. Dann weißt du, warum das schiefgelaufen ist. Die Presse hat ihm das Geschäft versaut.«

Er nahm einen Ausdruck des Zeitungsartikels aus der Kölner Rundschau, den Tauscher ihm gezeigt hatte, aus seinem Ordner, unterstrich einen Satz und gab ihn Feinäugle zu lesen.

Während die Namen aller anderen Künstler, deren Werke angeboten wurden, voll ausgeschrieben sind, wurde Rothkos Vorname nur per Initiale angegeben: M. Rothko. Das könnte manchem erfahrenen Bieter aufgefallen sein und ihn zu vornehmer Zurückhaltung bewogen haben.

»Es handelte sich also um einen gefälschten Rothko.«

»Um deren zwei. Und der Fälscher hat bereits gestanden.«

»Aber nicht Tauscher.«

»Doch. Wegen diesem Artikel hat Tauscher seinen Köln-Trip unternommen. Und wegen genau diesem Artikel kriegt Wels die beiden Fälschungen nicht mehr los. Der Kunsthandel der ganzen Republik weiß doch jetzt über den Schwindel Bescheid.«

Er wies wieder auf den Zettel. »Schau mal, diese Zahlen, die man besser lesen kann, hat Tauscher hinzugefügt. Die beiden Rothkos wurden auf 3,5 Millionen hochgejubelt, die Wels ja nicht zu bezahlen brauchte, weil er sozusagen an sich selbst verkaufte. Diese 3,5 hat Wels noch selbst hingeschrieben und wollte wahrscheinlich seinem Besucher vorrechnen, was Tauscher nach seinem Gespräch mit Herrn Schimmelpfennig von der Artcredit hinzugefügt hat: die Steuer und all die Gebühren, die er abdrücken musste, insgesamt mehr als eine Million. Die hatte Wels gar nicht. Er hatte nämlich nur 166 000 Euro Eigenkapital. Und da gab es dann wohl richtig Zoff.«

»Und warum haben die Bieter so hoch gesteigert? Wels hatte doch gewiss irgendein Limit gesetzt?«

»Genau das ist die Frage. Ich nehme an, dass ihm jemand eins auswischen wollte, vielleicht ein Konkurrent, mit dem er es sich gründlich verdorben hatte. Und vielleicht hat eben dieser Konkurrent auch noch dem Journalisten der Kölner Rundschau einen Tipp gegeben, sozusagen als Nachschuss.«

»Wenn das wirklich Wels' letzte Berechnungen sind, dann ist der Grund des Streits klar«, meinte Feinäugle.

»Das muss eigentlich so gewesen sein. Etwas Wahrscheinlicheres will mir nicht einfallen«, stimmte Kupfer zu, »und ich kann mir auch vorstellen, welche Rolle das zerrissene Bild dabei spielt. Derjenige, der den Mann unterm Birnbaum gefälscht hat, kam und wollte endlich sein Geld. Das war der Streitpunkt. Wahrscheinlich hat Wels das Bild in der Wut zerrissen, um zu demonstrieren, wie wertlos es war, und dann ging die Keilerei los.«

»Gute Hypothese«, stimmte Feinäugle zu. »Ich könnte mir sogar vorstellen, dass einer mit dem Bild zugeschlagen hat und der Rahmen dabei zerbrochen ist.«

»Beides ist möglich. Auf jeden Fall hat der Täter von Wels eine ausstehende Bezahlung verlangt, und deswegen sind die beiden in Streit geraten. Der Täter ist ein Maler.«

»Also doch Tauscher?«

»Nein, glaube ich nicht. Der Täter gehörte zum Personal der Backstube. Das geht auch aus dem Bericht vom KTI hervor.«

»Mich wundert nur, dass er den Zettel mit dieser Berechnung nicht mitgenommen hat.«

»Den hat er über allem anderen vergessen oder nicht für wichtig genug gehalten. Er war halt doch in Panik.«

23

»Sie möchten doch jetzt auch einen Kaffee?«, fragte Paula Kußmaul und verließ das Büro Richtung Kaffeemaschine.

»Nein danke«, rief ihr Kupfer nach.

»So? Ist Ihnen nicht gut? Sonst trinken Sie doch immer einen um diese Zeit. Und ich hätte auch noch eine Schneckennudel für Sie«, wunderte sie sich, als sie mit ihrer Tasse in der Hand ins Büro zurückkam.

»Danke. Mir ist durchaus wohl. Aber weil heute nichts mehr Brandeiliges ansteht, mache ich jetzt Feierabend. Irgendwann muss man sich ja mal einen Freizeitausgleich gönnen, sonst schafft einen dieser Job. Ich gehe jetzt heim und lege auf meiner Terrasse die Beine hoch.«

Paula Kußmaul schaute auf die Uhr. Es war kurz vor drei. »Wenn Ihr Freizeitausgleich heute noch etwas bringen soll, dann müssen Sie schnell gehen. Ich bin bis fünf da, und wenn was ganz Dringendes sein sollte, dann kann ich Sie ja anrufen.«

»Das müssten Sie wohl. Aber es wäre mir am liebsten, wenn ich heute von Ihnen nichts mehr hören würde.«

»Das klingt aber nicht sehr freundlich«, sagte sie und tat beleidigt.

»Und morgen habe ich dann wieder meine helle Freude an Ihrer Anwesenheit«, säuselte Kupfer besonders süß.

Beide lachten. »Tschüss bis morgen.«

Marie freute sich, dass ihr Siggi früher nach Hause kam. Noch während er sich unter der Dusche erfrischte, machte sie einen Kaffee, taute einen Apfelkuchen auf und spannte den Sonnenschirm auf.

»Pensioniert sollte man sein«, seufzte er, als er sich in den Liegestuhl legte und nach der Kaffeetasse griff.

»Was lief heute? War es anstrengend?«

»Es ging so«, sagte er und erklärte ihr die Sache mit den Scheinauktionen.

»Da kann man ja überhaupt niemandem mehr trauen. Es ist fast ein Glück, dass uns zum Sammeln das Geld fehlt. Wer weniger hat, wird weniger beschissen.«

»Ganz so optimistisch sehe ich das nicht. Beschissen werden wir alle, völlig egal, ob wir ein Bild, einen antiken Schrank oder einen Becher Erdbeerjoghurt kaufen. Aber das ist mir im Moment völlig egal.«

Damit schloss er die Augen und schien vor sich hinzudösen. Dass er nicht schlief, war nur daran zu merken, dass er immer wieder an seinem Kaffee nippte. Nach ein paar Minuten richtete er sich auf und aß ein Stück Apfelkuchen.

»Der ist echt«, sagte Marie.

»Schmeckt man auch«, bestätigte Kupfer, und als er seinen Kuchen gegessen hatte, schob er seinen Liegestuhl in die Sonne. »Jetzt brat ich mal eine Viertelstunde.«

Dann griff er nach der Böblinger Kreiszeitung.

»Was schreibt denn die Presse über unseren Fall?«

»Ich hab heut nichts gefunden. Hat denn dein Chef keine Pressekonferenz einberufen?«

»Nicht einmal das weiß ich. Ich renne die ganze Zeit bloß noch rum. Ich hatte ja nicht einmal am Sonntag Ruhe«, sagte er misslaunig.

»Dann lass ich dich jetzt in Frieden und kümmere mich ein bisschen um meine Blumen.«

Kupfer legte sich wieder unter den Sonnenschirm und döste vor sich hin. Ohne den Kaffee wäre er vielleicht eingeschlafen. Eine leichte Brise kam auf, die er sehr erfrischend fand. Er streckte sich und fühlte sich wohl. Umso mehr ärgerte er sich, als er gegen halb fünf angerufen wurde. Es war Paula.

»Herr Kupfer, es tut mir furchtbar leid, ich glaube, Sie müssen Ihren Freizeitausgleich verschieben.«

»Himmelherrgott, wieso denn? Was ist denn schon wieder passiert?«

»Beim Wels in Schönaich steht ein Lastwagen aus Köln und kann nicht ausladen. Und weil die Türen alle versiegelt sind, hat der Fahrer bei der Stadtpolizei angerufen und jetzt …«

»Schon verstanden. Jetzt habe ich die Sache an der Backe. Und warum nicht der Feinäugle? Der wäre jetzt einmal dran.«

»Herr Feinäugle ist gerade in Tübingen beim Arzt.«

»Was muss der nach Tübingen! Der ist doch nicht krank.«

»Das weiß ich nicht. Bitte, Herr Kupfer, würden Sie nicht doch dort hinausfahren? Sie müssten die Türen auch wieder versiegeln, falls da noch etwas angeliefert werden sollte. Es ist mir wirklich arg, dass ich Sie stören muss.«

»Hmm, schon gut. Dann muss ich halt. Haben Sie die Nummer von dem Lkw-Fahrer? Dann sagen Sie ihm doch bitte, dass er noch eine halbe Stunde warten muss. Ich hab ja keine Siegel im Haus und die Schlüssel trage ich auch nicht mit mir herum. Ich muss einen Umweg übers Büro machen.«

Marie stand mit der Rosenschere in der Hand unter der Terrassentür. »Aber du musst jetzt nicht …«

»Doch, verdammte Scheiße, es trifft mich wieder. Feinäugle ist nicht erreichbar, und ich bin wieder der Dumme. Draußen in Schönaich steht irgend so ein Scheißlastwagen herum und kann nicht ausladen, weil keiner da ist und wir den Laden wieder versiegeln müssen.«

»Na dann, hoffentlich geht es schnell.«

»Hoffentlich.«

Aber es ging nicht schnell. In der Einfahrt stand ein großer Speditionslaster mit Kölner Nummer. Der Fahrer saß auf den Stufen und rauchte. »Na endlich«, sagte er grimmig, als Kupfer auf ihn zuging.

»Was heißt hier endlich? Sie glauben doch nicht, dass hier einer auf Sie gewartet hat. Hier gibt es niemanden mehr. Machen Sie am besten kehrt und fahren Sie dorthin, wo Sie hergekommen sind.«

»Mach ich sofort, wenn Sie dann die Tour bezahlen.« Ohne weitere Worte öffnete er die Fahrerkabine und holte seinen Auftrag heraus.

Eine Berliner Firma, Galerie und Kunsthandel Koffke, hatte die Kölner Spedition Grossbroich beauftragt, zwei Gemälde von Mark Rothko vom Auktionshaus Hahn & Keller zur Firma Wels in Schönaich zu transportieren. Transportversicherung über 3,5 Millionen.

»Haben Sie ein Duplikat von dem Auftrag?«

»Nee, wieso auch.«

»Ich heiße Kupfer und bin von der Mordkommission. Wels ist tot, die Firma gibt es nicht mehr. Alles läuft jetzt über uns. Wir brauchen alle Unterlagen.« Der Fahrer ging nicht darauf ein.

»Dann holen Sie mal schnell Ihre Kollegen zum Ausladen, dass ich heute noch nach Hause komme«, sagte er stattdessen. Er öffnete die Türen des Frachtraums und zeigte auf zwei riesige flache Kisten. »Ich habe mich schon umgeschaut. Die Laderampe ist an der Rückseite. Da komme ich mit dem Laster nicht hin. Ausgeschlossen. Und wir beide kriegen die Kisten nicht da hintergeschleppt. Da muss Verstärkung ran. Wir waren vier Mann beim Aufladen, und das war schon eine Schinderei.«

Kupfer dachte nach. Jetzt eine Streife herbeizuholen, wäre lächerlich gewesen. Aber wer sollte denn helfen? Wie kriegte man zu zweit die Bilder ins Magazin? Kupfer fand die Lösung.

»Haben Sie Werkzeug dabei?«

»Klar, Mann, was dachten Sie?«

»Dann packen wir die beiden Bilder im Laster aus. Ohne Verpackung tragen wir die locker ins Magazin.«

»Ohne mich. Das ist nicht mein Auftrag. Das Risiko gehe ich nicht ein.« Damit setzte er sich wieder auf die Stufen und steckte sich eine Zigarette an.

»Okay. Sie nicht. Ich seh schon, mit Ihnen ist nichts anzufangen. Aber dann sitzen Sie hier noch eine Weile.«

»Egal.« Der Fahrer zuckte mit den Achseln. Kupfer wandte ihm den Rücken zu.

»Keinen Saustall kann man mit dem Typ da stürmen« bruttelte er vor sich hin und starrte auf die Kisten. Dann griff er nach seinem Handy und tippte Polizeimeister Böckles Nummer ein.

»Böckle, hallo.«

»Hallo. Hier ist Kupfer. Böckle, ich brauche Sie dringend in Schönaich. Es dauert nicht lang, höchstens eine Stunde, dann haben Sie Feierabend.«

»Was? Sorry. Ich habe schon seit zwei Stunden Feierabend.«

»Aber ich brauche Sie dringend. Und es dauert nicht lang.«

»Tut mir leid. Wissen Sie, wo ich bin?«

»Blöde Frage«, sagte Kupfer gereizt.

»Ich bin in Malmsheim auf meinem Stückle im Obst. Die Augustäpfel müssen endlich runter. Wollen Sie auch ein Körble?«

»Nein. Danke«, sagte Kupfer und beendete den Anruf. Einen Moment stierte er finster vor sich hin. Dann hellte sich sein Gesicht auf. Er griff noch einmal zu seinem Handy, wählte Tauschers Nummer und hatte Glück.

»Herr Tauscher, Sie müssen sich ein letztes Mal nach Schönaich aufmachen. Ihre Rothkos werden angeliefert.«

Tauscher fiel aus allen Wolken. »Wieso angeliefert? Wieso meine?«, fragte er.

»Wenn ich das richtig sehe, gehören sie noch Ihnen. Oder sind Sie inzwischen etwa bezahlt worden?«

»Pffff«, machte Tauscher verärgert. »Was soll ich damit?«

»Nichts. Nur auspacken helfen. Wie lange brauchen Sie hierher?«

»Bei dem Feierabendverkehr mindestens eine halbe Stunde. Ich mache mich gleich auf den Weg.«

Ein zufriedenes Lächeln huschte über Kupfers Gesicht, als er sein Handy wegsteckte. Dass Tauscher kommen würde, weil er es sich nicht mit ihm verderben wollte, hatte er angenommen.

»Und?«, fragte der Fahrer.

»Organisiert. Sie können spazieren gehen oder sich in eine Kneipe setzen bis gegen sieben, würde ich sagen.«

»Okay«, antwortete er, stellte seine Werkzeugkiste heraus, schloss die Fahrerkabine ab und machte sich vom Gelände.

Eine Dreiviertelstunde später stieg Tauscher aus seinem Auto. »Hallo, Herr Kupfer. Ging nicht schneller. Wahnsinnig viel Verkehr. Haben Sie schon angefangen?«

»Das würde Ihnen so passen, wenn die halbe Arbeit schon getan wäre. Nein, ohne den Spezialisten fasse ich keine solche Kiste an.«

»Was heißt hier Spezialist? Sie denken doch nicht etwa, ich hätte alle vier Wochen so große Schinken verpackt.«

»Aber Sie haben sie doch verbrochen.«

»Gemalt, gemalt habe ich sie, aber nicht verpackt. Wels hat sie damals von einer Spedition abholen lassen, und die haben sich wegen dem kurzen Weg nicht die Mühe gemacht. Ein paar Planen und Decken, das war alles.«

»Trotzdem. Fangen Sie an. Es handelt sich ja um Ihr Eigentum.«

Tauscher ignorierte Kupfers Spott und machte sich daran, ein paar Schrauben zu lösen. Dann drehte er sich zu ihm um und sagte: »Sie sind sich hoffentlich bewusst, dass ich Ihnen einen Gefallen tu. Ich könnte ja auch auf mein Eigentum pfeifen. Ich hab es längst abgeschrieben und auch nicht hierherbestellt.«

»Hmm«, brummte Kupfer, griff aber nun auch nach dem Werkzeug und packte mit an.

»Wo haben Sie übrigens die Bilder gemalt?«, fing er nach einer Weile an zu plaudern. »Die wären ja gar nicht durch Ihre Ateliertür gegangen.«

»Ich hatte mir in Dagersheim eine leerstehende Scheune gemietet.«

»Und der Vermieter? Hat er Ihre Bilder gesehen?«

Tauscher antwortete nicht gleich, sondern kniete nieder und setzte den Schraubenzieher an.

»Haben sie ihm gefallen?«, hakte Kupfer nach.

»Das war so ein altes Industrie- oder Freizeitbäuerle, über achtzig. Als er am Anfang die rosarote Grundierung gesehen hat, meinte er, mit so einer Farbe hätte er gerne mal sein Schlafzimmer gestrichen. Und als ich fertig war und er mit offenem Mund davorstand – jetz, wa isch'n dees – habe ich ihm erklärt, dass es sich um ein verunglücktes Experiment handelte. Er hat mich sogar bedauert: ›Schad, fuffzich Euro Miade, ond no isch 's nix gworda.‹«

»Womit er recht hatte – was den Verkauf anbelangt«, sagte Kupfer trocken. »Was machen Sie jetzt damit? Hier können die Bilder nicht lang gelagert werden.«

»Zerschneiden. Was sonst? Mit der Leinwand kann ich schon noch etwas anfangen.«

»Dreieinhalb Millionen bei einer Auktion und dann reiner Materialwert. Katastrophaler Preisverfall!«, kommentierte Kupfer. »Wie erklären Sie sich diese Ma-te-ri-al-rück-lie-fe-rung?« Er betonte das lange Wort Silbe für Silbe.

»Ganz einfach. Die Sache wurde dem Berliner Galeristen zu heiß und er ist ausgestiegen. Er hatte gar keine andere Wahl. Nach dem Zeitungsartikel weiß doch der gesamte Kunsthandel, dass da einer ein paar Fälschungen aufwerten lassen wollte. Selbst wenn die Bilder nach Bahrain oder Burundi oder sonst wohin hätten gehen sollen, wäre der Verkauf zu riskant gewesen. Ich möchte nur wissen, wer denen diesen Strich durch die Rechnung gemacht hat. Ohne einen deutlichen Hinweis kann ein Journalist so etwas nicht schreiben. Sonst ist die Zeitung ein paar Anzeigenkunden los.«

»Vielleicht war Wels nicht besonders beliebt.«

»Darauf können Sie Gift nehmen.«

Inzwischen hatten sie das erste Bild freigelegt und zogen es aus dem Laster heraus. Dabei entdeckte Tauscher die Signatur am unteren Rand der Rückseite: einen roten Schriftzug, den man mit Mühe als »Mark Rothko« lesen konnte. Tauscher deutete mit einer entschiedenen Geste darauf und sagte: »Und das war ich nicht. Das wird man nachweisen können.«

Damit nahm er einen Cutter aus der Werkzeugkiste und schnitt die Signatur großflächig heraus. Überrascht und kommentarlos sah Kupfer ihm zu.

»Das ist für Ihr Labor«, sagte Tauscher und warf ihm den Leinwandstreifen vor die Füße.

»Sind Sie immer so impulsiv?«, fragte Kupfer erstaunt, bekam aber keine Antwort. Er hob das Beweisstück auf und trug es in sein Auto. Dann schloss er das Magazin auf und sie verfrachteten das lädierte Gemälde ins Innere des Gebäudes.

Kupfer kam ins Schnaufen.

»Wie wär's mit einer kurzen Pause in diesem edlen Mobiliar?« schlug Tauscher vor.

»Ja, ein paar Minuten gönnen wir uns. In dem Laster ist es einfach zu heiß.«

Sie saßen sich auf zwei funkelnagelneuen Biedermeierstühlen gegenüber. Die gemeinsame Anstrengung hatte sie einander nähergebracht.

»Am Wochenende hatte ich keinen Dienst, aber ich habe die Akte über diesen seltsamen Brandanschlag bei Ihnen gelesen. Der Regen war Ihr Glück und unser Pech. Alle Spuren sind verwischt.«

»Wenn es nicht geregnet hätte, wären die Spuren garantiert auch verwischt.«

»Aber wir haben doch eine Spur: das Material«, sagte Kupfer. »Es muss schon einer mit Leinöl vertraut sein, damit er auf die Idee kommt, mit diesem Zeug und einem Armvoll Putzwolle ein Haus anzuzünden. Mir wäre das nicht eingefallen. Wer also aus Ihrer Zunft ist so böse auf Sie, dass er Ihr Atelier anzünden wollte?«

»Keine Ahnung. Es könnte höchstens sein, dass das mit meiner Aktion in Köln zusammenhängt. Aber ich kann mir andererseits nicht vorstellen, dass Katzi oder sonst einer die ganze Strecke nach Maichingen fährt und mir nachts Putzwolle ins Atelier schmeißt.«

»Das musste er ja nicht selber machen. Er hat sich vielleicht einen Mann fürs Grobe gekauft.«

»Und woher weiß der, wo ich wohne und dass mein Atelier gut brennen würde?«

»Ich weiß ja nicht, was Sie diesem Katzi erzählt haben. Wissen Sie noch alles?«

Tauscher zuckte mit den Achseln. »Wir haben schon viel gequatscht. Aber trotzdem.«

»Seien Sie auf der Hut. Vielleicht kommt der Zündler wieder.«

»Und wie soll ich das machen? Ich kann doch nicht immer daheim bleiben und Tag und Nacht aufpassen!«

»Wir können bloß öfter mal eine Streife bei Ihnen vorbeischicken. Aber Sie können sich vorstellen, wie wenig das bringt.«

Als sie weiterarbeiteten, hatte Kupfer den Eindruck, dass Tauscher nicht mehr so konzentriert zulangte. Er schien nicht mehr bei der Sache zu sein.

»Ihnen geht doch etwas im Kopf herum. Worüber denken Sie nach?«

»Ich weiß nicht, ob ich ... eigentlich ist es ungeheuerlich.«

»Raus mit der Sprache!«

»Es ist so: Am Samstagabend bin ich diesem Gunno, nach dem Sie mich einmal gefragt haben, bei einer Party in Stuttgart-Vaihingen wieder begegnet. Das Komische daran ist, dass er behauptete, mit Wels nur selten zu tun gehabt zu haben. Und noch komischer kommt mir vor, dass er erst gegen zehn Uhr ankam und behauptete, er sei in einer starken Stunde von Augsburg nach Stuttgart gefahren. Aber zu der Zeit ging doch bei Merklingen überhaupt nichts mehr. Eine Freundin meiner Frau stand dort von sieben bis gegen halb zehn im Stau. Wenn Gunno den Stau umfahren hätte, hätte er doch etwas davon gesagt. Aber er schien gar nichts davon zu wissen.«

»Das ist schon merkwürdig«, meinte Kupfer. »Und wie lange haben Sie von Maichingen nach Vaihingen gebraucht?«

»Ungefähr zwanzig Minuten.«

Kupfer holte seinen kleinen karierten Block aus dem Auto und machte sich ein paar Notizen. »Wissen Sie, wo er jetzt wohnt?«

»Keine Ahnung. Aber meine Frau kann das sicher in Erfahrung bringen.«

Dann packten sie zügig das zweite Bild vollends aus und brachten es ins Magazin, damit der Lkw-Fahrer sich endlich auf den Heimweg machen konnte.

24

Olinas Anruf holte Tauscher aus dem Bett. »Geht ihr hin?«

»Fragst du vielleicht Sachen am frühen Morgen!«

»Entschuldigung. Es ist schon fast neun. Geht ihr oder nicht?«

»Ich nehme an, du meinst Wels' Begräbnis.«

»Trau-er-fei-er-lich-keiten.« Olina sprach das Wort überdeutlich aus, was ihm einen ironischen Unterton verlieh.

»Gut, dann eben Trauerfeierlichkeiten. Wo hast du das schöne Wort her?«

»Aus der Zeitung natürlich.«

»Wir haben noch gar nicht darüber geredet. Aber eigentlich habe ich nicht viel Lust«, sagte Tauscher. »Solange noch nicht bewiesen ist, dass ich es nicht war, werde ich doch nur von jedem Zweiten blöd angeglotzt. Wer weiß, was da für Gerüchte im Umlauf sind.«

»Verstehe ich schon. Aber denk mal andersherum. Wenn du nicht hingehst, dann fühlen sich alle diese Schwätzer bestätigt. Also ich würde an deiner Stelle hingehen.«

»Das kann ich vor dem Frühstück nicht entscheiden. Ich ruf dich dann zurück.«

Tauscher setzte sich an den Frühstückstisch, von dem Helene längst aufgestanden war, und versuchte bei einer Tasse Tee einen klaren Kopf zu bekommen. Er war sehr spät ins Bett gegangen, weil er versucht hatte, in seinem Atelier etwas Ordnung zu schaffen. Dabei waren ihm uralte Skizzen in die Hände gefallen, von denen er gar nichts mehr gewusst hatte. Es war eine bunte Mischung von Porträtstudien, Aktstudien und auch Landschaftsskizzen, über denen er lange gebrütet hatte, um herauszufinden, womit sich weiterzumachen lohnen könnte.

Nach einer Weile kam Helene im Overall vom Hof herein. Sie hatte an einer Metallskulptur gearbeitet.

»Auch schon auf?«, spottete sie.

»Hmm. Olina hat angerufen. Ob wir bei Wels' Trau-er-fei-er-lich-keiten zugegen sein würden.«

»Aber sicher. Was hast du ihr gesagt?«

»Dass ich noch überlegen muss.«

»Da gibt es doch gar nichts zu überlegen.«

Helene sagte dasselbe wie Olina. Es würde viel seltsamer aussehen, wenn er nicht hinginge, und außerdem wolle sie selbst sehen, wer zu dieser Beerdigung kommen würde, und sie würde sogar die Kamera mitnehmen. Noch ehe Tauscher mit sich eins geworden war, rief sie Olina an und verabredete sich mit ihr. Eine Dreiviertelstunde vor dem Termin würden sie sie von zu Hause abholen. Das sei ja nur ein kleiner Umweg.

Der Parkplatz am Böblinger Waldfriedhof war zwanzig Minuten vor der Trauerfeier schon ziemlich voll. »Das scheint ein fürstliches Begräbnis zu werden«, meinte Helene. Im Schatten der großen Bäume gingen sie den breiten Weg zur Trauerhalle hoch.

»Man geht hier nicht, man schreitet«, sagte Olina. »Eigentlich eine schöne Umgebung. Hier sollte man sich aufhalten und lust-wan-deln, solange man noch lebt. Oder kennt ihr in Böblingen einen schöneren Park?«

Helene und Tauscher schüttelten den Kopf.

»Aber wie kann man so einen eckigen Turm in so einen schönen Park stellen?«

»Du bist nicht als Architekturkritikerin hier, sondern als Trauergast«, sagte Tauscher mit durchsichtig gespielter Strenge.

»Was zu eckig ist, ist zu eckig, und außerdem einfallslos«, sagte sie laut, weshalb sich ein älteres Paar, das direkt vor ihnen ging, empört umschaute. »Und diese Urnenmauern da unter dem Vorbau finde ich einen architektonischen Skandal«, flüsterte Olina weiter. »Einfach zum Heulen, aber vielleicht soll das ja so sein.«

In der Trauerhalle war kaum mehr ein Platz frei. Die drei mussten sich in die letzte Reihe setzen. »Mist!«, flüsterte Helene. »Von hier kann man keinen erkennen.«

»Wenn Sie freundlicherweise ein wenig zusammenrücken, dann passe ich auch noch in diese Reihe«, sagte eine bekannte Stimme. Tauscher schaute auf und sah sich überrascht Kupfer gegenüber. Er nickte ihm wortlos zu und rückte näher an Helene heran. Wenn er geahnt hätte, dass er mit Kupfer auf Tuchfühlung sitzen würde, wäre er vielleicht lieber zu Hause geblieben.

Hell und hart läutete das Glöcklein vom eckigen Turm. »Jeder Ton ein Schlag ins Genick des Trauernden«, lästerte Olina. »Von dort herunter kann es gar nicht tröstlich klingen.«

Nach dem letzten Glockenschlag tönte Bachs berühmte »Air« aus dem Lautsprecher und wühlte die Gefühle auf. »Meinst du, Wels hat diese Melodie irgendwann mal gehört?«, flüsterte Helene Tauscher ins Ohr.

»Er hätte bestimmt, wenn Tony Marshall sie gepfiffen hätte.« Tauscher musste sich auf die Lippen beißen und hoffte, dass sich niemand nach ihm umsah.

Der Geistliche fasste sich überraschend kurz, aber dann folgte eine lange Reihe preisender Nachrufer. Vertreter des Fußballvereins und des Kegelclubs, des Württembergischen Automobilvereins e.V. 1906, des Handels- und Gewerbevereins wie auch Geschäftspartner aus früheren Jahren sahen sich zu einem Auftritt verpflichtet.

Er hatte es ja nicht leicht gehabt … ganz klein angefangen … mit Fleiß und Sparsamkeit … immer offenherzig und großzügig …

»Wenn Lügen wirklich Balken verbiegen würden, dann würde ich auf die Statik dieses Gebäudes keinen Cent mehr setzen«, flüsterte Tauscher Helene ins Ohr. Kupfer ließ ein tadelndes Hüsteln vernehmen.

Verlässlicher Geschäftspartner ... Sportkamerad und Gönner des Fußballvereines SV Böblingen ... großzügiger Sponsor des Automobilvereins ... Stütze der Automobilkultur ... Benzin im Blut ...

»Auch nicht besser als Alkohol«, kam es von Olina.

Enorme Bandbreite seines Angebots ... Geschäftsmann mit Visionen ...

»Halluzinationen«, verbesserte Tauscher, wobei er lauter wurde, als er gewollt hatte, und erntete aus der Reihe vor ihm empörte Blicke.

»Jetzt beherrschen Sie sich doch«, brummte Kupfer.

Weites Herz ... für jeden ein tröstendes Wort ... schmerzliche Lücke in unseren Reihen ...

»Ich weiß jetzt, was soll es bedeuten, dass ich so traurig bin: Ein Engel ist von uns gegangen«, schluchzte Olina leise ins Helenes Ohr, worauf Helene ihr leicht in die Seite knuffte und sich ein Taschentuch auf den Mund drückte.

Als schließlich der erlösende Moment kam und man sich erhob, um den Verblichenen auf seinem letzten Gang zu begleiten, atmete selbst Kupfer erleichtert auf.

»Nie wieder setze ich mich zwischen euch beide bei einer Beerdigung«, zischte Helene.

»Es wird keine solche Pflichtveranstaltung mehr geben«, gab Olina lächelnd zurück.

Ein langer Zug folgte dem Sarg, angeführt von Andrea, Wels' geschiedener Frau, und seinem achtzehnjährigen Sohn Alex. Schlank in ihrem schwarzen Seidenkleid machte Andrea Wels eine elegante Figur. Trauer war ihr nicht anzumerken, dafür trug sie den Kopf zu hoch. Ihre Miene wirkte hart und geschäftsmäßig. Aus ihrer resoluten Art, mit der sie sich an die Spitze des Zuges stellte und sich nach ihrem Sohn umdrehte, der nicht ebenso schnell wie sie von seinem Stuhl aufgestanden war, sprach eher das Bemühen, ihren Verflossenen, der nun einmal der Vater ihres Sohnes war, standesgemäß unter die Erde zu bringen. Ungelenk ob der formellen Kleidung – die eine oder andere Anzugjacke spannte sich faltenreich um einen gut genährten Körper, während die Hosenbeine drei Zentimeter über den schiefgetretenen Schuhen endeten – folgten ihr Wels' Geschwister mit ihren Familien in achtungsvollem Abstand, die biedere Sippe, der man echte Trauer um ihr erfolgreichstes Mitglied ansah.

Die Tauschers und Olina warteten, bis sich die Trauergemeinde am Grab aufgestellt hatte, und suchten dann einen Standort, von wo aus sie das Geschehen am Grab gut verfolgen konnten. Ein dick gewachsener Lebensbaum gab ihnen Deckung.

»Diego, halt mal still«, sagte Helene und stützte ihr Teleobjektiv auf Tauschers Schulter auf.

»Da hakt sich einer bei Wels' Ex unter«, sagte sie einen Moment später und schoss ein paar Aufnahmen. »Kennst du den?«

»Nie gesehen.«

»Was wollen Sie denn mit den Fotos?«, fragte Kupfer, der ihnen unbemerkt nachgekommen war und ebenfalls durch das Objektiv einer Kamera blickte.

»Meine Nachforschungen anstellen«, sagte Helene.

»Okay, solange Sie meine nicht behindern«, antwortete Kupfer mit erhobenem Zeigefinger und Blick auf Tauscher. »Kennen Sie den Mann neben Wels' Ex?« Die drei verneinten.

Andrea Wels' Begleiter war ein schlanker Mann in einem gut geschnittenen schwarzblauen Anzug. Er mochte Anfang fünfzig sein. Sein dunkelblondes Haar hatte er zurückgekämmt und verbarg, wie auch sie, seine Augen hinter einer Sonnenbrille.

»Der hat Stil. Passt besser zu ihr als Wels«, fasste Olina ihre Beobachtung zusammen.

Der Sarg wurde hinabgelassen und das Defilee begann. In gleichmäßigem Takt traten die Trauergäste nacheinander an den Rand des Grabes, blickten auf den Sarg hinab, ließen etwas Erde oder eine Blume in die Grube fallen und verloren sich dann in der Menge.

»Allmählich reicht's. Gehen wir jetzt?«, sagte Tauscher nach einer gewissen Zeit, weil er sich von Kupfer beobachtet fühlte.

»Nur Geduld. Interessant wird es erst am Schluss«, sagte Helene und legte die Kamera von neuem auf seiner Schulter auf. Nach einer halben Stunde hatte die Trauergemeinde den Friedhof zum größten Teil verlassen, und die Verwandten schienen nur noch darauf zu warten, dass auch der letzte Trauergast gegangen war und sie sich zum Leichenschmaus aufmachen konnten. Da trat eine vollschlanke Frau in einem dunklen Hosenanzug ans Grab. Unter ihrem schwarzen Kopftuch schauten rote Strähnen hervor, die ihr bis zu ihrer Sonnenbrille über die Stirn fielen.

»Nimm die auf. Irgendwo habe ich die schon einmal gesehen«, sagte Tauscher aufgeregt.

Die Frau stand lange mit gesenktem Kopf und gefalteten Händen da, dann ließ sie einen kleinen Rosenstrauß ins Grab fallen. Sie griff nach einem Taschentuch und hielt es sich mit einer schnellen Bewegung vor Mund und Nase, als wollte sie einen Aufschrei abdämpfen. Da sackten ihr die Beine weg. Geistesgegenwärtig sprangen zwei Männer aus der Verwandtengruppe herzu und fassten sie unter. Einen Moment stützten sie sie, bis sie sich wieder gefangen hatte. Dann löste sie sich von ihnen, nickte ihnen Dank zu und entfernte sich dann langsam dem Ausgang zu.

»Wir sehen uns beim Auto«, sagte Helene und folgte ihr.

Tauscher starrte eine Weile versonnen vor sich hin. Dann hob er plötzlich den Kopf, machte einen Schritt auf Kupfer zu und sagte: »Wenn mich nicht alles täuscht, ist das eine der Frauen auf den Geburtstagsfotos.«

»Richtig. Pluspunkt für Sie, Herr Tauscher«, lobte ihn Kupfer und wäre am liebsten Helene und der Unbekannten hinterhergerannt. So schnell es anstandshalber ging, strebte er dem Ausgang zu.

Als Tauscher und Olina den breiten Weg zum Ausgang zurückgingen, war Olina ihm immer einen Schritt voraus. »Hetz nicht so, du wolltest doch lustwandeln«, sagte Tauscher.

Da pfiff sein Handy. Helene schickte eine SMS:

Fahre ihr nach. Nehmt den Bus zum See. Hole euch im Seegärtle ab.

Helene lief auf Zehenspitzen, damit ihre Schritte nicht durch die Stille des Friedhofs hallten. Schon auf halbem Weg zum Ausgang hatte sie die Frau eingeholt und blieb ungefähr dreißig Schritte hinter ihr. Die Frau schien von ihr keine Notiz zu nehmen. Ohne sich umzuschauen, verließ sie den Waldfriedhof, überquerte die Straße und setzte sich in einen weißen Polo. Sie fuhr sofort los. Helene rannte zu ihrem Opel und verfolgte sie.

Den langen Maurener Weg entlang versuchte sie, einen möglichst großen Abstand zu halten, musste sich aber bei der Einfahrt in die Tübinger Straße direkt hinter sie stellen, um sie nicht zu verlieren. Und wenn sie ihr nicht fast Stoßstange an Stoßstange durch den Nachmittagsverkehr gefolgt wäre, hätte sie am Postplatz nicht gewusst, dass sie »Am Käppele« hochfahren musste. Als sie hintereinander die Schwabstraße entlangfuhren, sah sie, wie die Frau ihre Sonnenbrille abnahm und sie im Rückspiegel beobachtete. Sie sah sich ertappt, setzte aber die Verfolgung fort. Nur erlaubte sie ihr einen längeren Vorsprung. Sie hatte sich zwar die Autonummer schon längst eingeprägt, wollte aber unbedingt wissen, wo diese Frau wohnte.

»Hoffentlich sind wir gleich am Ziel«, sagte sie laut, als der weiße Polo nach der Martin-Luther-Kirche rechts in einer Seitenstraße verschwand. Die Straße beschrieb eine lange Linkskurve, so dass Helene das Auto zunächst aus den Augen verlor. Sie gab etwas Gas, um aufzuholen, und sah, dass die Frau in eine Garagenzufahrt einbog. Sie hielt an und stellte ihr Auto mit zwei Rädern auf den Bürgersteig. Dann stieg sie langsam aus. Sie überlegte, ob sie die Frau ansprechen sollte und was sie eventuell fragen würde. Sie ging ein paar unentschlossene Schritte in ihre Richtung.

Dann hörte sie, wie eine Autotür zugeschlagen wurde. Fast schon im selben Moment erschien die Frau auf dem Bürgersteig, ging entschlossenen Schritts an ihrem Gartentor vorbei, ihren Blick konzentriert auf Helene gerichtet. Helene konnte ihr nicht mehr ausweichen. Die Unbekannte kam geradewegs auf sie zu, stellte sich resolut vor sie hin und nahm ihre Sonnenbrille ab. Mit festem Blick schaute sie ihr in die Augen.

»Warum sind Sie mir nachgefahren? Ich kenne Sie. Sie sind die Frau vom Tauscher.«

Helene war überrascht, hatte aber doch eine Gegenfrage parat. »Woher kennen Sie mich?«

»Ich habe Sie schon oft mit Ihrem Mann zusammen in der Stadt gesehen. Warum sind Sie mir nachgefahren?«

»Weil wir ... nein, weil Sie unter all den Leuten ... ich weiß nicht, wie ich sagen soll ...«

»Weil ich der einzige Mensch bin, dem er fehlt«, sagte sie.

»Mein Beileid, mein aufrichtiges Beileid«, brachte Helene heraus.

»Sie sind mir nicht nachgefahren, um mir das zu sagen. Also: warum?« Die Frage klang aggressiv.

»Können Sie das nicht verstehen? Mein Mann wurde des Totschlags verdächtigt, und dann wurde ein Brandanschlag auf sein Atelier verübt. Da geht man doch jeder Spur nach.«

»Und was, meinen Sie, habe ich damit zu tun?«

»Ich weiß es nicht. Vielleicht sind Sie ..., wie soll ich sagen, vielleicht spielen Sie eine wichtige Rolle.«

»Da dank ich. Lassen Sie mich in Ruhe!«

Damit drehte sie sich um und entfernte sich. Helene blieb hilflos stehen und beobachtete, wie sie ihre Tür aufschloss und im Haus verschwand. Als sie zu ihrem Auto zurückging, kam Kupfer angefahren. Er fuhr rechts ran und stieg aus. »Und? Erfolgreich gewesen?«, fragte er spöttisch.

»Sie wohnt dort in dem Haus mit der Ligusterhecke. Mehr weiß ich nicht.«

»Das hätte mich auch gewundert. Trotzdem: danke.«

Helene fuhr zum Treffpunkt am Oberen See. Sie stellte ihr Auto in der Tiefgarage der Kongresshalle ab und ging ins »Seegärtle«.

Olina und Tauscher waren noch nicht einmal da. Sie setzte sich auf die Terrasse, bestellte sich einen Cappuccino und wartete. Nachdenklich rührte sie in ihrer Tasse und dachte über die Frau nach, von der sie so schroff abgewiesen worden war. Aber als sie sich in ihre Lage hineinversetzte, gestand sie sich ein, dass sie an ihrer Stelle nicht anders reagiert hätte.

25

Kupfer blieb eine Viertelstunde im Auto sitzen und versuchte sich vorzustellen, in welcher Verfassung diese Frau im Moment sein musste. Dann ging er langsam zur Haustür. Es gab nur ein Schild mit dem Namen Schiefer.

Auf sein Klingeln hin öffnete eine kleine Frau mit kurzen grauen Haaren. Sie mochte über siebzig sein. Sie sagte nichts, sie schaute Kupfer nur kalt an und wartete ab.

»Grüß Gott. Mein Name ist Kupfer. Ich bin von der hiesigen Kriminalpolizei.«

Die Frau nickte stumm und wandte sich ab. »Margret. Für dich.« Sie verschwand im Haus. Eine Tür fiel ins Schloss.

Margret Schiefer kam die Treppe herunter. Kupfer konnte ihr noch ansehen, dass sie geweint hatte. Offensichtlich hatte sie gehört, wie er sich vorgestellt hatte.

»Sie sind von der Polizei?«, fragte sie, ohne ihn zu begrüßen.

»Ja, mein Name ist Kupfer. Ich möchte Sie gerne sprechen, aber es muss nicht gleich sein. Wir können gerne einen späteren Termin vereinbaren.«

»Wenn's schon sein muss, dann lieber gleich. Bevor man mir noch einmal durch die halbe Stadt nachfährt.«

»Entschuldigen Sie bitte, das war niemand von uns.«

»Ich weiß. Kommen Sie herein.« Sie führte Kupfer in ein schlicht möbliertes Wohnzimmer, bot ihm einen Platz am Tisch an und setzte sich ihm gegenüber.

Kupfer legte ihr die Fotos von Erna Reicherts Geburtstag vor. »Es geht natürlich nicht um diese Geburtstagsfeier, sondern darum, wie Sie zu Herrn Wels standen und was Sie vielleicht zur Aufklärung des Falls beitragen können.«

Sie warf nur einen flüchtigen Blick darauf und schob sie auf die Seite. »Das von der Party kenne ich. Ich hatte es auch, aber ich hab's verbrannt. Manchmal passiert halt was, das man lieber vergessen will.«

Sie schaute an Kupfer vorbei und hatte Tränen in den Augen. »Das war schon bitter«, erzählte sie dann beherrscht. »Holger war damals noch mit der Erna zusammen, und ich hatte gerade über die beiden Gunno kennengelernt. Und dann hat es sich die Erna von einem Tag auf den andern anders überlegt und mir den Gunno ausgespannt. Das hätte ich noch verkraften können, weil das noch nicht so lang gegangen war. Ich war damals erst seit zwei Jahren geschieden. Aber als ich dann mit Holger zusammen war, wurde Erna auf einmal eifersüchtig. Ich hab das nie verstanden.«

»War sie jetzt auch noch mit Gunno zusammen?«

»Ich weiß es nicht. Seit Holger und ich uns nähergekommen sind, war's mit unserer Freundschaft aus. Wir haben schon noch ab und zu miteinander telefoniert oder auch zusammen in der Stadt einen Kaffee getrunken, wenn wir uns zufällig über den Weg gelaufen sind. Aber mehr war da nicht mehr. Über intime Sachen haben wir nicht mehr gesprochen. Und jetzt bin ich ganz allein.«

»Sie leben mit Ihrer Mutter zusammen?«, fragte Kupfer nach.

»Was bleibt mir jetzt anderes übrig? Nächsten Monat wollte ich zu Holger Wels ziehen. Wir hätten vielleicht sogar irgendwann geheiratet. Und was habe ich jetzt? Meinen Bürojob beim Daimler und sonst nichts. Mit meiner Mutter war's schon schwierig, als ich nach meiner Scheidung hier eingezogen bin, aber seit sie wusste, dass ich ausziehen will, wurde es noch komplizierter. Und jetzt, wo ich hierbleibe, weil ich einfach nicht weiß, was ich machen soll, wird es bestimmt nicht besser.«

»Das tut mir leid für Sie.«

»Danke. Ja, so ist das«, sagte sie und wischte sich eine Träne von der Wange.

»Darf ich Sie noch etwas fragen?«

Sie nickte.

»Wissen Sie, wo Herr Bergmann zu erreichen ist?«

»Soviel ich weiß, wohnt er in Weil im Schönbuch. Aber seine Adresse habe ich nicht.«

Kupfer notierte ein paar Stichwörter. »Frau Reichert sagte, dass Wels und Bergmann Streit hatten. Wissen Sie davon etwas?«

Sie atmete tief durch, biss sich auf die Lippen und faltete verkrampft die Hände.

»Wollen Sie es mir nicht sagen? Haben Sie Angst?«, hakte Kupfer vorsichtig nach.

Tränen liefen über ihre Wangen, ihr Kinn zitterte. »Die arme Erna. Auch wenn sie gemein zu mir war, ich werde nicht damit fertig. Alles hat sie für ihn erledigt, und dann wird sie umgebracht.« Dann schwieg sie.

»Bitte, Frau Schiefer, was wissen Sie über Wels' Geschäfte? Es ist wichtig für uns, sehr wichtig. Wir können den Fall wahrscheinlich nur lösen, wenn wir mehr über den geschäftlichen Hintergrund erfahren.«

»Ich weiß nicht viel, höchstens, dass er in letzter Zeit große Sorgen hatte. Er schimpfte über die Kleinlichkeit seiner Hausbank, aber vor allem auch auf Gunno, der immer mehr Geld von ihm wollte.«

»Was machte denn Gunno für ihn?«

»Er hat für ihn Möbel restauriert, manchmal auch Bilder. Da gibt es wohl so eine Werkstatt unterm Magazin, aber da war ich nie. Das hat mich nicht so interessiert.«

»Und da hat nur Gunno gearbeitet?«

»Ich glaube nicht. Von dem, was ich manchmal mitgehört habe, wenn er plötzlich einen Anruf gekriegt hat, habe ich schon den Eindruck bekommen, dass da mindestens noch ein anderer war. Aber den habe ich nie gesehen. Vielleicht ist es ein Kumpel von Gunno.«

»Hat Ihnen Wels denn nie etwas von seinen Geschäften erzählt?«

»Schon, aber nie was Genaues. Ich hab schon gemerkt, dass da einiges nicht in Ordnung war. Aber er hat es mir nicht erklärt. Er hat immer abgelenkt, wenn ich danach gefragt habe.«

»Wir haben auch gehört, dass Herr Wels sehr oft unterwegs war. Wissen Sie, wo er immer hingereist ist?«

»Er war immer wieder bei Auktionen, um einzukaufen und Preise zu vergleichen, hat er gesagt. In letzter Zeit hat er mir immer wieder von Köln erzählt. Er fand die Stadt interessant, die Bierkneipen, die Lokale. Aber was er dort gemacht hat, das hat er mir nie erzählt. Nachdem er das letzte Mal dort war, das ist drei, vier Wochen her, da war er ziemlich schlecht gelaunt und irgendwie, wie soll ich sagen, ruhelos kam er mir vor. Und da war Gunno dabei.«

»Sind Sie ganz sicher? Gunno war mit Wels in Köln?«

»Sicher nicht unbedingt. Ich hab nur gehört, wie er hinterher mit ihm geredet hat. Er hat sich über irgendetwas furchtbar geärgert. Da muss etwas schiefgegangen sein. Sie sprachen über eine Auktion.«

»Ging es dabei um Antiquitäten oder Möbel?«

»Nein, um Bilder, wenn ich das richtig verstanden hab. Aber mehr weiß ich nicht, und ich will auch gar nichts davon wissen. Die Erna, die hat alles gewusst, und deshalb …« Sie sprach nicht weiter.

»Worin war Wels verwickelt? Mit wem hatte er sich eingelassen?«

»Ich weiß es wirklich nicht«, beteuerte sie. »Ich würde es Ihnen sagen, glauben Sie mir, schon weil ich Angst habe«, schluchzte sie.

Kupfer glaubte ihr, dass sie zu Wels' Geschäften nichts mehr sagen konnte. »Frau Schiefer, ich habe noch eine letzte wichtige Frage. Wir sind ganz sicher, dass Frau Reichert ihren Mörder gut gekannt hat. Wahrscheinlich hatte sie ihn sogar zum Abendessen eingeladen. Wissen Sie wirklich nicht, mit wem sie in letzter Zeit zusammen war?«

»Ich weiß es nicht. Vielleicht mit dem Typ, der mit dem Gunno in der Werkstatt gearbeitet hat.«

»Sie haben ja vorhin schon diesen Kumpel von Gunno erwähnt. Kennen Sie jemanden, mit dem Gunno engeren Kontakt hatte?«

»Ja«, sagte sie, »an einen seiner Kumpel kann ich mich undeutlich erinnern. Den brachte er mit, als wir Ernas Vierzigsten feierten.«

Kupfer horchte auf. »Schauen Sie sich doch bitte diese Fotos noch einmal genau an, vor allem das von der Neckarschifffahrt.«

Sie griff danach und kniff die Augen etwas zusammen. »Man sieht ihn nicht gut. Aber das muss er sein. Und jetzt fällt mir auch sein Name wieder ein. Er heißt Matthias Uhler. Matze haben sie ihn gerufen«, sagte sie.

Kupfer bedankte sich. »Und wenn Ihnen noch irgendetwas einfallen sollte …«

26

»Haben Sie den eleganten Herrn schon identifiziert?«

»Klar. Das Auto, mit dem er bei der Beerdigung war, ist zwar ein Firmenwagen, aber er ist der Chef und zeigt sein Gesicht auf der Homepage. Geben Sie mal bei Google ›Ahlstedt und Halm‹ ein« – Paula Kußmaul buchstabierte den ersten Namen – »dann sehen Sie ihn und noch einiges mehr.«

»Jetzt machen Sie es bloß nicht so spannend.«

Auf Kupfers Bildschirm erschien die geschmackvoll-moderne Homepage der Firma Ahlstedt & Halm, Galerie und Kunsthandel in Berlin, mit Filialen in Stuttgart und München. Kupfer pfiff durch die Zähne. »Die Branche passt ja gut zu unserem Fall.«

Das Foto auf der Homepage räumte jeden Zweifel aus: Der elegante Herr, der Andrea Wels bei der Beerdigung begleitet hatte, war also Heiko Ahlstedt, Gesellschafter und Geschäftsführer einer größeren Firma, die sich im Kunst- und Antiquitätenhandel engagierte und in der Suarezstraße, der sogenannten Antikmeile in Berlin-Charlottenburg, angesiedelt war. »Wie kommt so einer in Kontakt mit Wels' Ex?«, fragte Paula Kußmaul.

»Keine Ahnung. Eigentlich müsste man anders fragen: Wieso war eine so elegante Frau mit diesem Retro-Wels verheiratet und hat auch noch einen Sohn von ihm?«

»Jugendsünden, Herr Kupfer, Jugendsünden.«

»Sprechen Sie aus Erfahrung?«

»Ich? Woher denn?«, wehrte sie ab. »Aber auf den Fotos sieht die Frau relativ jung aus, da ist sie noch keine vierzig, würde ich sagen. Und ihr Sohn ist achtzehn. Jetzt rechnen Sie halt mal nach. Die war blutjung, als sie auf den Wels reingefallen ist. Vielleicht war er damals noch ganz attraktiv, wer weiß.«

»Haben wir ihre Adresse?«

»Natürlich. Sie hat ihren Mädchennamen wieder angenommen und heißt jetzt Thalheimer. Ihr Sohn heißt natürlich noch Wels.«

»Ich glaube, ich muss der Dame dringend einen Besuch abstatten.«

Andrea Thalheimer gab sich unkompliziert. Das sei doch selbstverständlich, dass Kupfer mit ihr reden müsse, und es sei ihr lieber, wenn er sie zu Hause aufsuchen würde. Sie werde sich den halben Nachmittag dafür frei nehmen. Man könne dann bei einer Tasse Kaffee alles besprechen, oder wäre ihm Tee lieber?

Andrea Thalheimer wohnte in Sindelfingen in der Seestraße. Von der Nordseite ihrer Wohnung im ersten Stock hatte man durch das Laubwerk der Alleebäume hindurch einen Blick auf die grüne Wasserfläche des Klostersees und hinüber zum Verlobungsbuckel. Mit stolzer Freude zeigte sie Kupfer diesen schönen Ausblick. Kaffee und Kuchen hatte sie aber auf dem Balkon an der Südseite bereitgestellt.

»Das sieht ja richtig gemütlich aus. Da vergesse ich ja fast, dass ich im Dienst bin«, sagte Kupfer gutgelaunt.

»Ja, warum soll man sich das Leben nicht schön machen, wenn zwischendurch mal nichts schiefläuft.«

»Es geht Ihnen also gut?«, fragte Kupfer.

»Ja«, sagte sie wie aufatmend, »endlich mal geht es mir gut. Aber mit Wels' Tod hat das nichts zu tun. Wissen Sie, nach der Scheidung vor fünf Jahren ging es mir zunächst ziemlich schlecht, weil ich um jeden Euro kämpfen musste. Wels hat einfach nicht bezahlt, zumindest nicht ohne gerichtlichen Zwang. Dass ich die Scheidung wollte, kratzte an seinem Ego, und er wurde gemein. Ich konnte mich nicht auf ihn verlassen und hatte ja noch meinen Sohn zu versorgen.«

»Und jetzt? Nehmen Sie an, dass er seinem Sohn etwas hinterlässt?«

»Der und etwas hinterlassen? Höchstens Schulden. Nein. Wir würden jedes Erbe ablehnen.« Während sie sprach, goss sie Kaffee ein. Dann stellte sie die Kanne ab und sah Kupfer offen ins Gesicht. »Sie werden mich natürlich fragen müssen, wo ich an dem fraglichen Freitagabend war. Ich war am Nachmittag schon nach Berlin geflogen, um das Wochenende mit Herrn Ahlstedt zu verbringen. Wir werden in Kürze heiraten.«

»Gratuliere. Geht es Ihnen deswegen so gut?«

»Auch. Aber ich hatte schon vorher Fuß gefasst. Seit zwei Jahren habe ich eine gute Stelle bei Lebrecht, dem Kunsthandel am Marktplatz. Seither habe ich wieder eine Perspektive, und diese Wohnung hier kann ich finanzieren, weil mir meine Großeltern etwas Geld hinterlassen haben. Ohne diesen warmen Regen ginge es mir nicht so gut.«

»Das klingt ja sehr erfreulich. Und Sie werden nach Berlin ziehen, wenn Sie wieder verheiratet sind?«

»Nein, zunächst nicht. Alex muss erst noch hier sein Abitur machen; er geht ins Pfarrwiesengymnasium. Und so lange werde ich mich dann in der Stuttgarter Filiale von Ahlstedt & Halm nützlich machen.«

»Sind Sie vom Fach?«

»In gewisser Weise, aber ohne jede Ausbildung. Ich war ja noch nicht einmal zwanzig, als ich von Wels schwanger wurde, und war damals froh, dass er mich geheiratet hat. Bei meinen Eltern fand ich keine Hilfe. Trotzdem war diese Heirat mein größter Fehler. Er hat mich als Arbeitskraft ausgenützt, und wenn ich eine Ausbildung machen wollte, hat er unseren Sohn als Einwand dagegen vorgeschoben, und nach ein paar Jahren ging er dann auch noch fremd. Da gab es nicht bloß die Erna, das sag ich Ihnen. Es war eher so, dass sein Verhältnis mit dieser Dame das Fass zum Überlaufen brachte. Ich hätte mich schon viel eher scheiden lassen sollen, aber dazu war ich einfach zu feige. Nicht genug Selbstvertrauen. Wo sollte es auch herkommen?«

»Darf ich Sie fragen, wie Sie Herrn Ahlstedt kennengelernt haben?«

»Auf einer Messe in Berlin. Wir kamen zufällig miteinander ins Gespräch, dann hat er mich zu einer Tour durch Berlin eingeladen, und jedes Mal, wenn er in seiner Stuttgarter Filiale zu tun hatte, haben wir uns getroffen, anfangs selten, dann immer öfter, tja, und jetzt werden wir heiraten.« Stolz und Freude klangen aus ihrer Stimme.

»Das freut mich sehr für Sie«, sagte Kupfer, schob einen Bissen Marmorkuchen in den Mund und kaute langsam. Andrea Thalheimer sah ihm an, dass er das Thema wechseln wollte, und blickte ihn erwartungsvoll an.

»Sie haben also für Ihren damaligen Mann gearbeitet. Im Büro?«

»Ja, ich habe in den ersten Jahren die ganze Korrespondenz erledigt. Und das wurde immer mehr. Wels erkannte Mitte der 90er Jahre, dass es einen unersättlichen Markt für Antiquitäten gab, und die ließ er dann herstellen« – sie lachte zynisch –

»und hat sie vermarktet. Er hat all diese Schränke, Sekretäre und das Übrige kaum einmal im Original gesehen. Er reiste mal nach Polen, mal nach Tschechien, wo sie hergestellt wurden, und der Rest war Maklerarbeit, die ich zum großen Teil am Schreibtisch erledigen musste. Und als ich dann auch noch merkte, welchen Schwindel er mit Bildern trieb, bin ich ausgestiegen. Da hat er dann die Erna eingestellt.«

»Aber in diesem Magazin in Schönaich sieht es aus, als hätte er vor allem mit gebrauchten Möbeln gehandelt.«

»Das täuscht. Damit hätte er nie den Umsatz gemacht, den er brauchte, schon gar nicht, nachdem er im Schönaicher Gewerbegebiet gebaut hatte. Das war aber später. Da war ich nicht mehr dabei.«

»Sie wissen also von seinem Handel mit Fälschungen. Nach unseren Erkenntnissen wurden ihm Kopien verkauft, die er als Originale weiterverkaufte. Wissen Sie, wer ihm dabei behilflich war, zum Beispiel indem er Signaturen fälschte?«

»Leider nein. Von diesem Geschäftszweig« – sie lachte ironisch – »kenne ich keine Einzelheiten. Wir waren zu der Zeit schon sehr zerstritten. Ich hatte kaum noch Kontakt mit ihm. Ich hatte auch vorher nicht alle Leute kennengelernt, mit denen er Geschäfte machte oder die er für sich einspannte. Er war viel verreist und ließ mich immer nur das wissen, was für meine Schreibarbeiten absolut notwendig war. Ein Team waren wir nie, sondern er war der Chef und ich seine dumme Tippse.«

Die Frau, die vor ein paar Minuten noch gesagt hatte, wie gut es ihr ginge, hatte sich in Rage geredet. Kupfer spürte, wie hasserfüllt sie war. Er bekam eine plötzliche Eingebung. »Und Sie haben sich gerächt?«, fragte er unvermittelt.

Andrea Thalheimer sah ihn verdutzt an. »Nein, ich sagte Ihnen doch, dass ich in Berlin war.«

»Nicht hier und nicht in Berlin, sondern in Köln. Ich nehme an, dort haben Sie sich gerächt.«

»Ich war nicht in Köln.«

»Natürlich nicht. Sonst hätte Sie vielleicht jemand erkannt. Sie haben jemanden nach Köln geschickt.«

»Ich verstehe Sie nicht. Wie meinen Sie das?«

Kupfer beugte sich vor und schaute Andrea Thalheimer eindringlich über seine Brille hinweg an. »Wäre es nicht möglich«, sagte er langsam, »dass Sie mit Ihren Branchenkenntnissen oder denen Ihres Verlobten und seiner Hilfe Ihrem Ex eine Auktion vermasselt haben? Als Racheakt, der ihm ein lukratives Geschäft verdorben hat?«

Die Frau betrachtete ihre Kaffeetasse und wurde rot. »Darf ich Ihnen nachschenken?«, fragte sie zunächst. Dann schluckte sie, atmete hörbar aus und sagte: »Das ist keine Straftat, oder?«

»Nein. Aber es interessiert mich trotzdem.«

»Ja«, gestand sie, und etwas Siegerstolz war nicht zu überhören, »ich habe ihm bei der Auktion der beiden Rothko-Fälschungen dazwischengefunkt. Heiko Ahlstedt hatte beim Golfen von einem nicht ganz loyalen Mitarbeiter der Galerie Koffke erfahren, dass Wels diese beiden Fälschungen bei Hahn & Keller durch eine Auktion schleusen lassen musste, weil Koffke sonst nicht bereit gewesen wäre, die Bilder einem ausländischen Kunden anzubieten. Da habe ich ihn darum gebeten, nach Köln zu fahren und Wels die Tour zu vermasseln. Das hat er doch nicht getan, aber er hat einen erfahrenen Bieter hingeschickt, der den Job erledigt hat. Ich musste dann leider auch noch der Galerie Koffke das Geschäft verderben, sonst hätte Wels ja seine Auslagen wieder hereinbekommen. Hätte ich etwa zusehen sollen, wie Koffke die beiden Fälschungen für über 30 Millionen nach Bahrain verkauft? Nein, Koffke hätte auch nicht den Mund gehalten, wenn es andersherum gewesen wäre. Konkurrenz ist nun mal Konkurrenz. Und ein kleiner Hinweis für einen Journalisten ist auch keine Straftat. Im Gegenteil: Ein paar Zeilen in der Kölner Rundschau haben einen millionenschweren Betrug verhindert. Dass Wels endlich ans große Geld kommt, wie er sich immer ausdrückte, das konnte ich nicht mit ansehen und habe es verhindert. Ob das nun moralisch ist oder nicht, ist mir gleichgültig. Ich habe von ihm zu viel einstecken müssen.«

»Und Wels hatte den Schaden, weil er auf den Auktionsgebühren sitzen blieb.«

»Ja, und auf dem Anteil für seine Strohmänner.«

»Was hätten Sie denn getan, wenn Wels' Bieter bei drei Millionen oder so ausgestiegen wäre?«

»Das war nicht sehr wahrscheinlich. Bei der Aussicht, die Bilder gut verkaufen zu können, konnte man damit rechnen, dass er im Rennen bleibt. Bis dreieinhalb Millionen gab es kein solches Risiko. Und wenn wir trotzdem den Zuschlag aus Versehen bekommen hätten, dann hätte es keinen Hinweis an die Presse gegeben und wir hätten den Deal mit Koffke gemacht.«

Die Offenheit verschlug Kupfer für einen Moment die Sprache. »Wissen Sie, wer für Wels den Anbieter gespielt hat?«, fragte er dann.

»Nein, das hat uns nicht interessiert. Wissen Sie es?«

»Noch nicht.«

Andrea Thalheimer hatte sich ihren Hass von der Seele geredet und wirkte wieder gelassen.

»Können Sie sich vorstellen, warum jemand Wels niedergeschlagen hat?«, fragte Kupfer.

»Es ging um Geld. Was sonst? Er war bankrott, und nicht erst, nachdem diese Auktion schiefgelaufen war. Sein letzter Versuch, aus den roten Zahlen zu kommen, war gescheitert. Und ich kann mir vorstellen, dass Wels gewalttätig wurde, weil jemand Geld von ihm verlangte. Er war immer sehr cholerisch.«

»Denken Sie an Notwehr?«

Sie zuckte mit den Achseln. »Wie sagt man, wenn zwei aufeinander einschlagen? Notwehr oder Totschlag?«

»Das ist manchmal schwer auseinanderzuhalten.«

Dann zeigte Kupfer ihr noch das Foto von Erna und Gunno. Ihn hatte sie schon einmal gesehen, konnte aber nichts über ihn sagen. Auf Erna bezogen machte sie nur eine spöttische Bemerkung über die Aufmachung »dieser ordinären Person«.

27

Mit jeden hundert Metern, die sich Tauscher dem Gebäude näherte, wurde er nervöser. So sehr er auch darüber nachdachte, warum er diese Vorladung ans Landeskriminalamt bekommen hatte, fand er keinen einleuchtenden Grund. Er hatte doch Kupfer alles gestanden, und nachdem er ihm auch noch eröffnet hatte, was dem Zettel zu entnehmen war, den er bei Wels in die Hosentasche gesteckt hatte, hatte Kupfer ihm stillschweigend zugestanden, dass diese Informationen doch ganz hilfreich waren, und nicht mehr von Behinderung der Ermittlungen geredet. Was kam denn noch auf ihn zu? Er hatte keine Ahnung. Er versuchte, seine Aufregung zu unterdrücken, indem er tief durchatmete. Aber es nützte nichts.

Als er in einer Seitenstraße in eine Parklücke zurücksetzen wollte, stieß er gegen das Auto hinter ihm. Er fluchte, stieg aus und überzeugte sich, dass er keinen Schaden angerichtet hatte. Dann ließ er sein Fahrzeug einfach stehen, obwohl es mit dem linken Vorderrad noch in die Straße ragte. Es war ihm völlig egal.

Der Pförtner bat ihn zu warten, bis er abgeholt würde, und Tauscher stand an der Pforte und fühlte sich so unsicher, dass er nicht wusste, ob er seine Hände in die Taschen stecken sollte oder lieber nicht. Wenn er nicht auf seine Uhr geschaut hätte, wären ihm die drei Minuten, bis er abgeholt wurde, ewig vorgekommen.

Endlich zeigte sich Ewald Stoll an der Pforte und begrüßte ihn mit einem energischen Händedruck. Er sagte etwas zu der labyrinthartigen Architektur des Gebäudes, was Tauscher aber kaum wahrnahm. Er nickte nur und lächelte geistesabwesend.

»Sie haben ja eine interessante Reise nach Köln gemacht, hat uns der Kollege Kupfer berichtet. Ganz schön mutig, so ein Alleingang, vielleicht sogar ein wenig leichtsinnig. Sie haben sicher selbst gemerkt, um wie viel Geld es bei diesen Burschen geht. Die sind nicht zimperlich, das haben Sie ja inzwischen zu spüren bekommen.«

»Erinnern Sie mich bitte nicht daran. Mir wird noch ganz anders, wenn ich nur daran denke. Ohne das Unwetter hätte ich kein Atelier mehr, und möglicherweise hätte auch noch unser Wohnhaus Feuer gefangen. Und dabei hätte ich nicht einmal beweisen können, dass das Brandstiftung war.«

»War Ihnen denn nicht klar, dass Sie sich mit beinharten Kriminellen einlassen?«

»Na ja, ganz wohl war es mir bei der Aktion wirklich nicht. Aber ich musste einfach herauskriegen, warum die beiden Pseudo-Rothkos versteigert wurden. Ich war es nicht, der den Bildern die Rothko-Signatur verpasst hat, und von einer Versteigerung der Bilder hatte Wels nie etwas gesagt. Ich hatte keine Ahnung, dass damit nur der Preis hochgetrieben werden sollte.«

»Das wird mit Fälschungen häufiger gemacht, als man annehmen sollte«, sagte Stoll. »Vielen Händlern ist es leider völlig egal, womit sie ihren Umsatz machen. Diesen Scheinauktionen von Fälschungen müssen wir nachgehen. Nur haben Sie uns das nicht gerade erleichtert. Sie hätten Ihr Bild unbedingt dortlassen müssen. Die haben doch keinen Moment geglaubt, dass Sie wegen des Kredits Bedenkzeit haben wollten. Diese Bande hat offensichtlich gerochen, dass sie ausspioniert worden ist. Wenn ich an Ihrer Stelle wäre, würde ich mir in nächster Zeit gut überlegen, wohin ich gehe und wohin nicht.«

Tauscher blieb stehen und machte ein betroffenes Gesicht. »Sie meinen, dass …?«

»Ich meine, dass diese Brüder einen sehr langen Arm haben, der auch in unsere Gegend reichen könnte. Und vielleicht noch ein zweites Mal zupackt. Und dann nicht mit Putzwolle. Seien Sie also vorsichtig.«

»Wie?«

»Ja, wenn man das immer sagen könnte, wäre unser Beruf viel einfacher. Aber zunächst geht es um etwas anderes.« Ewald Stoll hielt Tauscher die Bürotür auf und sagte mit lächelndem Stolz: »Kommen Sie herein in meine kleine Galerie.«

Tauscher war überrascht. Ohne den großen Schreibtisch mit dem Monitor und dem Aktenschrank wäre er sich wie in einer gut bestückten Kunsthandlung vorgekommen. An den Wänden hingen Gemälde von Jackson Pollock und Picasso, Grafiken von Menzel, Dalí und Schmidt-Rottluff. Und neben einem schönen Eichenschrank, der Wels' Sortiment hätte extrem aufwerten können, entdeckte er sogar ein Männerbildnis von Lucas Cranach.

»Schön, nicht? Alles gezinkt, alles Fälschungen. Nichts als Beweisstücke aus gelösten Fällen.«

»Trophäen also, ich gratuliere«, antwortete Tauscher.

»Danke sehr. Kommen wir zum Thema, Herr Tauscher. Inzwischen haben wir alle Ihre Kaufverträge gesichtet. Das sieht natürlich alles einwandfrei aus, von Ihrer Seite her gesehen.«

Stoll sah, dass Tauscher zusammenzuckte, und fügte lächelnd hinzu: »Gegen den Verkauf von unsignierten Kopien oder Gemälden im Stil irgendeines Malers sagt das Strafrecht gar nichts, solange Letztere nicht signiert sind.«

Tauscher verstand nicht, worauf Stoll hinauswollte, und schwieg.

»Sie haben meinem Kollegen gegenüber ausgesagt, dass Sie sich nie dafür interessiert haben, was aus Ihren Arbeiten geworden ist, was mich übrigens etwas wundert. Aber egal. Für mich war das allerdings schon interessant. Schauen Sie mal her, eine alte Bekannte von Ihnen.«

Er nahm eines der Bilder, die mit der bemalten Seite zur Wand auf dem Boden standen, und stellte es auf seinen

Schreibtischstuhl, wo es gerade noch zwischen die Armlehnen passte. Es zeigte das Brustbild einer jungen dunkelhaarigen Dame, die eine blaue Jacke mit schwarzem Pelzkragen trug und mit leicht nach links geneigtem Kopf freundlich entspannt nach der anderen Seite schaute. Sie trug einen schwarzen Hut, der mit roten Blumen verziert war. Die ganze Gestalt hob sich von dem weitgehend gelb gehaltenen Hintergrund deutlich ab.

»Es kann natürlich sein, dass es mehrere Kopien davon gibt und diese hier nicht von Ihnen stammt. Aber ich möchte Sie bitten, sie genau zu betrachten. Das Bild ist nachträglich auf der Rückseite signiert worden. Aber keine Angst, es ist einwandfrei nachgewiesen, dass es jemand anderes gewesen sein muss. Die Farbe hat eine andere Zusammensetzung.«

Tauscher atmete auf und konnte wieder lächeln. »Ernst Ludwig Kirchner, Gerda. Das Bild habe ich mit großem Vergnügen kopiert«, sagte er und nahm es zur Hand. Er untersuchte die Rückseite.

»Ja, diese Kopie stammt von mir, zweifellos. Ich erkenne sie an dieser winzigen Kerbe im Keilrahmen.« Er lächelte, und seine aufgestaute Erregung stieg ihm in die Wangen.

»Sie freuen sich ja richtig«, lachte Stoll und sah ihn amüsiert an.

»Ja, schon. Eben eine alte Bekannte, wie Sie sagten. Diese Kopie habe ich gemalt, weil es mich einfach in den Fingern juckte. Ich finde das Bild heute noch absolut perfekt, und es hat einfach etwas, was mir unter die Haut geht.«

»Und das haben Sie verkauft, obwohl so viel Herzblut daran hängt?«

»Ja. Der Reiz liegt für mich im Machen, nicht im Haben.«

»Das heißt, dass Wels dieses Bild nicht bei Ihnen bestellt hat?«

»Nein.«

»Wirklich nicht?«

»Nein, da bin ich mir ganz sicher. Ich habe es noch als Student gemalt, weil mir die Farben und der freundliche Gesichtsausdruck dieser Frau so gefielen. Es ist eines der ersten Bilder, die ich Wels angeboten habe, weil ich dringend Geld brauchte. Wir haben damals geheiratet und wollten eine Wohnung einrichten. Das ist fast fünfzehn Jahre her.«

»Weiß ich, das geht aus dem Vertrag hervor.«

»Darf ich fragen, woher Sie diese Kopie haben?«

»Auch das ist eine Trophäe, allerdings von einer nicht ganz erfolgreichen Jagd. Das Original wurde vor fünf Jahren mit anderen Bildern zusammen aus dem Von-der-Heydt-Museum in Wuppertal gestohlen. Von den Tätern gab es zunächst keine Spur. Obwohl das Bild weit unter Wert versichert war, hätte die betreffende Versicherung für den Kirchner allein fast zwei Millionen bezahlen müssen, was sie natürlich zu vermeiden versuchte. Sie setzte einen ›claims adjuster‹ ein. Das ist so was wie eine Kreuzung aus Schadensregulierer und privatem Ermittler. Solche Leute versuchen in Fällen von Kunstraub, den Schaden für die Versicherung möglichst klein zu halten. Da gibt es ein paar Spezialisten mit abenteuerlichen Verbindungen zur Unterwelt. Ein solcher claims adjuster, ein ehemaliger britischer Polizist namens Hill, konnte einen Kontakt zu einem Vermittler herstellen, der das Bild für genau eine Million Euro wiederbeschaffen wollte.«

»Soll das heißen, dass Versicherungen gestohlene Bilder zurückkaufen?«

»Nein, so darf man das nicht nennen. Die Bezahlung eines Lösegelds wäre illegal. Das würde man als Beeinträchtigung der Strafverfolgung betrachten. Versicherungen bezahlen nur Belohnungen für Hinweise zur Wiederbeschaffung gestohlener Kunstgegenstände, was allerdings fast auf dasselbe hinausläuft. Aber die Sprachregelung ist wichtig.«

»Und für eine Million kam das Bild zurück?«

»Schön wär's. Nur Ihre Kopie ist aufgetaucht. Der Herr claims adjuster machte dem Vermittler klar, dass das Bild so bekannt sei, dass es auf dem Kunstmarkt nicht verkauft werden könnte, und hat es auf 800 000 Euro gedrückt. Damit schien der Handel perfekt zu sein. Der Austausch Geld gegen

Ware fand im Parkhaus eines Stuttgarter Kaufhauses statt. Aber die Enttäuschung war groß, als die Experten des Museums feststellen mussten, dass man ihnen eine Kopie untergeschoben hatte.« Stoll lächelte Tauscher an und fügte hinzu: »Ihre Kopie ist nicht schlecht, aber mit den heutigen Methoden kommt keine Fälschung mehr durch, wenn sie erst mal im Labor gelandet ist.«

»Und der Vermittler?«

»Der Vermittler konnte entkommen. Er hatte für die Übergabe einen Dienstboten angestellt, so eine Art Subvermittler. Der konnte an Ort und Stelle verhaftet werden und sitzt jetzt wegen Beihilfe zum Betrug in Stammheim. Er schweigt sich aus. Sicher weiß er nicht einmal, wer das Original hat. Und wenn Sie jetzt bestätigen, dass Sie das Bild nicht auf Bestellung gemalt haben, dann wird die Angelegenheit noch undurchsichtiger.«

»Wieso?«

»Weil wir nicht einmal wissen, ob die Diebe des Originals beziehungsweise ihre Hintermänner mit dem Vermittler, der der Versicherung diese Kopie andrehen wollte, tatsächlich etwas zu tun haben. Es könnte immerhin sein, dass der Besitzer Ihrer Kopie vom Raub des Originals erfahren hat und es einfach sozusagen als Trittbrettfahrer probiert hat, weil er diese Kopie zufällig zur Verfügung hatte. Der Verkauf guter Kopien kann also ganz schöne Probleme aufwerfen, wie Sie sehen.« Er nickte Tauscher mit hochgezogenen Brauen zu.

»Mit solchen krummen Touren hatte ich wirklich nicht gerechnet«, beteuerte Tauscher.

»Sie hätten aber vielleicht damit rechnen können, dass Wels mit solchen Kreisen in Verbindung stand. Aber das ist nicht wirklich unser Thema. Ich muss noch einmal auf Ihre Kaufverträge zurückkommen. Können Sie sich daran erinnern, welche Bilder Sie auf Bestellung kopiert haben?«

»Das kann ich bestimmt. Viele sind es nicht.«

Tauscher bekam den Ordner mit seinen Kaufverträgen vorgelegt und blätterte ihn durch. Er zog nur sechs Verträge heraus. »Das sind alle. Für alle diese Bilder hat Wels mehr bezahlt als sonst. Das weiß ich noch gut.«

Stoll überflog die Verträge. »Beim Skat würde man sagen: ›Von jedem Dorf ein Hund.‹ Oder sehen Sie irgendwelche Gemeinsamkeiten dieser Bilder?«

Tauscher verneinte. Die Bilder stammten nicht nur von verschiedenen Malern, sondern waren auch verschiedenen Stilen und Epochen zuzuordnen, von den Impressionisten bis zu einem Beckmann aus den Dreißigerjahren.

»Hat Wels diese Bilder immer zu einem bestimmten Termin bestellt?«

»Nein, von einem genauen Termin war eigentlich nie die Rede. Das war nicht seine Art. Er fragte eher, ob ich nicht in nächster Zeit für ihn ein Bild zum Beispiel im Stil von Kirchner, Otto Mueller oder einem andern malen könnte. Er hätte da vielleicht einen Abnehmer. Und ich machte mich ans Werk: Motive zusammenstellen, Malweise studieren, Material einkaufen – und dann ging es los.«

Stoll griff nach einem Aktenordner und entnahm ihm eine Klarsichthülle mit einem großen Foto. »Den Kaufverträgen nach haben Sie doch einmal einen Georges Braque produziert: ›Ein Ölgemälde im Stil von Georges Braque, 6 800,– DM‹. Ist das vielleicht der hier?«

Das Foto zeigte ein kubistisches Bild, auf dem man auf den ersten Blick das Schallloch einer Gitarre und ein paar Saiten erkennen konnte. Tauscher nickte. »Das war ja noch im letzten Jahrtausend, aber ich glaube, ich erkenne es wieder.«

»Sehen Sie es genau an; es ist wichtig.«

Tauscher zögerte noch einen Moment, ehe er antwortete. »Zu neunzig Prozent. Ich habe noch ein paar Skizzen, die ich dafür gemacht habe. Zur Sicherheit schaue ich sie mir noch einmal an, und dann gebe ich Ihnen Bescheid. Was ist aus dem Bild geworden?«

»Ich darf Ihnen das eigentlich nicht sagen. Deshalb nur eine Andeutung: Das Bild sollte in einem sehr bekannten Auktionshaus versteigert werden. Aber ein Experte hat Zweifel angemeldet. Und wenn Sie sicher sind, dass es von Ihnen stammt, dann müssen wir aktiv werden.«

»Ich fahre sofort nach Hause und ziehe die Skizzen heraus.«

»Das wäre sehr freundlich von Ihnen«, sagte Stoll. »Sie können Ihre Verträge wieder mitnehmen. Wir haben sie für uns eingescannt. Ich bringe Sie wieder an die Pforte.«

Auf dem Weg dahin sagte Tauscher: »Darf ich Sie um etwas bitten? Es würde mich jetzt doch interessieren, was mit meinen Bildern gemacht wurde. Würden Sie es mich wissen lassen, wenn Sie weitere Einzelheiten herausgefunden haben?«

»Das kann ich Ihnen leider nicht versprechen. Es kommt ganz darauf an, wie stark es unsere Ermittlungen berührt. Und da gilt eben die Regel: Je brisanter, desto geheimer. Hinterher können Sie gerne alles erfahren. Und was den Braque angeht, rechne ich mit Ihrer absoluten Verschwiegenheit.«

»Ehrensache«, nickte Tauscher.

Zu Hause wühlte Tauscher den Stapel seiner ältesten Mappen durch, in denen er Skizzen und Entwürfe aufbewahrte, die er sonst längst vergessen hätte. Es war ihm seit jeher schwergefallen, irgendetwas wegzuwerfen. Weil er es aber andererseits nicht verstand, sein Archiv systematisch zu ordnen, nahm jede Suchaktion mehr Zeit in Anspruch, als ihm lieb war.

»Na, wer sagt's denn?«, unterdrückte er seine Selbstvorwürfe schließlich, als er nach längerem Suchen seine Skizzen zu der Braque-Fälschung in einer feucht gewordenen Mappe fand. Er verglich sie sorgfältig mit dem Foto des Gemäldes und kam zu der Überzeugung, dass es sich hier zweifelsfrei um sein Werk handelte.

Sofort rief er Stoll an. »Bingo«, sagte er, »es gibt keinen Zweifel. Es ist mein Braque. Soll ich Ihnen meine Skizzen schicken? Dann können Sie sich selbst überzeugen.«

»Danke. Nicht nötig. Das kann ja wohl niemand besser beurteilen als Sie.«

Tauscher plagte die Neugier. »Ich weiß, dass Sie mir nichts sagen dürfen. Aber vielleicht doch ein Detail: Für wie viel wird denn dieses Bild inzwischen gehandelt?«

»Das, aber nur das, will ich Ihnen sagen. Halten Sie sich fest«, sagte Stoll mit einem eigenartigen Lachen, »für stolze siebeneinhalb Millionen.«

Tauscher blieb der Mund offen stehen.

Nachdem Tauscher gegangen war, hatte sich Stoll erneut in die Akte zu diesem Vorgang vertieft. Ihn interessierte vor allem die Herkunftsgeschichte. Das untrügliche Gefühl, dass er schon einmal Ähnliches gelesen hatte, ließ ihn sarkastisch auflachen. »So eine Unverschämtheit«, sagte er vor sich hin, »ein bisschen mehr Hirnschmalz hätten sie schon verbraten müssen.«

Ein Jahr, nachdem Wels ihn gekauft hatte, wurde der Braque vor einer Auktion bei Hahn & Keller in Köln auf 5 Millionen Euro geschätzt. Die Schätzung stammte natürlich von Dr. Schimmelpfennig, mit dem Tauscher nun auch in Kontakt gekommen war. Das Auktionsergebnis fiel dann wesentlich höher aus: Das Bild wechselte für 7,5 Millionen den Besitzer. Es war nicht von Wels eingereicht worden, sondern von einem Agenten namens Matthias Uhler, der nach seinen Aussagen das Bild im Auftrag einer bekannten Unternehmerfamilie aus Nordrhein-Westfalen anbot, die nicht mit dem Verkauf des Bildes in Verbindung gebracht werden wollte.

Ursprünglich sollte es einem jüdischen Arzt aus Paris gehört haben, der es Braque abgekauft hatte, als er noch nicht berühmt war. Als er und seine ganze Familie 1940 von den Nazis enteignet wurden, hieß es weiter, requirierte Walter Hofer, der sich als Direktor der Kunstsammlung des Reichsmarschalls großtat, das Gemälde für die Kunstsammlung Hermann Görings.

Angesichts der unersättlichen Raublust und Raffgier Görings klang die Herkunftsgeschichte bis zu diesem Punkt wahrscheinlich. Aber der weitere Verlauf konnte nur eine

Lügengeschichte sein. Als im April 1945 die Amerikaner in einem Tunnel im Berchtesgadener Land Görings Kunstschätze fanden, soll ein Colonel der amerikanischen Streitkräfte namens Cliff Burke, der von Braques Malerei absolut fasziniert war, das Bild für sich abgezweigt haben. Ehe er 1975 starb, gestand er seiner Tochter, wie er dazu gekommen war, und bat sie, nach den ursprünglichen Eigentümern zu forschen. Ihre Nachforschungen blieben aber erfolglos. Man musste annehmen, dass die ganze Familie von den Nazis ermordet worden war. Burkes Tochter heiratete kurz nach dem Tod ihres Vaters in eine deutsche Unternehmerfamilie ein und brachte das Bild nach Deutschland zurück, wo es bis vor fünf Jahren im Safe einer Bank lag. Da Burkes Tochter, nunmehr Angehörige dieser Unternehmerfamilie, die Geschichte des Bildes kannte, wollte sie nicht testamentarisch darüber verfügen, sondern es veräußern und den Gewinn einer wohltätigen Stiftung zuführen.

Für die rührselige Geschichte von der gutherzigen Tochter des Colonels, die das von ihrem Vater begangene Unrecht nun mildtätig sühnen wollte, hatte Stoll nur ein verächtliches Lächeln übrig. Was aber die Aufmerksamkeit des Kriminalisten erhöhte, war die Tatsache, dass der letzte Käufer anonym geblieben war – man munkelte etwas von einer ausländischen Bank – und einen Bieter geschickt hatte, der das Bild als Treuhänder übernommen hatte. Auch der Kaufpreis war von einem Treuhänderkonto überwiesen worden. Und genau dieses Bild sollte nun ein zweites Mal von einem Agenten im Auftrag eines anonymen ausländischen Eigentümers versteigert werden, diesmal in München. Der Agent hieß Matthias Uhler.

Stoll schrieb darüber einen Bericht, in dem er alle Merkwürdigkeiten betonte, und schickte ihn an das bayrische Landeskriminalamt.

28

Manfred Stampfer hatte sein Hummer-Stillleben mit dem Schweizer Offiziersmesser und der Rolex bereitwillig für eine Untersuchung zur Verfügung gestellt und eigenhändig beim LKA abgeliefert. Er hatte sogar die Quittung beigelegt, auf welcher der Maler Gunter Normann den Erhalt von 4 500 DM bestätigte.

Als Kupfer sich bei Stoll erkundigt hatte, ob Stampfer schon seiner Bitte nachgekommen sei, hatte Stoll ihm den Namen des Künstlers genannt. »Ich habe Gunter Normann bei Google eingegeben und nichts gefunden. Es muss sich um einen Künstlernamen handeln, der längst nicht mehr geführt wird. Bei der Städtischen Galerie Sindelfingen hat seit dieser Ausstellung vor zehn Jahren, bei der das Bild gekauft wurde, das Personal gewechselt. Da konnte mir niemand mehr sagen, wer das ist.«

Daraufhin hatte Kupfer bei Tauscher angerufen und Helene am Telefon erwischt. »Ja, da kann ich Ihnen helfen«, hatte sie geantwortet. »Ich habe die Ausstellung nicht selbst gesehen, aber erinnere mich daran, dass mir jemand davon erzählt hat. Und der Name passt auch. Sein richtiger Name ist Gunter Norbert Bergmann. Er war mit uns zusammen an der Kunstakademie in Karlsruhe. Damals wurde er Gunno gerufen. Ich glaube, er malt inzwischen nicht mehr. Er ist im Kunsthandel tätig; aber was er da macht, weiß ich nicht genau.«

Als der Laborbericht über die Farbproben vorlag, unterrichtete Stoll seine Kollegen Kupfer und Feinäugle bei einer Besprechung im LKA. »Die Ergebnisse sind sehr aufschlussreich«, hatte er angekündigt.

Im Spannrahmen und der Leinwand unterschieden sich die beiden Bilder: Bei dem Bild aus Wels' Fälscherwerkstatt sei auf sehr altes Material zurückgegriffen worden, berichtete Stoll, während das Hummer-Stillleben auf einer Leinwand gemalt worden sei, wie man sie überall im Fachhandel kaufen könne. Die Farbschichten der beiden Bilder zeigten aber unübersehbare Gemeinsamkeiten. Beide wiesen feine Altersrisse auf, in denen sich der Staub der Jahrhunderte gesammelt zu haben schien, so dass sie wie ein Netz aus spinnfadenfeinen Linien die Farbflächen überzogen, was ihnen dieselbe Patina verlieh. Wie das bewerkstelligt worden sei, habe nur eine chemische Analyse klären können. Dabei habe sich ergeben, dass die Farben einen hohen Harzgehalt hatten, weil beim Malen Phenol und Formaldehyd verwendet worden sei.

»Die Verwendung von diesem Material ist so ausgefallen, dass wir davon ausgehen können, dass hier derselbe Maler am Werk war«, fasste Stoll seine Erkenntnisse zusammen. »Der Urheber dieser beiden Bilder hat sich über Fälschungstechniken gut informiert und hat ganz offensichtlich einiges von Han van Meegeren übernommen, der in den Vierzigerjahren acht Vermeer-Fälschungen auf den Markt brachte. Die Beigabe von Kunstharz macht die Farbe so hart, dass sie feine Risse bekommt, wenn man die Leinwand um einen Zylinder wickelt. Und wir haben nachweisen können, dass unser Fälscher zur Schwärzung dieser Altersrisse chinesische Tusche verwendet hat wie damals auch der Holländer. Diese Technik kann man an vielen Stellen nachlesen, aber es ist mir noch nie begegnet, dass sich jemand die Mühe gemacht hat, das nachzumachen. Dass er das tatsächlich versucht hat, legt auch der Backofen in Wels' Untergeschoss nahe.

Da die Stillleben, die wir in der Fälscherwerkstatt gefunden haben, alle mit Künstlersignaturen versehen sind, liegt hier eindeutig der Tatbestand der Urkundenfälschung vor. Wir werden das Beweismaterial unverzüglich der Staatsanwaltschaft vorlegen und einen Haftbefehl beantragen.«

Gunter Norbert Bergmann alias Gunter Normann war aber wie vom Erdboden verschluckt. In Weil im Schönbuch, wo er lange gewohnt hatte, ohne Wurzeln zu schlagen, war er nicht mehr aufzufinden.

»Där isch scho lang nemme do«, sagte sein ehemaliger Vermieter am Telefon und wusste ebenso wenig wie das Einwohnermeldeamt, wohin er verzogen war. Auch vom Kraftfahrt-Bundesamt in Flensburg war keine Auskunft zu bekommen. Bis vor zwei Jahren war ein Fahrzeug auf Bergmanns Namen gemeldet gewesen. Zurzeit aber wurde sein Name in Flensburg nicht geführt.

Mit Hilfe von Tauschers Schwägerin Gundula machte man Elke Haberer ausfindig, die Frau, mit der Gunno auf der Geburtstagsparty in Stuttgart-Vaihingen erschienen war. Sie zeigte sich unangenehm berührt, als sie wegen ihrer Beziehung zu Bergmann befragt wurde.

»Ich kenne Herrn Bergmann noch gar nicht lange«, sagte sie abweisend, als müsse sie sich verteidigen. »Wir sind uns erst letzten Monat bei einer Vernissage in München begegnet. Wir haben beim Plaudern festgestellt, dass wir beide Gundula Vogt kennen, und so wollten wir uns bei dem Fest wieder treffen. Mehr war da nicht.«

»Seien Sie ganz ruhig, Frau Haberer. Ich wende mich ja nur an Sie, weil Sie uns vielleicht helfen können, Herrn Bergmann zu finden. – Also das erste Mal in München und dann bei der Geburtstagsparty. Dann haben Sie Bergmann bisher nur zweimal getroffen?«

»Ja, und die Party kam mir gerade recht als unverfängliche Gelegenheit, bei der ich ihn besser kennenlernen konnte.«

»War denn Herr Bergman persönlich eingeladen?«

»Nein, aber ich hatte Gundula gefragt, ob ich ihn mitbringen dürfte.«

»Wir haben gehört, er sei nicht mit Ihnen zusammen zu dieser Geburtstagsfeier gekommen. Stimmt das?«

»Ja, er hatte einen Termin in Augsburg, sagte er, und kam direkt von dort.«

»Entschuldigen Sie eine indiskrete Frage: Waren Sie nach der Party bei ihm?«

»Bitteschön, nichts zu entschuldigen«, lächelte sie. »Nein, wir waren nicht bei ihm, aber auch nicht bei mir. Wir trennten uns. Er wollte zwar mit zu mir …, aber ich kann das nicht so schnell«, fügte sie etwas ernster hinzu.

»Hat er Ihnen gesagt, wo er wohnt?«

»Nicht genau. Ich weiß nur, dass es irgendwo in Stuttgart sein muss.«

»Und sein Auto? Erinnern Sie sich daran?«

»Das war ein weißer Audi, ich glaube, ein A3 mit Münchner Nummer. Genau weiß ich sie nicht mehr. Er sagte, er habe ihn von einem Freund geliehen.«

»Aber Sie haben doch sicher seine Telefonnummer?«

»Ja.« Sie nickte und suchte in ihrem Handy nach Bergmanns Nummer.

»Wir werden es mit der Handynummer versuchen«, sagte Kupfer und bedankte sich. »Und wenn Sie etwas von ihm hören, dann würde ich Sie um eine Nachricht bitten.«

Aber Bergmann meldete sich weder bei Elke Haberer, noch konnte er mittels der Handynummer geortet werden.

»Hast du es heute gar nicht eilig?«, fragte Marie, als Kupfer in aller Ruhe nach der Brombeermarmelade griff. Es war schon acht vorbei, und sonst war er zu dieser Zeit schon längst aus dem Haus.

»Nein, Freizeitausgleich und Außentermin.«

»Entweder oder«, antwortete Marie skeptisch.

»Ich will in der Stadtbibliothek in aller Ruhe nach einem Zeitungsartikel suchen. Die machen erst um zehn auf.«

»Warum rufst du nicht einfach in der Redaktion an?«

»Weil ich nicht weiß, ob es diesen Artikel überhaupt gegeben hat. Und wenn, dann weiß ich noch nicht, in welcher Zeitung. Es könnte im Böblinger Boten gewesen sein, aber auch in der Kreiszeitung. Ich mache einen Spaziergang und bin dann zum Mittagessen wieder da.«

»Also Freizeitausgleich und gleichzeitig dienstlich unterwegs?«, fragte Marie etwas spöttisch.

»So isch's.«

Kupfers Morgenspaziergang zur »Stadtbibliothek im Höfle« war nicht so gemütlich, wie er gedacht hatte. Gegen zehn Uhr stapfte er von der Landhausstraße her die Kopernikusstraße hinauf, und es war schon so warm geworden, dass er auf den Treppen etwas ins Schwitzen kam. Weniger Kaffee hätte heute auch gereicht, dachte er und wischte sich die Stirn. Beim Bonifatiusplatz ging es wieder runter, zudem unter Bäumen. Dann musste er aber wieder in der prallen Sonne zum Postplatz hochgehen. Es gab viel Verkehr, die Luft war schlecht, und so war er froh, dass es in der Schafgasse ruhiger war, und erreichte die Stadtbibliothek doch einigermaßen entspannt.

Die junge Dame an der Theke hörte ihn freundlich an. Er suche einen Zeitungsartikel über eine Kunstausstellung, die im Jahr 2000 oder 2001 in der Städtischen Galerie Sindelfingen stattgefunden habe. Ob man so etwas in der Stadtbibliothek finden könne.

Könne man leider nicht. Da müsse er ins Stadtarchiv. Das sei oben im alten Rathaus.

Weil es dahin aber wieder bergauf gehen würde, ließ sich Kupfer die Telefonnummer geben und erkundigte sich zunächst einmal. Der Stadtarchivar Dr. Blume erwies sich als erfreulich kooperativ. »Das finden wir«, sagte er, »wir unterhalten ein Archiv aus einzelnen Zeitungsartikeln, die wir nach Schlagwörtern geordnet haben. Und wenn Sie uns Kunstausstellung und zwei Jahreszahlen sagen, dann wäre es doch gelacht, wenn wir nichts finden würden. Wann kommen Sie vorbei?«

Zwanzig Minuten später saß Kupfer über einem dicken Folianten und wurde fündig. Er erbat sich eine Kopie, bedankte sich und ging beschwingt nach Hause zurück.

Das Auf und Ab der Böblinger Straßen spürte er nun nicht mehr, obwohl die Sonne inzwischen hart ins Städtchen knallte.

Stoll las den mit Rotstift umrahmten Abschnitt des Berichts. Unter der Zwischenüberschrift »Statt bürgerlichem Glanz nur Yuppie-Glamour« war zu lesen:

Aufmerksamkeit erregten unter anderem die altmeisterlichen Stillleben Gunter Normanns. Er zerrt die Motive niederländischer Stillleben gewaltsam ins neue Jahrtausend: Fische,

Austern, angeschnittene Zitronen, Nautiluspokale und was sonst noch zum eleganten Motivbestand dieser bürgerlichen Kunst des 17. Jahrhunderts gehört, übernimmt er unbesehen und taucht es in grelle Farben, die dem Betrachter mitunter unangenehm ins Auge stechen. Das allein würde zusammen mit den technisch perfekt imitierten Altersrissen für einen nostalgischen und ebenso beunruhigenden Blick in die Vergangenheit genügen. Aber Normann kann es damit nicht bewenden lassen und geht einen Schritt weiter: Plump und platt legt er zum Beispiel eine Rolex auf den Frühstückstisch – oder auch ein Handy, dessen Display die Zeit anzeigt. Durch diese Übertreibung zieht er die an sich schon bedeutungsträchtigen Motive auf die Ebene des Trivialen herunter. Aktualisierung klassischer Malerei? Ja gerne. Aber bitte ohne billigen Glamour.

Dann warf er Kupfer ein anerkennendes Lächeln zu. »Der Artikel fügt sich gut in unser Täterprofil ein, wie das letzte Mosaiksteinchen. Dass dieser Gunno oder Normann ein gewiefter Techniker ist und altmeisterliches Geschick hat, das wussten wir ja von seinen Bildern, aber dieser Artikel beweist auch noch, dass er auf dem Kunstmarkt abgeblitzt ist. Dieser Verriss muss für ihn sehr schmerzlich gewesen sein. Stellen Sie sich mal vor, wie sich einer fühlen muss, der über Wochen und Monate einen extrem hohen technischen Aufwand betrieben hat und dann erfahren muss, dass seine Bilder als trivial abgetan werden. So einer fühlt sich ungerecht behandelt. Der bekommt doch eine wahnsinnige Wut auf den Kunstmarkt, wenn er sieht, dass andere mit weniger Geschick und Aufwand, wie er meint, Bilder gemalt haben, die ankommen, die gelobt und vielleicht sogar gekauft werden.«

»Hätte er halt anders malen sollen«, meinte Feinäugle trocken.

»Und genau das kann er nicht einsehen. Er ist zu verbohrt. Dass andere im Gegensatz zu ihm wirklich originelle Ideen hatten, versteht er nicht. Und dass es andere Künstler gibt, die auch so wenig gelobt werden wie er, tröstet ihn schon gar nicht, weil er sie verachtet. Die hätten es seiner Meinung nach ohnehin nicht verdient, weil sie ja nichts können, während er sich für den Einzigen hält, der richtig malen kann.«

»Und deswegen fängt er an zu fälschen?« Kupfers Frage klang skeptisch.

»Ohne jeden Zweifel. Und er malt verbissen weiter und freut sich hämisch daran, wie sich der Kunstmarkt betrügen lässt.«

»Aber das ist doch eine einsame Freude«, wandte Kupfer ein.

»Genauso ist es, und darin liegt unsere Chance. Ein Fälscher arbeitet im Verborgenen, aber er lechzt genauso nach Lob und Anerkennung wie jeder wirkliche Künstler auch. Er ist überzeugt davon, dass er etwas Außergewöhnliches kann, darauf beruht sein ganzes Selbstbewusstsein, und dafür will er gelobt werden. In etlichen Fällen war die Geltungssucht so stark, dass sie den Fälscher aus der Deckung trieb.«

Die beiden Kollegen schauten Stoll gespannt an.

»Wir haben uns natürlich mit Fälscherbiographien beschäftigt«, erklärte er, »und da gibt es interessante Einzelheiten, die uns weiterhelfen. Nehmen wir mal den Fall des Engländers Eric Hebborn. Auch er war so ein Typ, der sich verkannt fühlte und sich dann an der Kunstwelt mit Hunderten von Fälschungen gerächt hat. Er konnte sehr gut davon leben, aber das allein hat ihm nicht als Genugtuung gereicht. Er hielt es ab einem gewissen Punkt im Verborgenen nicht mehr aus und hat sich dann nicht nur zu seinen Fälschungen bekannt, sondern sogar ein Buch über die Technik des Fälschens geschrieben, ›Kunstfälschers Handbuch‹. Sehen Sie, hier steht es.« Stoll deutete auf sein Bücherregal. »Er hat sich damit sozusagen ein Denkmal gesetzt. Sie können es heute in jedem Kunstmuseum kaufen. Ich habe es aus der Staatsgalerie.«

»Und damit kam er groß raus?«, fragte Feinäugle.

»Leider nur ein bisschen. Zwei Jahre nach seiner Veröffentlichung wurde er in Rom totgeschlagen. Der Mord wurde nie aufgeklärt. Vielleicht war es jemand aus der Fälscherzunft, der ihm seine Veröffentlichung übel genommen hat.«

»Aber das ist doch ein Extremfall?«, zweifelte Kupfer.

»Das ist nur eine Frage der Perspektive. Alle Fälscher sind Extremfälle, wenn man so will. Ein weiteres Beispiel noch: Als eine Vermeer-Fälschung des Holländers van Meegeren im Rijksmuseum in Amsterdam ausgestellt wurde, hat sich der Fälscher selbst unter die Wartenden gemengt, die das sensationelle Bild sehen wollten. Und als er schließlich vor seinem Werk stand, hat er es laut als Fälschung bezeichnet. Man muss sich diese Psyche vorstellen: Er stellt sich im Museum vor seine eigene Fälschung und zweifelt lauthals ihre Echtheit an, damit er sich daran weiden kann, wie die Experten das Bild verteidigen. Und der berühmte englische Fälscher namens Tom Keating fand am Ende seine Befriedigung darin, dass er im Fernsehen die Techniken berühmter Maler demonstrieren konnte. Auch er hatte übrigens aus Protest gegen den Kunstmarkt gefälscht und war erst zufrieden, als seine technischen Fähigkeiten in der Öffentlichkeit anerkannt und gelobt wurden.«

»Schon interessant. Ich sehe nur noch nicht so recht, was uns das nützt.«

»Nach meiner Theorie wird sich Bergmann alias Normann aus der Deckung wagen, weil er sehen will, wie der Kunstmarkt auf seine Fälschungen hereinfällt. Außerdem wird er sich rühren müssen, weil er bald kein Geld mehr hat. Wir kennen ja seinen Lebensstil, Jaguar E-Type zum Beispiel, und wir wissen, dass ihm mit Wels' Tod eine wichtige Erwerbsquelle weggebrochen ist. Ich kann mir nicht vorstellen, dass er es bei seinem Selbstverständnis lange aushalten wird, knapp bei Kasse in Deckung zu bleiben. Er wird aus der Nähe verfolgen wollen, nein, müssen, was aus seinen Produkten wird.

Aller Wahrscheinlichkeit nach sind ein paar Bilder aus seiner Produktion noch in Umlauf. Wir werden also die Auktionen in nächster Zeit im Auge behalten müssen. Irgendwo müsste ein Bild von ihm auftauchen, und wenn wir Glück haben, sogar er selbst. Er wird Geld brauchen und vielleicht sogar dabei zusehen wollen, wie seine Niederländer versteigert werden. Vielleicht hat er schon oft dabei zugesehen, und es ist niemandem aufgefallen, weil kein Verdacht bestand. Das ist natürlich eine Spekulation, aber etwas anderes haben wir momentan nicht in der Hand. Außerdem bleibt der Fisch im Wasser, und der Teich ist gar nicht so groß.«

Zweiter Teil

1

Ende Juni 2011. Gerhard Gutbrod alias Gunter Normann alias Gunter Norbert Bergmann, genannt Gunno, musterte im Spiegel der Herrentoilette ein letztes Mal sein Äußeres. Sein glattrasiertes Gesicht war in den letzten Wochen ein klein wenig schmaler geworden, was ihn zufrieden stimmte. Das dunkelbraune Haar der Perücke fiel in leichter Welle vom Mittelscheitel bis fast auf den Hemdkragen, und als er sich die randlose runde Brille wieder aufsetzte, fühlte er sich ein wenig an John Lennon erinnert und lächelte selbstgefällig.

Mit Sommerjackett, Jeans und Gucci-Mokassins meinte er für den Anlass perfekt gekleidet zu sein, warf einen letzten prüfenden Seitenblick in den Spiegel und ging selbstsicher in den Auktionssaal zurück. Mit seinem Auktionskatalog hatte er sich im hinteren Drittel einen Sitzplatz reserviert.

Er griff nach dem Katalog und versuchte, ihn dem Anschein nach mit gedämpftem Interesse durchzublättern, wie es die meisten Leute um ihn herum taten. Aber er blieb immer wieder an der Reproduktion seines Stilllebens hängen. Es war die beste Fälschung, die er je gemacht hatte, sein Meisterwerk, das er am liebsten behalten hätte. Der Glanz des Damasttischtuchs war einzigartig, die Zitrone war ihm so plastisch geraten, dass man hätte meinen könnte, sie wolle aus dem Bild herausrollen, und Haut und Augen des Heilbutts glänzten, wie es ihm nie zuvor gelungen war. Diese Pieter-Claesz-Fälschung war echter als jedes Original! Schon allein deswegen hatte er sie nicht an Wels verkauft, obwohl Wels darauf bestanden hatte. Schließlich hatte er das Bild in seiner Werkstatt gemalt und in seinem Backofen gehärtet, hatte Wels seinen Anspruch begründet. Sie hatten sich heftig gestritten. Als er schließlich gedroht hatte, wegzugehen und nur noch auf eigene Rechnung zu arbeiten und die Bilder selbst zu vermarkten – die entsprechenden Kanäle kannte er inzwischen sehr wohl – hatte Wels ihm sein Prachtstück zähneknirschend überlassen. Nun erhoffte er sich den hohen Gewinn, auf den er dringend angewiesen war.

Die Abbildung im Katalog war enttäuschend. Er hätte Lust gehabt zu protestieren. Von Licht und Glanz war wenig zu sehen. Das Motiv war scharf abgebildet, aber das Ganze hatte nicht das Leben, das er ihm eingehaucht zu haben glaubte.

Er schloss die Augen und sah sich unerkannt bei Sotheby's in London sitzen mit einem Katalog in der Hand, aus dem ihn das Bild in seinem ganzen Glanz anstrahlte. Atemlos würde er die Versteigerung seines Werkes verfolgen und Zeuge sein, wie der Preis in astronomische Höhen stieg. Ein beleibter älterer Herr, der sich an ihm vorbeidrückte und auf dem übernächsten Stuhl niederließ, holte ihn nach Stuttgart zurück. Er schaute sich um. Er war umgeben von der gediegenen Eleganz älterer Herrschaften, die ihre Finanzkraft dezent zur Schau trugen: Maßanzüge, teure Schuhe, Designerkleider, Perlenketten, graue Kurzhaarfrisuren in gekonntem Schnitt, alles sehr geschmackvoll. Dazwischen ein paar Händler in Vertretung weiterer Sammler, Männer mit Dreitagebart, weniger formell, aber dennoch nicht billig gekleidet. Sie standen zum Teil am Eingang oder neben den Stuhlreihen und sondierten das Terrain: Wer unter den Anwesenden war der Gegenbieter? Wen würden sie überbieten müssen, um ihren Auftraggeber zufriedenstellend bedienen zu können? Wo mochte das Limit der Konkurrenten liegen?

Gunno war schon etwas nervös geworden, bis Matze Uhler endlich den Auktionssaal betrat. Aber nun hatte er das Gefühl, dass der Deal nach Wunsch ablaufen würde. Katzi hatte ihm sofort 5 000 Euro auf die Hand gegeben, und das war nur die Anzahlung gewesen. Katzi trat im Auftrag von Artcredit als Anbieter auf, Schimmelpfennig hatte die Expertise geschrieben und sich eine einleuchtende Herkunftsgeschichte ausgedacht, so dass das Bild nun mit einem Schätzwert von 320 000 Euro im Katalog aufgeführt war. Matze Uhler trat als der Agent auf, der das Bild – zunächst auf eigene Rechnung – für einen anonymen Käufer erwerben würde, hinter dem sich ebenfalls die Artcredit verbarg. Der Barbetrag, den er hinterlegt hatte, stammte aus der Schwarzgeldkasse von Artcredit, und damit, unter anderem, würde das Bild bezahlt. Und wieder war dann eine halbe oder gar Dreiviertelmillion gewaschen.

Zudem würde das Bild durch die Versteigerung in einem namhaften Auktionshaus einen verbürgten Herkunftsnachweis bekommen und konnte nach ein paar Jahren dann wirklich versteigert werden und frisches Geld einbringen, das man nicht verstecken musste. Gunno hatte Anspruch auf zehn Prozent des Erlöses. Seine Spannung stieg. Er spürte, wie seine Hände feucht wurden.

Es waren Sammler zu erwarten, die den Preis sehr hochtreiben würden. Aber gerade das war ja willkommen. Je höher der Preis, umso besser. Umso besser für ihn und für die Artcredit und ihre dunklen Hintermänner, die sich der Artcredit als Geldwaschanlage bedienten.

Gunno blätterte weiter im Katalog herum und stellte zu seiner Zufriedenheit fest, dass kaum eines der anderen Bilder so hoch geschätzt worden war wie seines. Da nahm er im Augenwinkel eine Bewegung war. Ein Mann in einem beigen Anzug setzte sich auf den äußersten Stuhl der Reihe vor ihm. Gunno sah auf, musterte ihn kurz und wandte sich wieder seinem Katalog zu. Aber der beige Anzug bewegte sich wieder. Als Gunno zu dem Mann hinüberschaute, hatte sich dieser etwas zurückgelehnt und sah ihm direkt in die Augen. Gunno hielt dem Blick stand, bis der Fremde seine Augen weiterschweifen ließ. Gunno beobachtete ihn. Er hatte zwar auch einen Katalog in der Hand, schaute aber nicht hinein, sondern schien an den Anwesenden ebenso interessiert zu sein wie die Händler. Zu denen aber passte er nie und nimmer. Zwischen all den Bietern und Kunsthändlern in ihrem standesgemäßen Outfit wirkte er etwas zu billig angezogen. Das war weder unaufdringliche Qualität noch lockere Eleganz, sondern ein kleinbürgerlicher Sonntagsanzug, wie man ihn in jedem Kaufhaus an der Königstraße nachgeschmissen bekam, dachte Gunno. Der gehörte nicht hierher.

Er erhob sich, ließ den Katalog auf seinem Stuhl liegen und ging zur Toilette, wobei er Uhler einen warnenden Blick zuwarf. Die Aufregung hatte ihm auf die Blase geschlagen. Er musste schon wieder Wasser lassen. Umständlich wusch er sich die Hände und schaute auf die Uhr. In fünf Minuten sollte die Auktion beginnen.

Er atmete ein paar Mal tief durch. Dann trat er aus der Toilette und wollte in den Auktionssaal zurückgehen. Der Mann in der hellen Jacke stand unter der Saaltür und schaute ihm aus ungefähr zehn Metern Entfernung entgegen. Gunno tat ein paar lockere Schritte auf ihn zu, ohne ihn anzusehen. Dann blieb er stehen und klopfte mit der flachen Hand die Taschen seiner Jacke ab, als ob er seine Brille oder seine Brieftasche vermisste. Ohne seinen Blick auf den Mann zu lenken, nahm er wahr, dass er genau beobachtet wurde. Er drehte sich um, als wollte er zur Toilette zurückgehen. Sobald er außer Sicht seines Beobachters war, rannte er los, stürzte die Treppe hinunter und hetzte zum Ausgang. Er versuchte, das schwere schmiedeeiserne Türgitter hinter sich zuzuschlagen, was ihm aber nicht gelang, es war eingehakt.

Er wandte sich nach rechts zu dem schmalen Parkplatz des Aktionshauses hin, erkannte aber sofort, dass er sein Auto vergessen musste. Er würde nicht schnell genug aus dem Parkplatz des Auktionshauses herauskommen. Er lief quer durch die Autos des Gebrauchtwagenhändlers auf dem Nachbargrundstück, sah sich um und erblickte auf der anderen Seite der schmalen Nebenstraße den Anfang des Stegs, der über die Cannstatter Straße hinweg in den Unteren Schlossgarten führte. Mit langen federnden Schritten hastete er auf den Steg zu. Aber schon der Anstieg über die Rampe strengte ihn mehr an, als er erwartet hatte. Er keuchte. Seine Schritte wurden kürzer, und gleichzeitig hörte er die Sprinterschritte seines Verfolgers hinter sich. Sobald er oben auf dem Steg war, verlängerte er seine Schritte wieder. In langen Sätzen jagte er über die Cannstatter Straße hinweg. Ich bin schnell, ich bin schneller als jeder Verfolger, redete er sich ein. Ich bin der Schnellste. Er rannte auf den Poller zu, der das Ende des Stegs markierte. Zu einer Entscheidung, ob links oder rechts vorbei, war keine Zeit. Die Sprinterschritte seines Verfolgers stampften am anderen Ende des Stegs ein schnelles Staccato auf den Beton. Er bog nach rechts ein und rannte den leicht geschwungenen Weg in den Schlossgarten hinunter.

Auf dem Weg, der sich durch den Schlossgarten zog, sah er eine Kinderschar, nein, ein Rudel von halbwüchsigen Jungen mit Fahrradhelmen, Ellbogen- und Knieschützern, die, an ihre BMX-Räder gelehnt, auf dem Weg standen. Sie staunten einen der ihren an, der sein Vorderrad hochgerissen hatte und nur auf dem Hinterrad angefahren kam. Aber als Gunno auf sie zurannte, schauten sie ihm entgeistert entgegen. Eine Verfolgungsjagd. Das war interessanter als jedes Kunststück auf dem Rad. Für einen kurzen Moment erstarrt, verfolgte die ganze Gruppe das spannende Geschehen. Gunno hastete quer durch die Gruppe durch, riss dem Letzten sein BMX-Rad aus der Hand, schob es an und schwang sich darauf.

Das ganze Rudel brach in gellendes Geschrei aus, so dass Gunno seinen Verfolger nicht mehr hörte. Er hatte seine Schwierigkeiten mit dem Rad. Es war zu klein, er musste einen Buckel machen, und die ungewohnte Übersetzung verlangte ihm einen riesigen Kraftaufwand ab. Schnell musste er beschleunigen, sonst war alles umsonst. Mit aller Kraft trat er in die Pedale und nahm Fahrt auf. Schon wollte er einen Blick zurück wagen. Da sah er hinter einer Platane einen Jungen auf einem kleinen Rad hervorkommen. Er überquerte den Rasen, bog in den Weg ein und lenkte geradewegs auf ihn zu. Gunno hielt sich rechts, und auch der Junge schien sich an die Verkehrsregeln halten zu wollen. Doch plötzlich bremste er so abrupt, dass sein Rad ins Schleifen kam. Er sprang ab, zog sein Rad auf die Seite, fasste mit der einen Hand den Lenker in der Mitte, mit der anderen den Sattel, nahm mit einem Ruck das ganze Rad hoch und schleuderte es Gunno mit einer Körperdrehung entgegen. »Du Drecksau«, schrie er dabei.

Es quietschte, klapperte und krachte. Staub wirbelte auf. Die Trägheit der Masse riss Gunnos Füße von den Pedalen. Den Bruchteil einer Sekunde hielt er sich zu lange am Lenker fest, so dass sich sein Körper hob, als wollte er einen Handstand auf dem Lenker zeigen. Dann aber ließ er los und landete kopfüber vor den ineinander verkeilten Rädern auf dem Asphalt.

Als Erstes nahm er wahr, dass der Motor lauter wurde, als der Fahrer herunterschaltete, um in die Einfahrt des Katharinenhospitals einzubiegen. Dann roch er Desinfektionsmittel. Er wollte sich umschauen und merkte, dass er sein linkes Auge nicht öffnen konnte. Seine linke Schulter schmerzte höllisch, und als er sich an den Kopf fassen wollte, konnte er den Arm nicht bewegen. Mit seinem rechten Auge erblickte er den Polizisten, der neben ihm saß, schloss es lieber wieder und ließ sich in seine Ohnmacht zurücksinken.

2

Eben als die Auktion begann, vibrierte Kupfers Handy in seiner Hosentasche. Feinäugle schickte eine SMS:

Bergmann festgenommen, schwer verletzt, Katharinenhospital. Faeu

Er blieb seelenruhig in der letzten Reihe sitzen und wartete darauf, dass das gefälschte Stillleben versteigert würde. Mit großem Interesse verfolgte er, wie sich die Preise hochschraubten, anfangs in einem Wettbewerb mehrerer Bieter, die mit sehr großzügigen Geboten erst einmal die halbherzigen Interessenten aus dem Rennen schickten. Dann feilschten sie mit kleinen Geboten weiter, tasteten einander ab, bis dann der letzte, oft für ein geringes Mehrgebot, den Zuschlag bekam. Es gab kaum einen Bieter, der gegen Ende einer Versteigerung noch einmal mit einem wirklich beträchtlichen Mehrgebot aufgetrumpft hätte.

Endlich rief der Auktionator Losnummer 213 auf, ein Frühstücksstillleben von Pieter Claesz. Kupfer merkte, wie er vor lauter Konzentration richtig verkrampfte. Fünf Bieter hoben die Hand. In Schritten von zehntausend Euro kletterte der Preis von 320 000 auf 420 000. Bei 400 000 war der erste ausgestiegen, bei 420 000 stiegen zwei weitere aus. Es gab nur noch zwei Interessenten: den Herrn im beigen Leinenanzug mit dem blonden Pferdeschwanz und den Herrn im dunklen Anzug mit der kobaltblauen Krawatte. Kupfer traute seinen Ohren nicht: Die Schritte wurden wesentlich größer – 450 000, 490 000, 530 000, und dann der Zuschlag bei 565 000 an den Herrn im beigen Leinenanzug.

Nicht nur Kupfer hatte gebannt diese Überbieterei verfolgt, das ganze Publikum schien von dieser plötzlichen Preisexplosion völlig überrascht. Man spürte die Erregung des Publikums. Etwas Außergewöhnliches war geschehen.

Kupfer verließ den Auktionssaal, ging ins Foyer hinunter und ließ sich einen Kaffee geben. Er setzte sich im Schutz einer dicken runden Säule an ein Tischchen und wartete. Der Herr mit der kobaltblauen Krawatte verließ als Erster das Auktionshaus. Ohne Kupfer zu sehen, ging er an ihm vorbei zum Ausgang. Kupfer meinte, ein zufriedenes Lächeln auf seinem Gesicht wahrzunehmen. Als er draußen war, folgte ihm Kupfer bis zur Tür und beobachtete, dass er zur nahen U-Bahnhaltestelle ging. Dann kehrte er an seinen Platz zurück. Es dauerte etwas länger, bis der Herr im Leinenanzug kam. Auch ihn ließ Kupfer erst unbehelligt aus dem Haus, um ihm dann aber zu folgen. Auch er ging zur Haltestelle. Er stieg in die U 14. Kupfer stieg ebenfalls ein und setzte sich in den hinteren Teil des Wagens, so dass er von seiner Zielperson nicht gesehen werden konnte.

An der Station Stadtmitte stieg der Verfolgte aus und ging in Richtung Theodor-Heuss-Straße. Die Unterführung war so belebt, dass Kupfer keine besondere Vorsicht walten lassen musste. Er folgte ihm in zehn Metern Abstand, bis er bei Hausnummer 15 den Club »Suite 212« betrat. Kupfer passierte den Eingang, spazierte gemächlich zwanzig Meter weiter und blieb stehen. Er sah sich um und schaute auf seine Uhr, als wartete er auf jemanden. Nach zehn Minuten schritt er resolut auf den Eingang zu und betrat den Club.

Seine erste Empfindung sagte ihm, dass er nicht hierhergehörte. Das hier nannte man wohl eine Location. Dafür fühlte er sich mindestens zwanzig Jahre zu alt. Es drängte sich ihm auch sofort der Eindruck auf, dass die jungen Gäste seine Empfindung teilten: Sie schauten ihn verwundert an. Er trat die Flucht nach vorne an und gab den herumirrenden Alten, der die falsche Tür erwischt hatte. Jeden Blickkontakt vermeidend, ging er ein paar Schritte hin und ein paar Schritte her, ließ seinen Blick ruhelos durch den Raum schweifen und schien dabei vor sich hinzusprechen. Er machte auch keine bessere Figur, als er die beiden an der Bar sitzen sah: den Herrn im beigen Leinenanzug und den Herrn mit der kobaltblauen Krawatte. Sie hatten sich die Flasche Glenfiddich gleich auf die Theke stellen lassen und prosteten einander zu. Sie hatten etwas zu feiern. Der Herr im beigen Leinenanzug hielt sein Glas in der linken Hand und prostete seinem Begleiter zu. Kupfer kniff die Augen zusammen, schüttelte hilflos den Kopf, machte noch ein paar unsichere Schritte und verließ das Lokal wie jemand, dem sein unbefugtes Eintreten peinlich war.

Am nächsten Morgen zog Kupfer seinen besten und einzigen Anzug an, band zum weißen Hemd eine dunkle Krawatte um und sah ungewohnt feierlich aus.

»Ist mir irgendetwas entgangen?«, fragte Marie. »Dein letzter Tag im Dienst oder eine Beförderung zum Polizeipräsidenten?«

»Weder noch«, sagte Kupfer mit geheimnisvollem Lächeln, »ich bin der neue Staatssekretär im Kultusministerium.«

»Dann müsste dein Anzug aber moderner geschnitten sein.«

»Nicht unbedingt. Ich bin ein grüner Staatssekretär, und ich arbeite heute auch nicht in Böblingen, sondern in der Landeshauptstadt.«

»Aha. Und wo genau?«

»Ich muss noch einmal ins Auktionshaus, ein paar Auskünfte einholen.«

»Und warum rufst du nicht einfach an?«

»Weil ich meine Gesprächspartner gerne sehe, das weißt du doch.«

»Und warum der Aufzug?«

»Tarnung.«

»Na dann viel Glück.«

Als Kupfer gegen neun aus der U 14 stieg, fühlte er sich ganz wohl in seiner Haut, aber nicht so in seinem Aufzug. Die schwarzen Schuhe drückten etwas, und mit seinem Jackett kam er auch nicht so gut zurecht. Knöpfte er es zu, war es eine Idee zu eng, ließ er den Knopf offen, klaffte es auseinander. Als er das Auktionshaus betrat, zog er etwas den Bauch ein und schloss den Knopf.

»Was kann ich für Sie tun?«, fragte die junge Dame am Empfang gleich neben der Eingangstür.

»Mein Name ist Kupfer, ich komme vom Kultusministerium und hätte gerne jemanden von der Geschäftsleitung gesprochen, wenn es jetzt schon möglich ist. Hier ist meine Karte.«

Damit griff er in die leere Innentasche seines Jacketts, machte ein verdutztes Gesicht und sagte: »Nein, so was auch, jetzt habe ich doch meine Brieftasche vergessen. Staatssekretär Kupfer, sagen Sie das bitte.«

Die junge Dame nickte ehrfürchtig, meldete den Herrn Staatssekretär an und beschrieb ihm den Weg zur Geschäftsleitung. Der Geschäftsführer, Herr Dr. Knobelspies, erwartete ihn nicht nur vor seinem Büro, sondern kam ihm auf halbem Weg entgegen. Man stellte sich einander sehr höflich vor und betrat dann das Büro.

»Setzen Sie sich doch bitte, Herr Staatssekretär«, sagte Dr. Knobelspies mit ausgesuchter Höflichkeit und deutete auf die gemütlich wirkende Sitzgruppe seinem Schreibtisch gegenüber. Kupfer setzte sich, während Dr. Knobelspies noch stehen blieb.

»Darf ich Ihnen etwas anbieten?«

»Nein danke, Herr Dr. Knobelspies.«

»Knobelspies, nur Knobelspies. Lassen Sie bitte den Doktor weg.« Mit diesem Worten nahm Knobelspies Kupfer gegenüber Platz. »Nun?« Er schaute Kupfer fragend an. »Was verschafft mir die Ehre?«

Kupfer räusperte sich und griff nach seinem Dienstausweis. »Ich hoffe, Sie nehmen mir meine Tarnung nicht übel«, fiel er dann mit der Tür ins Haus. »Ich gehe von der Annahme aus, dass es in unserem beiderseitigen Interesse ist, dass Ihr Personal nicht erfährt, vom wem Sie tatsächlich aufgesucht werden. Ich komme nicht vom Kultusministerium, sondern von der Kriminalpolizei, genauer gesagt von der Mordkommission Böblingen.«

Mit offenem Mund starrte Dr. Knobelspies auf den Dienstausweis, den ihm Kupfer entgegenhielt, und nahm seine Karte entgegen.

»Es ging uns um äußerste Diskretion. Verzeihen Sie also bitte den Überfall. Die Polizeidirektion Böblingen will unbedingt vermeiden, dass auch nur das Geringste über unsere Ermittlungen nach außen dringt.«

»Selbstverständlich, ja, ja«, nickte Knobelspies eifrig, »es ist ja ganz in unserem Sinn. Aber die Mordkommission, mein Gott!« Dann schaute er Kupfer entsetzt an.

»Ich kann Sie etwas beruhigen. Warum ich zu Ihnen komme, hat nicht unmittelbar mit einem Mordfall zu tun, vielmehr mit Fälschungen, ist für uns aber dennoch wichtig. Nach gründlichen Nachforschungen steht für uns fest, dass bei Ihnen gestern eine Fälschung versteigert wurde, und zwar ein Stillleben, das angeblich von Pieter Claesz stammt. Wir wissen, wer es gemalt hat, der Maler war sogar hier bei Ihnen im Haus. Es gelang uns, ihn zu verhaften, während hier gerade die Versteigerung begann. Und außerdem haben wir Hinweise darauf, dass der Käufer und der Verkäufer sich nicht nur gut kannten, sondern den Handel auch noch zusammen gefeiert haben. Daher möchte ich Sie um einige Auskünfte bitten, die wir zur Lösung des Falles brauchen.«

»Aber gerne, natürlich. Ich möchte Ihnen aber zunächst für Ihre Diskretion danken.«

»Eine Selbstverständlichkeit, ich bitte Sie.«

»Aber erlauben Sie bitte eine Frage: Warum haben Sie den Verkauf dieser Fälschung nicht verhindert?«

»Wir mussten sehen, wer bietet und wer den Zuschlag bekommt.«

Dr. Knobelspies nickte verständnisvoll. Aber vor allem die Sorge um den Ruf seines Hauses stand ihm ins Gesicht geschrieben. Er nagte an seiner Unterlippe und griff dienstfertig nach seinem Füllfederhalter und einem Schreibblock, ohne den Blick von Kupfer zu lassen.

»Wir brauchen die Namen des Einlieferers und des Käufers und hätten gerne eine Kopie der Expertise oder wenigstens den Namen des Verfassers.«

»Einen Moment bitte, das haben wir gleich«, sagte Dr. Knobelspies und setzte sich an seinen Computer. »Einlieferer ist ein Agent, ein gewisser Jens Katzenschläger, der im Auftrag eines anonymen Anbieters handelt. Und das Bild ist an einen Herrn Matthias Uhler gegangen, ebenfalls an einen Agenten.«

Er schaute über seinen Monitor hinweg zu Kupfer herüber und sagte entschuldigend: »Das ist völlig normal. Bei fast allen Auktionen sind Agenten aktiv, weil die vermögenden Käufer und Verkäufer sich gerne diskret im Hintergrund halten. Das ist heutzutage auch eine Frage der Sicherheit. Das werden Sie sicher verstehen. Oft sind es auch ausländische Auftraggeber, die persönlich nie in Erscheinung treten.«

»Und die Expertise?«, fragte Kupfer nach.

»Die scheint mir allerdings unanfechtbar zu sein. Sie stammt von einem sehr bekannten Kunsthistoriker von einwandfreiem Ruf, Dr. Schimmelpfennig heißt er. Wir kennen ihn gut.«

»Und er ist Spezialist für niederländische Stillleben?«

»Ja, aber nicht nur dafür. Er ist auf mehreren Gebieten beschlagen.«

»Können Sie aus Ihrer Datenbank auch abrufen, für welche früheren Auktionsobjekte Dr. Schimmelpfennig Expertisen verfasste, inklusive Einlieferer und Käufer?«

»Das tut mir leid, ich kann es aber mit dem betreffenden Einlieferer oder Käufer versuchen.«

»Das wäre sehr interessant«, nickte Kupfer.

»Einen Moment dauert das aber. Darf ich Ihnen einen Kaffee bringen lassen?«

Gegen seine Gewohnheit lehnte Kupfer dankend ab. Es war ihm viel zu warm in seinem Anzug. Dr. Knobelspies klickte und tippte sich durch seinen Computer, notierte immer wieder etwas und machte von Mal zu Mal ein ernsteres Gesicht. Am Ende schaute er betroffen auf seinen Zettel und sagte kopfschüttelnd: »Wir müssen die Datenbank umstrukturieren lassen. So kann es nicht weitergehen. Das ist uns entgangen.«

Er legte Kupfer eine kurze, aber sehr brisante Liste vor:

	Einlieferer	*Käufer*	*Expertise*
2006/3	*Katzenschl.*	*Uhler*	*Schimm.*
2006/9	*Normann*	*Katzenschl.*	*Schimm.*
2007/4	*Uhler*	*Bergmann*	*Schimm.*
2008/6	*Uhler*	*Katzenschl.*	*Schimm.*
2009/8	*Katzenschl.*	*Uhler*	*Schimm.*
2010/10	*Bergmann*	*Uhler*	*Schimm.*

Kupfer schnalzte leise mit der Zunge. »Und um welche Maler handelte es sich dabei?«

»Es sind tatsächlich zwei Niederländer, Stillleben wie dieses heute, ein Sisley, ein Liebermann, ein Nolde-Aquarell und ein Beckmann.«

»Unglaublich, was alles gefälscht wird«, bemerkte Kupfer.

»Aber Sie wollen nicht etwa sagen, dass all diese Bilder Fälschungen sind?«

»Alle vielleicht nicht, ich weiß es nicht – oder noch nicht. Jedenfalls danke für diese aufschlussreiche Liste. Die hilft uns weiter.«

Dr. Knobelspies atmete erleichtert auf. »Das freut mich.«

»Aus der Liste ergibt sich allerdings eine weitergehende Frage.«

»Nämlich?« Dr. Knobelspies geriet wieder unter Spannung.

»Woher wurde das Geld für das Bardepot der Bieter überwiesen und wohin ging der jeweilige Kaufpreis?«

»Das kann ich Ihnen leider nicht so schnell sagen. Das müssen meine Mitarbeiter der Buchhaltung erheben.«

»Natürlich«, sagte Kupfer und schaute seinem Gegenüber in die Augen. »Wir wären Ihnen allerdings sehr dankbar, wenn diese Erhebung zeitnah erfolgen könnte.«

»Selbstverständlich noch heute. Wir werden Sie per Mail informieren.«

»Und bitte teilen Sie uns dann auch die Adressen dieser Herren mit.«

Kupfer musste sich noch anhören, wie ungeheuer peinlich diese Angelegenheit sei, wie sehr man ihm für seine Diskretion danke und wie überrascht, fassungslos und entsetzt er, Dr. Knobelspies, dieser Angelegenheit gegenüberstehe. Trotz allem Anschein hoffe er, dass sich der Verdacht gegenüber Dr. Schimmelpfennig, diesem gefragten Gutachter, als falsch erweisen würde. Kupfer erhob sich, entschuldigte sich noch einmal für sein Tarn- und Täuschmanöver und verabschiedete sich. Auf der Straße zog er sofort sein Jackett aus und ging in Hemdsärmeln zur Haltestelle.

Als Kupfer am Nachmittag die E-Mail las, die ihm Dr. Knobelspies erstaunlich schnell hatte schicken können, schnalzte er dreimal mit der Zunge, als tadelte er jemanden, der einen groben Fehler gemacht hatte. Er druckte die Mail aus und zeigte sie Feinäugle. »Hier Käuferkonten und da Verkäuferkonten«, sagte er. »Ein paar sind identisch, und alle Bankleitzahlen beginnen mit einer 3. Das sieht ein Blinder mit dem Krückstock.«

»So isch's. Und wenn der Kunstmarkt zehnmal eine länderübergreifende Sache ist, dann muss man trotzdem fragen, wieso immer wieder von Nordrhein-Westfalen Geld ins Ländle fließt, aber einfach nicht hierbleibt.«

3

Während Ewald Stoll Befriedigung empfand, weil sich sein Kalkül als richtig erwiesen hatte – »ich habe doch gewusst, dass er sich rühren würde« –, hatte Kupfer die Ungeduld geplagt. Zweimal war er von den Ärzten abgewiesen worden. »Nein, der Patient ist noch nicht vernehmungsfähig, das ist eben so nach einer schweren Gehirnerschütterung und einer Operation«, hatte es geheißen. Kupfer es war schwergefallen, sich derweil auf etwas anderes zu konzentrieren. Er hatte sich die Verfolgungsjagd über den Steg und Gunnos spektakulären Sturz immer wieder von Feinäugle schildern lassen und hatte seinen Kollegen über den grünen Klee gelobt. Sogar zu der Aussage: »So ein Einsatz ist eine Beförderung wert«, hatte er sich hinreißen lassen, obwohl er natürlich nichts versprechen konnte. Jetzt erst, am Spätnachmittag des übernächsten Tages, durften er und Feinäugle das Krankenzimmer betreten.

Gunno bot einen erbärmlichen Anblick. Der Verband umhüllte nicht nur seinen kahlrasierten Schädel, weil er sich die Kopfhaut aufgeschürft hatte, sondern bedeckte auch weitgehend die linke Gesichtshälfte wegen des Jochbeinbruchs, den er sich bei seinem Kopfsturz zugezogen hatte. Auch seine linke Schulter war verbunden und sein Arm fixiert, damit die Silberplatte, die einen Teil seines Schlüsselbeins ersetzen musste, gut anwachsen würde. Was man von seinem Gesicht sah, war blau angelaufen und teilweise von Wundschorf bedeckt.

»Herr Bergmann, Sie bekommen Besuch«, hatte die Krankenschwester mehrdeutig angekündigt. Gunno bewegte nur sein rechtes Auge, als die beiden Kriminalbeamten an sein Bett traten.

Obwohl Kupfer in jedem Moment bewusst war, dass sich dieser Mann im Bett seine bedauerliche Situation selbst zuzuschreiben hatte, flog ihn so etwas wie Mitleid an. Er wollte möglichst sanft in das Verhör einsteigen und suchte Blickkontakt zu dem Verletzten. Da der aber wusste, wer da an seinem Bett stand, schenkte er ihm keine Beachtung und richtete sein freies Auge stumm an die Decke. Peinliche Stille. Kupfer wandte sich hilfesuchend zu seinem Kollegen um. Doch der zeigte nur ratloses Achselzucken.

Kupfer räusperte sich und sagte: »Ich denke, ich spreche Sie mit Herr Bergmann an. Guten Tag.«

Das Auge zuckte.

Kupfer stellte sich und Feinäugle vor, ohne aber eine Reaktion hervorzurufen. »Wie soll ich sagen«, setzte er dann an, »wir sind sehr froh, dass wir Sie endlich kennenlernen, nachdem wir schon so viel von Ihnen gehört haben.«

Gunno richtete sein Auge weiterhin an die Decke. Kupfer ärgerte sich über seine Unbeholfenheit und schnitt nun das Thema doch direkt an. »Wir wissen, dass vorgestern eine Fälschung versteigert wurde, die ohne jeden Zweifel von Ihnen stammt. Wir würden gern von Ihnen wissen, wie das Bild in den Besitz des Anbieters gelangte.«

Gunno schloss sein Auge. Er lag da wie tot. Kupfer wartete eine Weile. Er ärgerte sich und warf Feinäugle einen auffordernden Blick zu.

»Herr Bergmann«, sagte Feinäugle in trocken offiziellem Ton, »wenn Sie weglaufen könnten, würden wir Sie auf der Stelle verhaften, und zwar wegen Urkundenfälschung, Beihilfe zu gewerbsmäßigem Betrug, Mordverdacht in zwei Fällen und versuchter Brandstiftung. Wir kriegen Sie jetzt nicht aus dem Bett heraus. Aber sobald es Ihre Gesundung zulässt, werden Sie in Stammheim einquartiert. Bis dahin sitzt ein Polizist vor Ihrer Zimmertür. Suchen Sie sich einen Anwalt. Sonst wird Ihnen ein Zwangsverteidiger zugewiesen.«

Gunno öffnete sein Auge nicht, aber er atmete hörbar. »Ich habe weder Wels noch Erna umgebracht«, brachte er langsam mit schwerer Zunge hervor. »An diesem Wochenende war ich in München, von Freitagnachmittag bis Montag, Montagmittag bei einem Galeristen, Freund von mir. Koslowski, Alexander Koslowski in Schwabing. Fragen Sie nach.« Er musste eine Pause einlegen. »Den Sonntag haben wir am Starnberger See verbracht, in seinem Haus. Es gibt Zeugen, viele. Lassen Sie sich die Liste geben, die Gästeliste von Koslowski.«

Das muss er sich gut zurechtgelegt haben, dachte Kupfer und schrieb sich den Namen auf. »Wussten Sie eigentlich, dass im Landeskriminalamt in Bad Cannstatt die besten Spezialisten für Kunstfälschungen sitzen?«, fragte Kupfer im Plauderton, als wollte er Gunno mit einer interessanten Geschichte unterhalten. »Die sind sehr versiert und arbeiten mit äußerst raffinierten Methoden. Und die haben festgestellt, was für ein technisch perfekter Fälschungsspezialist Sie wiederum sind, Herr Bergmann. Für mich ist das ein absolut faszinierender Fall, weil ich es in all meinen Dienstjahren noch nie erlebt habe, dass so hochgradige Spezialisten aufeinandertreffen. Wer versteht es schon, seine Farbschichten so zu härten, dass ein echt wirkendes Krakelee entsteht, wenn er die Leinwand um einen Zylinder wickelt? Niemand außer Ihnen. Und wer kann schon technisch nachweisen, dass die Bilder von Gunter Normann und die aufgefundenen Niederländer-Fälschungen vom selben Maler stammen müssen? Niemand außer unseren Cannstatter Kollegen. Das hat für mich etwas Ästhetisches an sich, es passt, das sind symmetrische Verhältnisse. Meinen Sie nicht auch?«

Gunno schien etwas schneller zu atmen. Kupfer zog einen Stuhl heran und setzte sich neben das Bett. Feinäugle blieb am Fußende stehen. »Wir glauben Ihnen mal, dass Sie zur Tatzeit in München waren. Trotzdem möchten wir gerne wissen, warum Sie in letzter Zeit mit Wels Streit hatten. Worum handelte es sich?«

Gunnos Atem wurde ruhig, sein Kopf drehte sich leicht nach rechts.

»Herr Bergmann, hören Sie mich?«, fragte Kupfer.

Keine Antwort. Der Patient schien ohnmächtig geworden zu sein. Kupfer schob schelmisch die Unterlippe vor und zwinkerte Feinäugle zu. »Schade, der ist wieder weg. Jetzt können wir ihn gar nichts mehr fragen.«

»Was müssen wir den noch fragen? Wir wissen doch schon alles.«

»Nein, mein lieber Kollege. Ich wollte ihn noch unbedingt fragen, wie man von Augsburg in eineinhalb Stunden nach Stuttgart-Vaihingen fahren kann, wenn bei Merklingen der komplette Verkehr steht. Den Schleichweg, den würde ich gern kennen.«

»Das muss er dir dann halt draußen in Stammheim erklären.«

»Nicht draußen in Stammheim, in Stammheim drinnen«, korrigierte Kupfer seinen Kollegen.

»Ich würd ihm schon noch gute Besserung wünschen. Aber er hört's ja gar nicht«, sagte Feinäugle im Hinausgehen.

Die Tür wurde geschlossen, Gunnos Auge ging auf.

4

Grabowski standen Angst und Misstrauen im Gesicht, als hätte er in diesem Raum schon unangenehme Erfahrungen gemacht. Auf Kupfers Gruß antwortete er nur mit einem unverständlichen Gemurmel. Er sah bleich aus und hatte tiefe Augenringe. Unsicher stand er im Raum.

»Nehmen Sie doch bitte Platz.«

Er ließ sich auf den Stuhl fallen und schaute apathisch vor sich hin.

»Es geht Ihnen nicht gut«, versuchte Kupfer mit ihm in Kontakt zu kommen.

Grabowski schüttelte nur den Kopf und winkte ab.

»Mein Name ist Kupfer, ich komme von der Kripo Böblingen und ermittle in einem Mordfall.«

Grabowskis Augenbrauen zogen sich zusammen. Sonst zeigte er keine Reaktion.

»Keine Angst, Herr Grabowski, Sie werden nicht verdächtigt. Wir meinen nur, dass Sie uns bei der Aufklärung eines Falls durchaus behilflich sein können. In Schönaich wurde ein Möbel- und Antiquitätenhändler ermordet, der das Bild, für das Sie so viel Geld haben wollten, in Umlauf gebracht hat.«

Grabowski zog die Mundwinkel herunter und schaute weiter stumpf vor sich hin.

»Sie können uns wahrscheinlich helfen, die Hintergründe aufzuklären. Ich möchte Sie nur bitten, dass Sie sich ein paar Fotos ansehen. Kennen Sie irgendeine Person darauf?« Kupfer reichte ihm drei Fotos. Grabowski schob sie auf die Seite, ohne sie eines Blickes zu würdigen. »Herr Grabowski, zwei Menschen sind umgebracht worden. Wollen Sie uns wirklich nicht helfen?«

»Ich kenne keine Mörder. Ich will mit der Sache nichts mehr zu tun haben, völlig egal, worum es sich handelt«, sagte er mürrisch.

»Herr Grabowski, es geht im Moment nur um die Frage, welchen Weg das Bild gegangen ist, das Sie dem Ermittler der Versicherung übergeben sollten. Schauen Sie sich doch bitte die Fotos an, wenigstens für einen Moment.«

Ohne seine Haltung zu verändern, griff Grabowski nach den Fotos und fächerte sie auf, als seien es Spielkarten. Auf einmal schien er den Atem anzuhalten und verharrte einen Moment. Dann richtete er sich mit einem Ruck auf. »Der war's«, brach es aus ihm heraus. »Der hat mir das Scheißbild angedreht.«

Damit hatte er Matthias Uhler identifiziert. »Kennen Sie ihn? Wissen Sie, wie er heißt?«

»Ich habe ihn nur einmal gesehen, als er mir das Bild übergeben hat. Dieses Schwein! Für den sollte ich die Kastanien aus dem Feuer holen.«

»Wie kam es denn dazu?«

Grabowski wurde auf einmal ganz lebhaft. Die unverhoffte Gelegenheit, sich an dem Mann zu rächen, dem er seiner Meinung nach seine Haftstrafe zu verdanken hatte, verlieh ihm allem Anschein nach neue Energie. »Ich hatte Spielschulden bei einem Typen, den ich in Köln in einer Kneipe kennengelernt hatte. Und der wusste irgendwoher, dass ich auch sonst noch Schulden hatte, und hat mir ein todsicheres Geschäft vorgeschlagen. Er wüsste, wie ich meine Schulden leicht loswerden könnte, sagte er.«

»Und Sie kannten den Mann überhaupt nicht?«

»Nur vom Sehen, ein Typ aus der Szene halt, den sie Katzi rufen.«

»Was hatten Sie denn für Schulden?«

»Sie hatten mich abgezockt. Ich wollte was versteigern lassen. Und das hat einer von dem Auktionshaus geschätzt. Für die Schätzung musste ich schon mal eine ganze Menge bezahlen. Auf eineinhalb Millionen hat er das Ding geschätzt, und dann brachte es keine 100 000.«

»Und Sie hatten für die Schätzung allein schon 75 000 bezahlt.«

»Woher wissen Sie das?«

»Weil wir das Auktionshaus kennen: Hahn & Keller, Köln. Und Sie sollten außerdem fünfzehn Prozent Auktionsgebühr und neunzehn Prozent Umsatzsteuer bezahlen, und das Geld hatten Sie natürlich nicht.«

Kupfer redete in einem Ton, als machte er einem Skatpartner klar, in welchem Moment er die falsche Karte gezogen hatte. Kupfers Kenntnisse verunsicherten Grabowski ein wenig. Wie gut war dieser Kupfer über seinen Fall informiert? »Sie wissen doch schon alles. Was wird hier eigentlich gespielt?«, fragte er misstrauisch.

»Wir wissen bei weitem nicht alles. Wir wissen nur, wie manche Einlieferer dort zur Kasse gebeten werden. Nicht nur Sie sind auf diese Weise ausgenommen worden. Die hohe Schätzung, mit der man Sie betrogen hat, ist allerdings eine Besonderheit dieser Firma, wobei wir noch nicht sagen können, ob die Geschäftsleitung dahintersteckt oder nur ein Angestellter. Aber wir werden dieses Nest ausheben, da können Sie ganz sicher sein. Und sobald wir nachgewiesen haben, dass man Sie mit der Schätzung betrogen hat, ist Ihr Kreditvertrag null und nichtig, und Sie sind Ihre Schulden los. Sie brauchen mir im Moment nicht einmal zu sagen, was Sie versteigern lassen wollten. Das ist jetzt nicht von Bedeutung. Uns interessiert nur, von wem Ihr Kunstobjekt geschätzt wurde.«

Damit war Kupfer Grabowski den entscheidenden Schritt entgegengekommen, und Grabowski begann entspannt zu erzählen: »Als ich meine Ware dort loswerden wollte, war nur eine junge Frau in dem Geschäft, die mir nichts abnehmen konnte. ›Ich bin nicht befugt‹, behauptete sie. Sie sagte, der zuständige Experte habe gerade frei, und gab mir seine Telefonnummer. Er kam dann in meine Wohnung.«

»Wissen Sie seinen Namen oder können Sie ihn beschreiben?«

»Schimmelpfennig hieß er. Den Namen vergess ich nie. Das ist auch derjenige, der mir den Kredit angeboten hat, für alles, für die Schätzung ›und was sonst noch so anfällt‹, wie er sich ausdrückte. Und dann ging alles schief, und ich war doch vorher schon pleite gewesen.«

»Wer gab Ihnen den Kredit?«

»Schimmelpfennig vermittelte mir den Kredit bei einer Gesellschaft namens Artcredit-AG, zu der er gute Beziehungen hatte. Ich musste annehmen. Mir blieb gar nichts anderes übrig. Meine Bonität war ja schon längst dahin, und ich war froh, dass ich überhaupt noch irgendwoher Geld bekam. Und dann passierte das. Ich war total fertig.«

»Haben Sie jemanden von der Artcredit kennengelernt?«

»Nein, das haben alles die junge Frau bei Hahn & Keller und dieser Schimmelpfennig gemacht. Die hatten die ganzen Formulare, und Schimmelpfennig hat i.V. unterschrieben.«

»Und dieser Katzi wusste von der Geschichte?«

»Das glaube ich nicht. Wahrscheinlich wusste er, dass ich bei einer früheren Stelle rausgeflogen war und Verschiedenes probiert hatte, was alles in die Hose gegangen war. Irgendwie war ich halt als Pechvogel bekannt.«

»Und was für ein Geschäft hat er Ihnen vorgeschlagen?«

»Ich sollte ein Bild übernehmen und warten, bis sich der Ermittler der Versicherung meldet, bei dem das Bild versichert war. Dem sollte ich dann das Bild übergeben und 800 000 Euro in bar in Empfang nehmen. Ich fragte natürlich, wieso sie es nicht selbst der Versicherung übergeben wollten. Da hieß es, sie würden immer wieder so einen Handel einfädeln und da ginge es nicht, dass immer derselbe Mann mit dem Ermittler der Versicherung zusammentrifft. Das leuchtete mir ein.«

»Aber man hat Ihnen doch sicher nicht so viel Geld versprochen, dass Sie all Ihre Schulden hätten bezahlen können.«

»Nein, nur einen Anteil von zehn Prozent. Aber das hätte mir ja schon weitergeholfen. Außerdem sagte Katzi, wenn das einmal geklappt hätte, dann sei noch ein ähnlicher Job drin, eben mit einer anderen Versicherung oder auch einem Eigentümer. Das Risiko war mir klar, und ich hatte Schiss, aber mir blieb nichts anderes übrig.«

»Und wie lief das dann ab?«

»Ich bekam als Reisespesen einen Vorschuss von 5000 Euro ausbezahlt und sollte in Stuttgart in einem kleinen Hotel am Hauptbahnhof warten, bis ich angerufen würde. Der Anruf kam und ich wurde nach Böblingen bestellt. Ich sollte in einer dieser seltsamen Kneipen beim Bahnhof den Mann mit dem Bild treffen. Er hat sich beschrieben und gesagt, dass er die Stuttgarter Nachrichten lesen würde. Und so haben wir uns dann getroffen und erst mal eine Weile geredet und was getrunken. In einem Parkhaus in der Nähe des Bahnhofs hat er mir dann das Paket mit dem Bild übergeben. Wir machten aus, dass ich ihn nach dem Deal anrufen würde. Wir wollten uns dann in einem anderen Lokal an dieser Ecke treffen, im Krokodil. Und ich sollte noch am selben Tag meinen Anteil bekommen. Aber so weit kam es ja dann nicht.«

»Wussten Sie eigentlich, dass Matthias Uhler Ihnen nur eine Kopie übergeben hatte?«

»Klar. Mit richtigem Kunstraub wollte ich trotz allem nichts zu tun haben, und das habe ich ihm auch gesagt. Da hat er mich beruhigt. Er sagte, das sei ihm auch zu heiß. Sie würden nur mit guten Kopien arbeiten und hätten noch ein paar ganz gute Sachen auf Lager. Er tat sehr freundlich und umgänglich. Er hat auch die Zeche bezahlt. Ach ja, er hat mir sogar das Original auf seinem Laptop gezeigt. Da gibt es so eine Seite, auf der gestohlene Kunstobjekte registriert sind.«

»Sie meinen sicher das ›Art Loss Register‹.«

»Genau. Und dort war der Wert sogar mit 3 Millionen angegeben. ›Und jetzt kriegen sie für nicht einmal ein Drittel einen Ersatz. Das ist doch ein gutes Geschäft für die Versicherung‹, meinte er. Er hatte auch den Kontakt zu dem Ermittler der Versicherung hergestellt. Es war ausgemacht, dass ich im Hotel warten sollte, bis er sich meldete. Der Anruf kam noch am selben Tag. Der angebliche Ermittler fragte nach meiner Zimmernummer und sagte, ich sollte am nächsten Morgen um neun im Zimmer sein. Er würde mit dem Geld kommen. Ich ließ mir das Frühstück aufs Zimmer bringen und wartete.

Punkt neun war er da. Aber nicht alleine. Ich merkte gleich, dass etwas nicht stimmte. Er stellte seinen Begleiter als Kunstexperten vor, der das Bild begutachten sollte. Aber irgendwie gefiel er mir nicht. Unter einem Kunstexperten hätte ich mir jemand anderes vorgestellt als diesen sportlichen Jungen, mit dem er da ankam. Und sie hatten keinen Geldkoffer dabei. ›Wo ist das Geld?‹, fragte ich. Erst wollten sie die Ware sehen, war die Antwort. Am liebsten wäre ich aus dem Zimmer gestürmt und weggelaufen. Aber das war aussichtslos. Ich tat, als wäre mir nichts aufgefallen, und hoffte bis zum letzten Moment, dass ich mich täuschte. Aber ich hatte das Bild noch nicht einmal halb ausgepackt, da griff dieser Nahkämpfertyp zu, drehte mir den Arm herum, und schon führten sie mich ab, und zwar in Handschellen wie einen Gewalttäter. Können Sie sich vorstellen, wie Sie sich fühlen, wenn Sie morgens in Handschellen durch ein belebtes Hotelfoyer abgeführt werden? Das vergesse ich mein Leben lang nicht und würde es den beiden zu gern heimzahlen. Und den Rest können Sie ja den Gerichtsakten entnehmen.«

Grabowski lehnte sich entspannt zurück. Offensichtlich hatte er sich sein Verhaftungstrauma von der Seele geredet.

Kupfer war zufrieden. »Vielen Dank, Herr Grabowski, Sie haben uns sehr geholfen. Es wird nicht zu Ihrem Schaden sein.«

»Und den Typen mit dem Bild – wie heißt er noch?«

»Matthias Uhler?«, half ihm Kupfer.

»Ja, den Uhler, den kriegen Sie jetzt?«, fragte er begierig.

»Noch nicht. Aber das wird nicht mehr lange auf sich warten lassen.«

5

Als Kupfer und Feinäugle kurz nach der Visite das Krankenzimmer betraten, saß Gunno halb aufrecht im Bett und nippte an einer Tasse Kaffee.

»Schön, dass Sie Kaffee trinken. Dann bleiben Sie diesmal wach. Grüß Gott, Herr Bergmann«, grüßte Kupfer und redete gleich weiter. »Der Stationsarzt hat uns gesagt, dass es Ihnen heute schon viel bessergeht. Man sieht es auch gleich. Das freut uns sehr. Wissen Sie, es tut uns immer leid, wenn jemand, den wir verfolgen müssen, zu Schaden kommt. Wir sind ja keine Unmenschen.«

Gunno murmelte etwas Unverständliches, stellte seine Tasse ab und ließ sich auf sein Kopfkissen zurücksinken.

»Wir haben uns ja bereits vorgestellt, aber vielleicht kennen Sie uns nicht mehr. Sie waren bei unserem ersten Besuch gar nicht gut beieinander. An meinen Kollegen Feinäugle erinnern Sie sich bestimmt noch, auch wenn er heut keinen Sonntagsanzug anhat. Und mein Name ist Kupfer. Wir sind von der Kripo Böblingen.«

Gunnos rechte Gesichtshälfte zuckte gereizt.

»Beginnen wir am besten mit Ihrem Unfall, den wir, wie ich schon sagte, sehr bedauern. Sie hätten nicht mehr wegzulaufen brauchen. Dazu war es schon zu spät. Unsere Spezialisten vom LKA hatten Ihre Fälschung bereits entlarvt. Das konnten Sie natürlich nicht wissen. Aber alle Achtung! Es gibt nicht viele Maler, die so ein Bild zustande bringen. Die Komplimente hätten Sie hören sollen. Ihnen müssen die Ohren geklungen haben. Wenn unsere Kollegen nicht schon einen Verdacht gehabt hätten, wären sie nie draufgekommen, dass es ...«

»Ihre bescheuerten Komplimente können Sie sich sparen«, fiel ihm Gunno missmutig ins Wort.

»Meine Komplimente sind das nicht, nein, ich verstehe leider nicht so viel davon. Aber ich habe aufgehorcht, als man Sie sogar mit van Meegeren verglichen hat. Und von dem habe sogar ich schon gehört. Aber gut, nichts mehr davon, wie Sie wollen.«

Er nickte Feinäugle auffordernd zu. »Ich mache es kurz, Herr Bergmann«, übernahm Feinäugle das Gespräch. »Wir wissen, dass Ihr Bild von Jens Katzenschläger, genannt Katzi, eingeliefert wurde. Warum ließ er es versteigern und nicht Sie?«

»Das ist ganz einfach: Ich hatte ihn damit beauftragt. Ich brauche Geld.«

»Und der Kaufpreis sollte Ihnen gutgeschrieben werden?«

»Natürlich. Wem denn sonst?«

»Das hat aber dann nicht geklappt. Sehr bedauerlich für Sie, wo Sie doch Geld brauchen! Wir haben den Geldfluss überprüfen lassen und dabei eine Überraschung erlebt. Das Geld für das Bardepot von einer halben Million, das der Käufer, ein gewisser Herr Uhler, vor der Auktion hinterlegen musste, kam über zwei Stationen von einem Kölner Konto. Inhaberin des Kontos ist eine Frau Ingrid Dohmen, die uns bislang unbekannt war. Aber wissen Sie, wer das ist? Keine andere als Katzis Lebensabschnittspartnerin. Und den beiden trauen wir einfach nicht. Sie müssen befürchten, dass unser Freund Katzi den Erlös nicht an Sie überweist, sondern an Frau Dohmen. Das hat er schon nach mehreren Auktionen getan. Sie werden das Geld wohl nicht bekommen.«

Gunno rührte sich nicht und starrte wieder an die Decke. Feinäugle ließ eine Weile verstreichen. Dann redete er Klartext: »Fest steht, dass Ihr Bild nicht verkauft wurde, es war nur das Objekt einer Scheinauktion. Es wurde nur Geld im Kreis herumgepumpt. Um das Bild ging es gar nicht, sondern um schmutziges, schwarzes Geld, mit dem man bei einem Scheinkauf bezahlt, damit es sauber wird. Einen anderen Zweck hat diese Aktion gar nicht gehabt. So absurd ist unsere Welt dann doch nicht. Ich wiederhole also meine Frage: Wie ist Ihr Bild in Katzis Besitz gelangt?«

»Ich habe es ihm verkauft. Ich brauchte Geld.«

»Na dann ist ja alles in Ordnung«, sagte Feinäugle, als würde er sich über die Antwort freuen.

»Oder es wäre in Ordnung«, setzte Kupfer ein, »wenn da nicht in den letzten fünf Jahren ein paar Auktionen stattgefunden hätten, die, zusammen betrachtet, einen recht merkwürdigen Eindruck machen. Für die Echtheit dieser Bilder bürgt ein und derselbe Experte, ein Herr Dr. Schimmelpfennig aus Köln. Kennen Sie ihn persönlich?«

Keine Antwort. Nur ein nervöses Zucken der Mundwinkel.

»Der Mann scheint vielseitig und fleißig zu sein, und dagegen wäre nichts einzuwenden. Wahrscheinlich kennen Sie ihn ja doch. Was uns aber an diesen Auktionen absolut nicht gefallen will, sind die Einlieferer und Käufer. In diesen Rollen haben sich nämlich die Herren Uhler und Katzenschläger mit einem Herrn Normann – also mit Ihnen! – abgewechselt. Und im Hintergrund steht eine hochspezialisierte Kreditanstalt namens Artcredit, die die fröhlich sprudelnde Geldquelle der Käufer ist, gleichzeitig aber auch der große Topf, in den alles auf wunderbare Weise wieder zurückfließt. Und diesen Geldkreislauf haben Sie in doppelter Weise in Schwung gehalten, einmal als Lieferant von Fälschungen, die zum Schein verkauft wurden, und dann als Käufer oder Einlieferer im Auftrag von Artcredit. Seltsamerweise gaben Sie alle drei vor, für anonyme ausländische Auftraggeber zu handeln, damit sich das Finanzamt nicht für die Geldquelle interessiert. Kurz gesagt, es geht um folgende Delikte: Verletzung des Urheberrechts, gewerbs- und bandenmäßiger Betrug sowie Geldwäsche. Ich sage Ihnen, der geniale Verteidiger, der Sie da heraushauen kann, muss erst noch geboren werden.«

»Wenn Sie alles so genau wissen, dann frage ich mich, warum Sie hier sind?«, fragte Gunno sarkastisch.

»Weil das nur die halbe Geschichte ist. Das ist alles nur der Hintergrund, und den haben weitgehend unsere Kollegen vom LKA geklärt. Wir aber gehören zur Mordkommission, und unsere Fälle sind noch völlig ungelöst.«

»Halt, doch nicht ganz, Kollege Kupfer, was sagst du da?«, widersprach ihm Feinäugle. »Wir haben doch die DNA-Analysen von den Handschuhen und den Proben im Büro. Wer an den Tatorten war, wissen wir doch. Wir müssen doch nur noch die Zeiten klären.«

Gunno richtete sich leicht auf und sagte: »Da sind Sie bei mir an der falschen Adresse. Ich habe Ihnen doch schon gesagt, dass ich an dem fraglichen Wochenende in München war.«

»Waren Sie auch. Wir haben das überprüft.« Kupfer machte eine Pause.

»Aber dann dürfte doch alles klar sein«, stieß Gunno ungeduldig aus.

»Eben nicht. Was Sie uns angegeben haben, stimmt leider nicht ganz. Ihr Freund Koslowski und seine Gäste haben zwar Ihren Aufenthalt in München und am Starnberger See bestätigt, meinten aber, Sie seien schon am Sonntag während des Brunchs zurückgefahren, vierundzwanzig Stunden eher, als Sie uns angegeben haben. Und der Brunch begann schon zwischen zehn und elf. Wissen Sie, die Umstände von Frau Reicherts Tod sind so schwierig, dass unsere Forensiker einfach nicht genau feststellen können, um welche Zeit sie zu Tode kam. Das kann am Sonntagnachmittag um zwei herum gewesen sein, möglicherweise aber auch erst um drei oder gar um vier, jedenfalls zu einem Zeitpunkt, zu dem Sie durchaus in Böblingen hätten sein können.«

»Ich war aber nicht in Böblingen.«

»Wo Sie gewesen sein wollen, werden wir schon noch überprüfen. Zunächst aber gibt es noch ein anderes Verdachtsmoment. Frau Reichert muss ihren Mörder gut gekannt haben. Sie hat ihm vertraut und sie mochte ihn. Sie hat ihn selbst hereingelassen und allem Anschein nach wollte sie sogar etwas für ihn kochen. Und das schränkt den Kreis verdächtiger Personen erheblich ein. Dass Sie einmal mit Frau Reichert zusammen waren, werden Sie ja nicht ableugnen wollen. Wels ist tot, und da will uns außer Ihnen niemand einfallen.«

»Ja, gut, ich war einmal mit der Erna zusammen. Aber das ist schon ein paar Jahre her. Und seither hatte sie was mit Wels und mit noch einem anderen. Was weiß ich, wie viele Beziehungen sie hatte. Bei der ist doch nie einer lange geblieben. Als ich mit ihr zusammen war, hatte sie ja gleichzeitig was mit Wels. Deswegen ging das auseinander. Nein, zwischen uns war schon lange nichts mehr. Da irren Sie sich gewaltig.«

»Das überzeugt mich nicht. Vielleicht haben Sie in letzter Zeit diese alte Geschichte wieder aufgefrischt. Könnte doch sein, oder? Und vor allem hätten Sie auch ein Motiv gehabt. Es war ja auch in Ihrem Interesse, dass alles vertuscht wird: Ihre Fälscherei und das, was wir mal die Vermarktung Ihrer Werke nennen wollen. Es ist doch ganz offensichtlich, warum Erna Reichert ermordet wurde. Sie hätte vielleicht alles aufgedeckt.«

Gunno saß nun aufrecht, auf seinen gesunden Arm gestützt. Sein Kinn zitterte. »Hören Sie, glauben Sie mir, ich habe Erna nicht umgebracht. Ich bin nicht gewalttätig. Ich kann niemandem etwas antun, und schon gar nicht meiner ehemaligen …« Er suchte nach Worten. »Ich bin nicht so einer. Wofür halten Sie mich denn?«

»Wenn wir das wüssten, wären wir nicht hier«, sagte Feinäugle trocken. »Wir wissen von Ihnen nichts, als dass Sie zu einer Betrügerbande gehören, die Geldwäsche betreibt. Und wir müssten blind sein, wenn wir nicht sehen würden, dass wegen dieser krummen Geschäfte zwei Menschen umgebracht wurden.«

»Ja, ja, ja, ja«, schrie Gunno gequält, »ich bin ein Fälscher, ich habe bei Scheinauktionen mitgemacht. Aber ich bin nicht gewalttätig. Ich bin kein Mörder.«

»Wo waren Sie denn an dem Sonntagnachmittag, als Sie von München zurückgekommen waren?«

»In meiner Wohnung. Ich habe mich ins Bett gelegt. Ich hatte die Nacht vorher kaum geschlafen.«

»Und wo ist Ihre Wohnung? Sie sind nirgends gemeldet.«

»Doch. In Stuttgart – in Bad Cannstatt.«

Feinäugle schüttelte den Kopf. »Aber nicht mit Ihrem richtigen Namen. Sonst hätten wir Sie längst gefunden. Wie nennen Sie sich denn jetzt?«

»Gerhard Gutbrod.«

»Schöner Name, aber leider noch ein weiterer Fall von Urkundenfälschung oder sogar Passvergehen«, stellte Feinäugle betont sachlich fest.

»Sie haben natürlich keinen Zeugen dafür, dass Sie sich an diesem Nachmittag ausgeschlafen haben?«, schaltete sich Kupfer wieder ein.

»Doch. Meinen Mitbewohner. Matthias Uhler.«

»Und Sie meinen ernsthaft, dass wir Herrn Uhler als glaubwürdigen Zeugen akzeptieren? Ausgerechnet Herrn Uhler, der noch öfter als Sie an den Auktionen beteiligt war? Herr Bergmann, dieses Alibi ist ebenso wenig wasserdicht – komisch, dass mir gerade dieses Wort einfällt – also ebenso wenig wasserdicht wie die Geschichte von Ihrer schnellen Fahrt von Augsburg nach Stuttgart-Vaihingen zu Gundula Vogts Party.«

Gunno hatte sich nicht mehr in der Hand. Bei Kupfers letzten Worten biss er so stark auf die Zähne, dass sich seine Wangenmuskulatur spannte.

»Wir hatten ja bereits angekündigt, dass wir uns diese Fahrt von Ihnen erklären lassen wollten. Wie fährt man denn nun in anderthalb Stunden von Augsburg nach Stuttgart-Vaihingen, während andere Autofahrer kurz vor Merklingen über zwei Stunden im Stau stehen?«

Gunno wusste hierauf nichts zu sagen.

»Nach Aussage von Herrn Tauscher, die wir natürlich überprüft haben, kamen Sie gegen zehn Uhr allein im Hause Vogt an – Ihre ›Begleiterin‹ war schon vorher gekommen – und erzählten die Geschichte von Ihrem Kunden in Augsburg und der rasanten Fahrt nach Stuttgart, die aber an diesem Abend nicht stattgefunden haben kann. Und es würde uns sehr überraschen, wenn es diesen Augsburger Kunden tatsächlich geben würde. Damit stehen Sie außerdem in Verdacht, einen Brandanschlag auf Tauschers Atelier in Maichingen verübt zu haben. Auf die Methode mit der Putzwolle und dem Leinöl kommt ja nicht jeder. Das fällt nur jemandem ein, der mit Leinöl umgeht. Und mindestens das können Sie nicht abstreiten.«

»Was heißt hier außerdem?«, fragte Gunno alarmiert.

»Das fragen Sie noch? Außer dem Mord an diesem Sonntagnachmittag.« Die beiden Kriminalbeamten warfen sich einen Blick zu und verließen grußlos das Krankenzimmer.

Gunno schrie: »Aber hören Sie, Sie können doch nicht einfach …«

Mehr verstanden Feinäugle und Kupfer nicht mehr. Die Tür des Krankenzimmers war so gut wie schalldicht.

6

Auf dem Böblinger Marktplatz tobte das volle Leben. Es war Samstagabend, und trotz des kühlen Wetters wirbelte das Stadtfest eine unüberschaubare Menschenmenge durcheinander. Sie kamen vom Elbenplatz und der Seetreppe herauf, drückten sich an den Marktständen entlang durch die Pfarrgasse heran, stiegen die Treppe vom Kinderrummelplatz hinter der Stadtkirche herunter und standen an den unzähligen Verpflegungsständen um den Marktplatz herum in langen Schlangen um Bier, Wein, Wurst, Steak, Kaffee, Kuchen, Brezeln, Lángos und wer weiß noch was an.

Junge Paare mit kleinen Kindern, ältere Leute zu zweit oder in kleineren Gruppen, schwarzweiß uniformierte junge Türken in sechs bis zehn Mann starken Gruppen, junge Pärchen, halbwüchsige Mädchen, die sich zu dritt oder viert aneinander festhielten, und dazwischen der eine oder andere Einzelgänger, der dem Treiben scheinbar unbeteiligt zusah, füllten das Pflaster um die Biertische herum, die unter weißen Sonnenschirmen die größte Fläche des Platzes einnahmen.

Tauscher und Helene hatten lauernd am Rand gestanden und darauf gewartet, dass an einem der Tische Platz genug frei würde, dass sie, ohne zu viel Tuchfühlung mit wildfremden Leuten aufnehmen zu müssen, ein Bier genießen könnten. Helene belegte den Platz, während Tauscher sich um Bier anstellte. Er war kaum einen Augenblick weg, da ergab sich Helene gegenüber eine Veränderung: Zwei junge Leute hatten ausgetrunken und gingen weg, ein älteres Ehepaar nahm ihren Platz ein. Und auch bei diesem Paar war die Rollenverteilung dieselbe: Sie hielt die Stellung, während er die Verpflegung heranzuschaffen hatte.

Auf der Bühne, die zur Pfarrgasse hin aufgebaut war, begann eine Rockband ihren Soundcheck und stellte eine technische Störung fest, was Helene nur recht war. Sie hoffte, dass sie in Ruhe ihr Bier trinken konnten, ehe die Band mit ihrer Lautstärke die Getränke in den Gläsern zum Überschäumen bringen würde.

»Muss das denn sein?«, sagte sie laut vor sich hin.

»Ohne diesen Saukrach geht es anscheinend nicht«, sagte ihre Nachbarin, und sie lächelten einander freundlich zu.

Tauscher kam mit zwei Glas Weizenbier zurück. »Soll ich auch gleich noch etwas zum Essen holen?«

»Ich weiß nicht«, sagte Helene. »Ich befürchte, es wird sehr laut hier.«

»Okay, warten wir es einmal ab. Wir könnten immer noch zu den Türken hinterm Rathaus gehen. Da ist es wenigstens nicht ganz so laut.«

Sie stießen miteinander an und nahmen den ersten Schluck.

»Zum Wohl«, sagte die freundliche Nachbarin.

Tauscher schaute in die Runde und stieß Helene plötzlich an. »Siehst du den dort drüben? Den mit den zwei Bier? Den kennen wir doch.«

»Klar«, sagte Helene. »Das ist der Kupfer.«

»Das ist mein Mann«, sagte ihre Nachbarin lachend.

Kupfer bugsierte die beiden vollen Biergläser mit solcher Konzentration durch die Leute durch, dass er Tauscher erst bemerkte, als er sie abgestellt hatte.

»Hallo, Herr Tauscher«, sagte er überrascht. »Mitten in der Masse trifft man sich wieder. Guten Abend! Ich hatte doch vorher schon das Gefühl, dass ich diese Frau hier eigentlich kennen müsste.« Er schaute Helene an. »Schlechtes Personengedächtnis für einen Kriminaler, werden Sie sagen. Aber Sie waren ja nicht meine Zielperson.«

»Aber mein Mann doch hoffentlich auch nicht«, konterte Helene.

»Nein, aber doch ein merkwürdiger Zeuge, wenn ich so sagen darf.«

»Sie dürfen, Sie dürfen«, sagte Tauscher freundlich ausgelassen und stellte sich Kupfers Frau vor. »Was ist eigentlich aus unserem Fall inzwischen geworden? Darf ich Sie das fragen?«

»Sie dürfen, Sie dürfen«, imitierte ihn Kupfer. »Nur darf ich Ihnen nicht alles sagen, weil wir uns in einer ziemlich heißen Ermittlungsphase befinden. So viel kann ich Ihnen allerdings verraten: Ihr Studienkollege Gunno Bergmann ist verhaftet.«

»Aber der hat doch nicht etwa den Wels totgeschlagen?«

»Nein, der nicht. Aber garantiert ist er der gesuchte Leinöl-und-Putzwolle-Spezialist, wenn er es auch noch nicht gestanden hat.«

»Ich hatte ihn ja auch im Verdacht, aber es fiel mir schwer, das zu glauben. Der Gunno, einer, den man vom Studium her kennt, und der will einem die Bude abfackeln«, sagte Tauscher und schüttelte verständnislos den Kopf.

»So ein Dreckschwein«, stieß Helene hervor. »Hoffentlich sitzt er lange dafür.«

»Das kann man noch nicht sagen. Bis da alles für die Anklageschrift beieinander ist, kann noch viel Wasser den Bach hinunterlaufen. Aber ich hoffe, wir werden in den nächsten Wochen ein gutes Stück weiterkommen.«

Sie unterhielten sich über die Ereignisse und setzten dabei Marie Kupfer ins Bild. Kupfer musste natürlich den Zettel von Wels' Schreibtisch erwähnen, der auf seltsame Weise, wie er sagte, in Tauschers Besitz gelangt war. Tauscher parierte spaßhaft mit seinem Hinweis auf seine Unterstützung der staatlichen Ordnungskräfte beim Ausladen größerer Kunstgegenstände. So blieb es nicht bei nur einem Bier. Sie blieben etwas länger sitzen, waren froh, dass die Rockband technische Probleme hatte, und unterhielten sich gut.

Inzwischen war es dunkel geworden. Die Beleuchtung der Stände warf diffuses Streulicht unter die Sonnenschirme. Hell war es nicht, schuf aber eine gemütliche Atmosphäre zum Reden und Trinken. Und noch immer war es ein ständiges Kommen und Gehen um sie herum.

Auf einmal blieb Kupfer mitten im Satz das Wort im Halse stecken und er bekam einen stechenden Blick.

»Was ist?«, fragte Marie.

Wortlos legte Kupfer seinen Geldbeutel auf den Tisch und zog ein Passbild heraus.

»Mein Gott«, klagte Marie. »Nicht schon wieder!«

Tauscher und Helene verstanden zunächst gar nichts.

»Andere Männer haben Fotos von ihrer Frau im Geldbeutel. Meiner trägt die Fotos von Zielpersonen mit sich herum.«

»Verdammt, das ist er«, sagte Kupfer, steckte das Foto weg und griff nach seinem Handy. »Genau der, der uns für unseren Fall fehlt«, bemerkte er zu Tauscher hin. »Das ist schon eine unverschämte Frechheit, dass der sich überhaupt in diese Gegend traut.«

Am übernächsten Tisch hatten sich vier Männer in Motorradkleidung niedergelassen. Sie sprachen miteinander, bis zwei von ihnen aufstanden, um Verpflegung zu holen.

»Statt Pferdeschwanz nun Bürstenhaarschnitt. Gut gemacht, aber nicht gut genug«, sagte Kupfer vor sich hin. Er rief eine Streife an. »Zielperson sitzt am Biertisch mitten auf dem Marktplatz … über die Pfarrgasse und über die Untere Gasse … wir bleiben in Verbindung … behalte ihn im Auge …«

Mit der freien Hand hielt er sich das andere Ohr zu und blieb so sitzen. Die beiden Paare, die sich eben noch so heiter und angeregt unterhalten hatten, saßen plötzlich starr und stumm an ihrem Tisch. Nur Helene versuchte, sich nach Kupfers Zielperson umzudrehen.

»Nicht«, zischte Kupfer und machte eine abwehrende Handbewegung.

»ZP steht auf und bewegt sich Richtung Pfarrgasse. Gehe ihr nach.«

Gerade in dem Moment, als Kupfer mit dem Handy am Ohr und Blick auf Uhler gerichtet aufstand, schaute dieser zurück, und ein Sekundenbruchteil Augenkontakt mit Kupfer zeigte ihm, dass er erkannt war. Warum Uhler aufgestanden war, konnte niemand wissen. Dass er sich aber jetzt so schnell wie möglich absetzen wollte, war klar. Er schlängelte sich schnell zwischen den Tischen durch, er drückte sogar eine junge Frau mit einer energischen Armbewegung einfach auf die Seite. Proteste wurden laut, ohne ihn aber zu beeindrucken oder gar zu bremsen. Und in Nullkommanix war er hinter der Bühne verschwunden.

»ZP hat mich bemerkt, setzt sich durch die Pfarrgasse Richtung Poststraße ab.«

Kupfer wollte etwas zu Tauscher sagen. Der aber war längst aufgestanden und schlängelte sich geschickt durchs Publikum. Kupfer versuchte, ihn einzuholen, kam aber schlecht voran, weil er immer das Handy am einen Ohr hatte und das andere zuhalten musste, um verstehen zu können, was ihm der Streifenpolizist sagte.

Tauscher hetzte an der Bühne vorbei und streckte den Hals. Er hatte Uhler verloren. So schnell es ging, bewegte er sich Richtung Poststraße voran, sah sich aber nach wenigen Metern einer Wand aus dicht gedrängten Rücken gegenüber. Er hörte Geschrei und Geschimpfe, italienisches Geschrei, türkisches Geschrei und deutsches Geschimpfe. Er schnappte Ausdrücke und Satzfetzen auf wie brutaler Idiot, Arschloch, rücksichtsloser Rüpel, ich hau dir eine auf die Fresse, du entschuldigst dich und zahlst das alles, sonst polier ich dir die Eier. Als er einen sagen hörte: »Du meinst wohl, du bist stark, weil du Motorrad …« – mehr brauchte er gar nicht zu verstehen – war ihm klar, dass Uhlers hektische Flucht hier ein plötzliches Ende genommen hatte. Er schaute sich nach Kupfer um, der ihn einholte und immer noch das Handy am Ohr hatte. Er winkte ihn herbei. »Ende der Flucht. Die haben ihn am Wickel.«

»Bleiben Sie mal dran«, sagte Kupfer zu Tauscher und reichte ihm das Handy. Dann zog er seinen Dienstausweis aus der Tasche und verschaffte sich Zugang zum Zentrum des Geschehens.

»Wenn du noch einmal trittst, drück ich dir den Hals zu«, sagte der Türke, dessen starker Unterarm an Uhlers Hals lag. Zwei weitere Männer hielten Uhler auf beiden Seiten fest. Offensichtlich war Uhler von einer Gruppe türkischer Frauen aufgehalten worden, die genau vor einem italienischen Stand mit kalabresischen Spezialitäten ein Schwätzchen gehalten hatten. Eine von ihnen musste er so rücksichtslos auf die Seite geschubst haben, dass sie in den Stand hineingetorkelt war und einen kleinen Tisch mit Olivengläsern umgeworfen hatte.

»Der gehört mir! Kriminalpolizei!«, sagte Kupfer und zeigte seinen Dienstausweis herum. »Tun Sie ihm nichts, aber halten Sie ihn noch einen Moment fest. Ich habe keine Handschellen dabei. Die Streife ist gleich da.«

Johlendes Geschrei: Das erste Mal in langen Dienstjahren erntete Kupfer bei einer Verhaftung Applaus. Dann öffnete sich die Menge und zwei Streifenpolizisten betraten die Szene. Kupfer brauchte sich nicht auszuweisen; sie kannten ihn.

»Festnehmen und einsperren. Der Haftbefehl liegt schon ein Weilchen bei mir herum«, fasste Kupfer sich kurz. »Herr Uhler, um Sie kümmere ich mich dann am Montag. Sie versauen mir kein zweites Mal ein Wochenende«, sagte er zu dem Verhafteten, der noch nicht ganz zu begreifen schien, dass es mit seiner Freiheit vorbei war.

Dann drehte er sich zu Tauscher um. »Jetzt gehen wir noch was essen.«

7

»Herr Kupfer, vorher hat das Katharinenhospital angerufen«, meldete Paula.

»Aha!«

»›Herr Bergmann, einer unserer Patienten, möchte gern die Herren Feinäugle und Kupfer sprechen‹, sagte die Krankenschwester am Telefon. Es sei dringend.«

»Er möchte gern? Kannst du dir das vorstellen?«, wandte sich Kupfer an Feinäugle.

»Genauso gern, wie er vor mir hergespurtet ist«, sagte Feinäugle grinsend.

»Sollen wir gleich hin?«

»Also ich kann jetzt nicht weg. Unmöglich. Ich muss noch einen Bericht abschließen.«

»Und ich würde seine Aussage gerne noch ein bisschen ausreifen lassen.«

»Dann sind wir uns ja einig. Heute Nachmittag?«

»Ja, nicht eher. Und ohne Ankündigung.«

»Ich soll dann nicht zurückrufen?«, fragte Paula Kußmaul, obwohl sie die Antwort wusste. Und sie bekam auch keine.

»Das ist aber nicht nett, wie Sie mit dem Patienten umgehen«, kommentierte sie mit erhobenem Zeigefinger.

»Mit dem Delinquenten, bitte. Erst wollte er nicht, jetzt wollen wir nicht gleich.«

»Können wir nicht gleich«, korrigierte ihn Feinäugle.

»Aha!«, sagte Paula Kußmaul.

Als die Kriminalbeamten ins Krankenzimmer kamen, saß Gunno in der Trainingshose auf der Bettkante und grüßte freundlich. Sein rechter Arm steckte in der Trainingsjacke, die lose über seiner lädierten Schulter hing.

»Es freut uns, dass es Ihnen bessergeht. Sie wollten uns sprechen?«

»Ich halte es nicht aus, ich kann nicht mehr schlafen, weil Sie mich für einen Mörder halten. Das war ich nicht. Ich hab das Ding mit dem Leinöl gedreht, aber das ist alles. Wirklich alles«, überschüttete Gunno die beiden mit einem Redeschwall.

»Nicht so viel auf einmal. Langsam, langsam«, sagte Kupfer und legte den Recorder bereit.

»Es war so: Tauscher war in Köln gewesen und hatte so getan, als wollte er eine Fälschung versteigern.«

»Das wissen wir. Wir würden aber gern erfahren, warum Sie ihm fast das Atelier angezündet haben, nur weil er sein Bild wieder mitnahm.«

»Das kann ich Ihnen erklären. Schimmelpfennig und Katzenschläger wussten, dass die Rothkos von Tauscher stammten. Und als Tauscher sich bei Katzi meldete, wollten sie ihn natürlich testen. Was Tauscher wirklich interessierte, wäre nicht aufgefallen, wenn er offen gefragt hätte, wie das mit den Rothkos gelaufen war. Aber er erwähnte sie mit keiner Silbe. Und als er dann auch noch sein Bild wieder mit nach Hause nahm, war ihnen klar, dass er sie ausspioniert hatte. Ich sollte ihm eben einen Denkzettel verpassen.« Es klang so harmlos, als hätten sie ihn Bier holen geschickt.

»Und das hieß, dass Sie sein Haus anzünden sollten?«, rückte Kupfer die Sache ins rechte Licht.

»Nein, aber ich stand unter Druck. Wels war tot, Erna war umgebracht worden, ich hatte keine Ahnung, wer es war. Ich wusste nur, dass die andern, also Katzi, Schimmelpfennig und Uhler, dahinterstecken mussten, und hatte Angst wie noch nie in meinem Leben. Gunno, der Tauscher ist dein Job. Verpass ihm eine, dass er weiß, mit wem er es zu tun hat, haben Sie gesagt.«

»Aber nicht alle drei. Wer hat das gesagt?«

»Katzi. Und ich wusste, dass Uhler mich kontrollierte. Er wohnte ja damals bei mir.«

»Und warum kamen Sie ausgerechnet auf Brandstiftung?«

»Ich musste etwas tun und wollte doch gar nicht. Und der Trick mit dem Leinöl klappt nicht immer. Es war immer noch möglich, dass er rechtzeitig dazukommen würde oder dass jemand das Feuer rechtzeitig sehen würde. Und es hätte ja ausgesehen, als hätte er es selbst verschuldet. Er hätte doch gar nicht beweisen können, dass es Brandstiftung war.«

»Einen Moment«, unterbrach ihn Feinäugle. »Jetzt haben Sie aber ganz verschiedene Sachen gesagt. Was gilt denn nun?«

Gunno verstand die Frage nicht und schaute konsterniert drein.

»Sie sagen erstens, dass Sie möglichst wenig, wenn nicht sogar überhaupt keinen Schaden anrichten wollten. Dann aber doch wieder ein bisschen. Zweitens, dass es Ihnen darum ging, dass Tauscher die Brandstiftung nicht hätte beweisen können, was logischerweise und drittens ganz in Ihrem Interesse war.«

Gunno nickte heftig mit dem Kopf. »Ja, so war's, genauso. Ein Denkzettel, nicht ein Mord oder so was.«

»Was Ihnen am wichtigsten war, wird das Gericht klären. Schildern Sie uns bitte den Tathergang.«

»Ich wurde von einer Bekannten, Elke Haberer, eingeladen, zu Gundula Vogts Geburtstagsparty mitzukommen. Ich wusste ja von früher, dass Frau Vogt Tauschers Schwägerin ist. Damit stand der Zeitpunkt für die Aktion fest. Ich fuhr gegen acht nach Maichingen und stellte mein Auto so ab, dass ich die Einmündung der Weilderstädter Straße in die Darmstädter überblicken konnte. Ich musste gar nicht lange warten, da konnte ich schon beobachten, wie sie wegfuhren. Dann bin ich erst noch eine gute Stunde herumgefahren, bis gegen neun Uhr. Und dann bin ich los. Ich hatte die Putzwolle und zwei Liter Leinöl im Rucksack. Wer mich vorher gesehen hat, musste mich für einen Wanderer halten. Auf den Feldern war niemand mehr, und da war es dann ganz leicht: Handschuhe anziehen, Scheibe eindrücken, Putzwolle auf eine Plastikfolie legen, Leinöl drüber, und dann rein damit. Dann habe ich mich umgezogen und bin zu dieser Party gefahren.«

»Es war doch sehr warm an diesem Abend. Da mussten Sie doch eigentlich damit rechnen, dass sich Ihr Brandsatz schnell entzündet.«

»Ich hatte es nicht ausprobiert. Ich weiß es nicht. Ich sage Ihnen, ich bin ganz froh, dass es nicht geklappt hat.«

»Dass Sie inzwischen darüber froh sind, glaube ich Ihnen wohl.«

»Nein, damals schon. Ich kannte doch Tauscher schon, als wir noch studierten. Er ist ein netter Kerl. Ich mochte ihn immer.«

»Was wäre denn passiert, wenn Sie sich geweigert hätten, Tauscher den sogenannten Denkzettel zu verpassen?«

Gunno machte eine hilflose Handbewegung. »Ich weiß es nicht. Ich hatte Angst.«

»Wovor?«

»Vor Uhler. Ich weiß, dass er brutal werden kann. Und ich hatte Angst, dass sie mich rausschmeißen, dass sie mir meine Bilder nicht mehr abnehmen oder dass sie mich hochgehen lassen.«

»Sie hatten Angst davor, wieder als kleiner Restaurator für irgendwelche geizigen Galeristen Bilder flicken zu müssen«, sagte Kupfer scharf.

Gunno nickte verlegen.

»Seit wann haben Sie für Wels gearbeitet?«

»Das fing vor zehn Jahren an. Vorher hatte ich ab und zu mal ein Bild verkauft. Aber ich lebte von wechselnden Jobs, und manchmal machte ich Restaurierungsarbeiten für verschiedene Galerien. Und dann stellte ich mit anderen zusammen in der Städtischen Galerie in Sindelfingen aus. Wels hat damals irgendwie erfahren, dass ich mich auf altmeisterliche Techniken verstehe und hat mich deshalb gefragt, ob ich nicht für ihn ab und zu etwas machen wollte. Und so ging das los.«

»Und was haben Sie gemacht? Kopien? Fälschungen?«

»Beides.«

»Auch Signaturen gefälscht?«

Gunno schaute vor sich nieder und nickte. »Manchmal auch da, wo gar keine hingehörten. Wels verlangte das, weil manche seiner Kunden es so wollten.«

»Und wie hat er Sie bezahlt?«

»Ich bekam immer ein Drittel. Lange Zeit lief das alles sehr gut. Ab und zu habe ich etwas direkt verkauft, meistens Kopien. Es ging mir sehr gut. Bis sich Wels dann mit den Kölnern eingelassen hat.«

»Wann war das?«

»Ungefähr vor fünf Jahren. Wir hatten damals gerade das Atelier unterm Magazin eingerichtet, und Wels meinte, nun müssten wir doch wirklich ans große Geld herankommen. Zufällig traf ich in derselben Zeit Katzi auf einer Ausstellung und bekam von ihm den Tipp mit den Scheinauktionen.«

»Wer organisierte die Scheinauktionen? Hahn & Keller?«

»Die Geschäftsleitung von Hahn & Keller weiß nichts davon. Die wissen nur, dass Schimmelpfennig mit Katzi und seiner Frau zusammen die Artcredit betreibt und beauftragen sie mit Transportversicherungen.«

»G 175 000«, erinnerte Feinäugle leise an Tauschers Ergänzung von Wels' letzter Aufstellung.

»Wie wir aus zuverlässiger Quelle wissen, ließen Sie sich als Einlieferer und als Bieter engagieren und kassierten fünf Prozent vom Umsatz.«

Gunno sagte nichts dazu, machte aber ein überraschtes Gesicht.

»Und Sie haben auch bei der Versteigerung der Rothko-Fälschungen den Einlieferer gespielt?«

Gunno nickte.

»Dann wären Sie hundertfünfundsiebzigtausend Euro reicher, wenn Wels seine sogenannten Gebühren bezahlt hätte. Kann das nicht ein Grund sein für eine gewalttätige Auseinandersetzung?«

»Ich war doch in München. Ich kann es nicht gewesen sein.«

»Wer dann? Katzi, Schimmelpfennig oder Uhler?«

»Katzi und Schimmelpfennig waren nicht hier.«

»Also Uhler?«

Gunno antwortete nicht direkt, sondern holte weit aus: »Uhler arbeitete mit im Atelier. Er mischte die Farben an, machte Grundierungen, hinterklebte Leinwände, setzte die unteren Farbschichten. Er half mir bei den alten Sachen. Aber er machte auch seine eigenen Kopien. Von ihm stammte der Klee. Wels wollte ihm dafür aber nichts bezahlen, weil Tauscher ihm erklärt hatte, dass er ihn nicht verkaufen könnte. Er hängte ihn zwar bei sich auf, aber er vertröstete Uhler immer wieder, wenn er nach der Bezahlung fragte. Und da muss es wohl einen handfesten Streit gegeben haben.«

»Wie verhielt sich denn Uhler, als Sie von München zurückkamen?«

»Er war gar nicht da.«

»Aber Sie sagten doch, er könne bezeugen, dass Sie sich an diesem Sonntag ausgeschlafen haben?«

»Er war nicht da«, wiederholte Gunno. »Er war in Ehningen und hat sich um seine Sachen gekümmert. Das war ja erst zwei Tage, nachdem er Wasser in seiner Wohnung gehabt hatte. Da hatte es doch hier das Unwetter gegeben.«

»Und danach hat er sich bei Ihnen einquartiert?«

»Ja. Aber er war oft weg. In Köln und sonstwo. Manchmal auch bei Erna.«

»Wollen Sie damit sagen, dass Uhler ein Verhältnis mit Erna Reichert hatte?«

»So genau weiß ich es nicht. Wahrscheinlich. Er besuchte sie immer wieder.«

»Eines ist mir noch nicht klar«, übernahm Feinäugle das Gespräch. »Nach allem, was Sie geschildert haben, muss Wels doch viel Geld verdient haben. Wieso war er dann bankrott?«

»Er war hoch verschuldet, weil er so groß gebaut hatte. Und er war ein Autonarr. Er hatte doch alle diese Oldtimer. Und vor allem hat er einige Bilder durch Scheinauktionen laufen lassen, die er hinterher nicht losgekriegt hat. Für diesen Markt war er nicht gerissen genug. Er hat es immer wieder versucht, aber ohne Erfolg. Und da ist dann ein ganzer Berg Schulden aufgelaufen. Die Artcredit setzte ihn unter Druck. Und als dann auch noch ein Sammler herausgefunden hat, dass Wels ihn jahrelang betrogen hatte, musste er ihm sehr viel Geld zurückzahlen.«

»Woher wissen Sie das?«

»Von Uhler, und der wusste es von Erna. Und dann kam noch der Flop mit Tauschers Rothko-Fälschungen. Das hat ihm den Rest gegeben.«

»Sollte Uhler bei Wels Geld eintreiben?«

»Das weiß ich nicht. Vielleicht. Es wäre möglich. Die Verbindung nach Köln lief ja über ihn.«

»Wie kam Uhler denn zu Wels?«

»Er ist einer aus der Kölner Szene. Er wurde ihm vor ein paar Jahren von Katzi empfohlen. Und ich war froh, dass mir einer zur Hand ging. Aber nicht immer. Er war oftmals ein paar Tage weg, in Köln und anderswo. Ich weiß nicht, was er alles gemacht hat. Das hat mich nicht so interessiert.«

»Und was hat Sie interessiert?«

»Was ich gelernt habe: Malen, Kopieren«, sagte er ganz offen.

»Fälschen?«, hakte Kupfer nach.

Gunno reagierte nicht.

»Was passierte denn mit all den Fälschungen, die die Artcredit an sich selbst verkaufte?«, schnitt Feinäugle ein neues Thema an.

»Katzi hat sie aufbewahrt, und nach ein paar Jahren hat man sie dann im Auftrag eines anonymen ausländischen Anbieters wirklich verkauft. Damit haben sie zweimal Geld gebracht.«

»Gut«, sagte Kupfer. »Weitere Fragen haben wir im Moment nicht. Ihre Offenheit wissen wir zu schätzen. Sie wird sich positiv auswirken. Wir wünschen Ihnen gute Besserung.«

8

Auf dem Tisch lagen drei durchsichtige Tütchen, die dem Augenschein nach leer waren, daneben ein dünner weißer Baumwollhandschuh.

»Ich sage nichts ohne meinen Anwalt«, sagte Uhler heiser.

»Das haben wir uns schon gedacht«, sagte Kupfer in heiterem Plauderton. »Deswegen werde ich Ihnen jetzt erklären, warum ein Haftbefehl gegen Sie vorliegt. Ich darf Sie zunächst mit diesen Utensilien hier vertraut machen. Dieses hier«, er hob den Handschuh hoch, »ist, wie Sie selbst sehen, ein Handschuh. Wir fanden ihn im Untergeschoss des Magazins von ›Möbel- und Antiquitäten-Wels‹, einem Betrieb, den Sie ja gut kennen. – Nein, Sie brauchen wirklich nichts zu sagen. – Diese Klarsichthülle enthält ein langes blondes Haar, das wir in einem roten Sturzhelm fanden, der am Lenker einer abgestellten BMW hing. Da hatten wir übrigens großes Glück. Den Helm hatte es nämlich vollgeregnet und dann war er von einem Buben ausgegossen worden. Und trotzdem war dieses Haar noch drin. Es hatte sich in einer aufgeplatzten Naht des Lederfutters verfangen. Wahrscheinlich war der Helm für den letzten Träger ein ganz klein bisschen zu klein gewesen. Ich kannte Herrn Wels nicht. Aber er hat keine langen Haare gehabt, habe ich mir sagen lassen.«

Dann ergriff er mit jeder Hand eines der durchsichtigen Tütchen und hielt sie hoch. »Und die beiden sehen noch leerer aus als das mit dem Haar, aber ihr Inhalt ist genauso aufschlussreich: winzige Hautschuppen von verschiedenen Fundorten. Der hier vom Tatort Wels und der da vom Tatort Erna Reichert. Und die DNA-Analysen von all diesen Funden stimmen überein.«

Uhler starrte völlig unbeweglich auf den Handschuh.

»Den zeitlichen Ablauf haben wir auch rekonstruiert, wobei uns nur der Beginn nicht ganz klar ist. Da können Sie uns vielleicht weiterhelfen. Wels muss Sie abgeholt haben, wie er es wahrscheinlich immer tat, damit Ihr Fahrzeug nicht auf seinem Gelände herumstand. Von Ihrer Tätigkeit sollte ja niemand etwas bemerken, außer Erna Reichert, und die wusste ohnehin alles.«

»Das wäre mir neu. Woher wollen Sie denn das wissen?«

»Von Ihrem Kollegen Gunno.«

Uhler wurde weiß um die Nase.

»Sie haben an jenem Freitagnachmittag allein in der Backstube, also in Wels' Untergeschoss, an einem Bild gearbeitet.

Genauer gesagt, Sie haben eine Leinwand mit einer anderen hinterklebt. Ihr Kollege Bergmann, genannt Gunno, war zu diesem Zeitpunkt in München. Als Wels am frühen Abend über seinen Finanzen brütete, gingen Sie zu ihm hinauf und gerieten mit ihm in Streit, vermutlich wegen finanzieller Forderungen. Dabei wurde ein Bild zerstört, eine Klee-Fälschung, die Sie Wels geliefert hatten, die er Ihnen aber nicht bezahlen wollte, weil die Maße nicht ganz stimmten und das Bild viel zu bekannt ist. Wels hatte das nicht gewusst, als er es Ihnen abnahm. Er hatte es aber inzwischen von Tauscher erfahren. Sie kennen ihn ja. Es kam zu Handgreiflichkeiten, bei denen das Bild zu Bruch ging. Wels schlug nach Ihnen mit einer Skulptur, genauer gesagt mit einer Giacometti-Fälschung. Aber er verfehlte Sie. Sie aber kriegten mit Ihrer Linken die kleine Liegende von Moore zu fassen und schlugen Wels damit nieder. In Ihrem maßlosen Zorn haben Sie Ihre eigene Klee-Kopie vollends zerrissen und die Schnipsel über Wels ausgestreut. Sie hatten sich übrigens die Hände nicht sauber genug gewaschen. An den Schnipseln des Bildes fanden sich nämlich Spuren von Bienenwachs und Mastix, genau von den Materialien, mit denen Sie im Untergeschoss gearbeitet hatten. Dann verwischten Sie alle Spuren, wussten aber nicht, wie Sie schnell wegkommen könnten, weil Sie ja ohne eigenes Fahrzeug dort waren. Aber da waren zum Glück Wels' Schlüssel. Sie verschafften sich Zugang zur Garage und fuhren mit Wels' BMW über die Panzerstraße zum Böblinger Bahnhof. Wahrscheinlich nahmen Sie die S-Bahn um 19:29 Uhr und kamen in Ehningen um 19:34 Uhr an.

Und in den nächsten achtundvierzig Stunden musste Erna Reichert sterben, weil sie über alles Bescheid wusste: über Ihre Arbeit in der Fälscherwerkstatt, wo Sie mit Bergmann zusammen aktiv waren, und ebenso über Ihre Verbindungen zu einer zweifelhaften Kölner Firma, die sich Artcredit nennt. Ihre diesbezüglichen Einsätze als Einlieferer und Bieter bei Auktionen sind uns bekannt. Wollen Sie sich jetzt zu den Vorwürfen äußern?«

»Und wann, bitteschön, soll das gewesen sein?«, tat Uhler überlegen.

»Letztes Jahr, am Freitag, dem 6. August, und dem folgenden Wochenende.«

»Gab es an diesem Freitag ein schlimmes Unwetter?«

»Ja, am Abend.«

»Wenn ich mich richtig erinnere, war ich an dem Freitagabend auf einer Ausfahrt mit dem Motorrad«, erklärte Uhler sehr ruhig. »Ich war mit zwei Kameraden zum Lochen gefahren. Kennen Sie vielleicht, bei Balingen die tollen Serpentinen den Berg hoch. Wir hatten Glück mit dem Wetter. Es fiel kein Tropfen, aber wir konnten von dort oben sehen, was für ein abartiges Unwetter hier herunterkam. Und es sah ja auf den Straßen unglaublich aus, als wir zurückkamen, all diese Zweige und Äste.«

»Dann hoffen wir mal, dass Ihre Motorradkameraden Ihre Aussage bestätigen. Vielleicht schreiben Sie uns freundlicherweise die Namen und Adressen auf.«

Uhler bekam einen Schreibblock zugeschoben. »Ich weiß nur die Namen auswendig. Wenn Sie mir mein Handy geben, bekommen Sie auch die Telefonnummern.« Uhler bekam sein Handy gereicht und schrieb die Nummern dazu. Dann wurde er abgeführt.

»Ist denn seine Speichelprobe tatsächlich schon DNA-analysiert?«, fragte Feinäugle.

»Natürlich nicht, aber das weiß er doch nicht. Bis sein Anwalt morgen aufkreuzt, möchte ich gern einen Schritt weiter sein. Feinäugle, ruf du doch bitte die beiden Motorradkameraden an.«

Er selbst fragte sofort beim Einwohnermeldeamt nach, ob Uhler im August 2010 im Einzugsbereich des Böblinger Einwohnermeldeamts gewohnt hatte. Die Antwort war positiv. Er setzte sich sofort in sein Auto und fuhr nach Ehningen. Wo die B 14 den Wald verlässt, bog er links in das Wohnviertel ein und fand zu dem Einfamilienhaus, in dessen Kellergeschoss sich Uhler bis Ende August 2010 eingemietet hatte.

Auf sein Klingeln öffnete ein sportlich wirkender, schlanker Mann Mitte vierzig. »Sind Sie Herr Burkhardt?«

»Ja, Christian Burkhardt. Was gibt's?"

Als Kupfer ihm den Grund des Besuchs nannte, bat er ihn herein. »An den 6. August letztes Jahr erinnern wir uns ziemlich genau, ich und meine Familie«, erzählte er dann. »Unser Sohn, der Kai, war beim Fußballtraining, und meine Frau und ich waren gerade einkaufen beim ›real‹ auf der Hulb. Als wir dort losgefahren sind, hat es schon richtig gegossen. Wir sind dann zum Sportplatz gefahren und haben Kai abgeholt. Auf dem Heimweg haben wir auch den Matze, also Herrn Uhler, aufgelesen. Der kam von der S-Bahn und war schon ganz durchnässt. Er war recht froh, dass wir ihn mitgenommen haben. Und dann kam die böse Überraschung, als wir hier ankamen. Unser ganzer Keller stand unter Wasser, und vor allem auch Uhlers Wohnung. Da schwamm alles. Der ganze Boden musste hinterher neu gemacht werden. Ich kann Ihnen die Rechnungen und die Korrespondenz mit der Versicherung zeigen, wenn Sie die Unterlagen sehen wollen. Das war vielleicht ein Ärger.«

»Uhler konnte dann gar nicht mehr in seiner Wohnung leben?«

»Nein. Er zog deshalb weg zu Freunden nach Stuttgart.«

»Wissen Sie, wo Ihr Mieter arbeitete?«

»Hier. Er ist doch selbständiger Grafiker. Allerdings hat er als Selbständiger wohl nicht genug verdient. Er hat nebenher in irgendeinem Betrieb ausgeholfen, einer Druckerei oder Werbeagentur, was weiß ich, so genau hat er uns das nicht gesagt. Das hat uns auch nicht interessiert. Aber als wir beim Ausräumen geholfen haben und sein kleines Wohnzimmerbüro gesehen haben, da war uns schon klar, dass er davon nicht existieren konnte und noch woanders einen Job brauchte.«

»Und wie kam er dorthin? Mit dem Motorrad?«

»Nein. Das stand die meiste Zeit hier. Er ging immer zu Fuß zum Bahnhof. Das sei sein einziger Sport, sagte er immer. Er wusste ja, dass wir joggen gehen und Kai Fußball spielt.«

»Wären Sie bereit, das auch vor Gericht auszusagen?«

»Selbstverständlich. Aber warum? Was ist mit dem Uhler?«

»Das kann ich Ihnen leider noch nicht genau sagen. Wir ermitteln noch. Ich bitte Sie um Verständnis.«

Kupfer bedankte sich und fuhr nach Böblingen zurück. Er stattete dem Haus in der Königsberger Straße, in dem Erna Reichert gewohnt hatte, einen letzten Besuch ab, um den Hausbewohnern Uhlers Foto zu zeigen.

Einige Leute sagten, sie würden sich schwach daran erinnern, ihm im Haus oder in der Siedlung begegnet zu sein. Aber nach fast einem Jahr konnten sie nicht mit Sicherheit sagen, wann und wie oft das gewesen war.

Nur Frau Schumann wollte ihn sogar am fraglichen Wochenende im Haus gesehen haben. »Där war do. Des woiß i gwieß«, sagte sie. Kupfer war froh, dass es auf diese unzuverlässige Zeugin schon gar nicht mehr ankam.

Auch Feinäugles Nachforschungen erwiesen, dass Uhler gelogen hatte. Der eine von seinen Motorradkameraden sagte, man habe auf dem Lochen eine halbe Stunde Rast gemacht, der andere wollte sofort wieder zurückgefahren sein. Sie gaben verschiedene Zeiten an und waren sich auch über den Rückweg nicht einig. Während der eine aussagte, sie seien die B 27 bis Tübingen zurückgefahren und dann über Bebenhausen und die Kälberstelle nach Böblingen gelangt, meinte der andere, man sei über Haigerloch gefahren und habe dann von Horb aus die Autobahn genommen.

Es war ganz klar, dass die beiden gedungenen Zeugen nach fast einem Jahr auf eine Befragung nicht mehr gefasst gewesen waren und die Abmachung zum Teil vergessen hatten. In ihrer Glaubwürdigkeit reichten sie nicht einmal an Frau Schumann heran.

9

Katzi saß in seinem kahlen Büro am Griechenmarkt in Köln und mampfte Kartoffelchips. Auf seinem Schreibtisch stand eine große Flasche Cola, die zweite schon an diesem Vormittag, aus der er sich immer wieder einschenkte, um die trockenen Chips hinunterzuspülen. Ohne laufend zu essen und zu trinken, bekam er seine Unruhe nicht in den Griff.

Noch nicht einmal eine halbe Stunde nach der Auktion in Stuttgart hatte Uhler ihn angerufen. Aber anstatt sofort von der erfolgreichen Versteigerung zu berichten, hatte er erzählt, dass Gunno kurz vor Beginn der Auktion den Saal verlassen hatte und seitdem verschwunden war. Er selbst, Uhler, habe mit dem Freund, der mit ihm zusammen den Preis hochgetrieben hatte, in einem Stuttgarter Club den Erfolg gefeiert. Seltsamerweise sei Gunno nicht zu ihnen gestoßen, obwohl sie sich verabredet hatten.

Katzi hatte mit Uhler abgesprochen, dass er den Erlös sofort überweisen würde und dann, nach ein paar Tagen, sobald es ihm passen würde, das Bild selbst nach Köln zurückbringen würde. Er hatte damit gerechnet, dass Gunno sich bald melden würde, schon um seinen Anteil an dem Deal zu kassieren. Aber von Gunno war nichts zu hören.

Inzwischen war der Kaufpreis für den falschen Niederländer schon auf dem Konto eingegangen. Aber Uhler hatte das Bild nicht zurückgebracht und war auch nicht zu erreichen. Es war, als hätte ihn die Erde verschluckt. Wenn Katzi ihn anrief, schien das Telefon in einer verlassenen Wohnung zu klingeln, und die Stimme aus dem Handy wiederholte immer, dass der Teilnehmer momentan nicht erreichbar sei. Und das seit Tagen.

Katzi ließ hektisch eine Handvoll Chips zwischen seinen Zähnen knirschen und griff noch einmal zum Telefon. Die Routine: Uhlers Festnetzanschluss, Uhlers Handy, Gunnos Festnetzanschluss, Gunnos Handy. Kein Kontakt. Keine E-Mail. Funkstille.

Er griff nach der Cola, goss sich nicht einmal mehr ein, sondern setzte die große Plastikflasche direkt an den Hals und ließ einen satten Viertelliter in sich hineinlaufen. Dann legte er die Hand auf seinen Magen und rülpste laut. Er stand auf und ging ans Fenster. Blicklos starrte er auf die Straße hinunter und versuchte sich vorzustellen, was schiefgegangen war.

Seinem Schreibtisch gegenüber lehnten etliche Bilder an der Wand, die man in Köln, München, Stuttgart, Basel oder anderswo durch Auktionen geschleust hatte. Nun klebten bei allen die Etiketten renommierter Auktionshäuser auf der Rückseite, und Expertisen aus der Feder Dr. Schimmelpfennigs bürgten für ihre Echtheit. Sie warteten darauf, in den nächsten zwei, drei Jahren ganz allmählich, eines nach dem andern, an verschiedenen Orten wieder dem Kunstmarkt zugeführt zu werden, um die Konten der Artcredit noch weiter aufquellen zu lassen. Sollte er sie nun alle verstecken? Aber wohin mit ihnen? So viele Bilder auf einmal in einen Banksafe zu schaffen, wäre zu auffällig. Oder sie bei Schimmi deponieren? Das wollte er nicht allein entscheiden.

Sicher war für ihn nur, dass sein Büro nicht mehr als Depot herhalten konnte. Er atmete erleichtert auf, als sich wenigstens Schimmi sofort am Telefon meldete.

»Was gibt's?«

»Hast du was von den beiden gehört?«

»Von Uhler und Gunno? Nein, wieso auch? Das läuft doch über dich.«

»Es läuft eben nicht. Das Geld ist da. Aber Uhler hat das Bild noch nicht hergebracht. Zuerst ist Gunno verschwunden, und jetzt auch er.«

»Du hast alles probiert?«

»Klar. Ich wollte dich fragen, ob ich die Ware bei dir einlagern kann.«

»Ausgeschlossen! Wenn sie kommen, dann sicher zuerst zu mir.«

»Was also dann?«

»Aktion Kaiman, und dann gehen wir einen Botero kaufen.«

»Und die Ware einfach zurücklassen?«

»Klar. Mach den Laden einfach dicht. Wird das Wetter besser, machen wir hinterher einfach weiter, wenn nicht, brauchen wir sie ohnehin nicht mehr.«

»Meine Familie?«

»Heile Familien gehen gemeinsam einkaufen; das gehört zum Familienglück.«

»Okay, sofort?«

»Würde ich schon sagen. Nach allem, was du sagst, glaube ich nicht, dass das Angebot noch lange besteht.«

»Treffpunkt auf dem Markt?«

»Wo denn sonst?«

»Dann bis dann.«

»Bis dann. Ciao.«

Das Protokoll der Telefonüberwachung erreichte Ewald Stoll keine zehn Minuten später.

»Botero ist der bekannteste Künstler Kolumbiens«, erklärte Stoll seinen Kollegen. »Aber ich glaube nicht, dass Schimmelpfennig einen Botero kaufen will. Dazu muss man kein Kapital auf die Kaimaninseln verschieben. Erhöhte Wachsamkeit auf allen Flughäfen, würde ich sagen.«

Noch am selben Abend um Viertel vor elf standen Katzi, Ingrid und Sören im Frankfurter Flughafen in einer Schlange. Das Gepäck war längst aufgegeben. Katzi und Sören hatten im Flughafenrestaurant mit Sauerbraten und Klößen von der deutschen Küche Abschied genommen. Katzi hatte seine letzte Mahlzeit in der alten Welt mit zwei Bier hinuntergespült und hoffte, dass ihm die südamerikanische Kost nicht so schwer im Magen liegen würde wie die Klöße. Ein Doppelkorn brachte ihn vollends ins Schwitzen, und trotz dieser Verdauungshilfe spürte er einen Stich im Magen, was er aber der Aufregung zuschreiben wollte. Je näher er nämlich der Passkontrolle kam, umso übler wurde ihm. Vielleicht würde er sogar noch den Finger in den Hals stecken, ehe er in den Flieger stieg.

Sören ging als Erster durch die Passkontrolle. Der Beamte lächelte ihm freundlich zu. Dann folgte Ingrid. Als Katzi sah, wie der Beamte ihr Gesicht gleich dreimal mit dem Foto im Pass verglich, stand ihm der Atem still. Aber der Beamte klappte schließlich den Pass zu und gab ihn mit einem »Dankeschön« zurück.

Ingrid machte drei Schritte zu Sören hin, dann drehte sie sich um. Der Beamte warf nur einen einzigen konzentrierten Blick auf Katzis Pass. Dann schaute er nach links und rechts, wo die Männer vom Bundesgrenzschutz standen. Ingrid hatte den Eindruck, er nickte ihnen zu. Was er zu Katzi sagte, konnte sie nicht verstehen. Sie sah nur, wie der mit offenem Mund die Augen aufriss und einen Moment in Schreckensstarre zu verharren schien. Dann drehte er um und wollte weglaufen, kam aber keine zwanzig Schritte weit. Schon hatten sie ihn eingeholt, rissen ihm die Arme auf den Rücken und legten ihm Handschellen an. Er beugte sich nach vorn und reiherte.

Ingrid nahm Sören an der Hand und ging zurück. »Das war's. Komm.«

»Mama, was hat Papa denn getan?«

Sie wusste nicht, wie sie es ihm so schnell erklären sollte.

10

Die Welt von José Luis Andrade Puig war sehr klein. Umso besser kannte er sie. Seit er vor fünfzehn Jahren als Bauarbeiter hatte aufhören müssen, weil sein Rücken nicht mehr mitmachte, war er Portier in einer kleinen Pension in der Innenstadt von Madrid. Am Ende der Calle Arenal, gleich bei der Metrostation Ópera, hing neben der Tür eines Altbaus mit ungepflegter Fassade das blaue Schild mit dem ›H‹, das auf das Hostal im ersten Stock hinwies. Es bot billige Unterkunft ohne

Frühstück an und wurde vor allem von jungen Touristen aus aller Herren Länder frequentiert, die keinerlei Ansprüche stellten und froh waren, im Zentrum ein erschwingliches Zimmer zu finden. Dass man aus den Fenstern nur in einen dunklen engen Hinterhof sah, machte den jungen Gästen nichts aus, da sie in den winzigen Räumen ohnehin nur schliefen und sich sonst frei wie die Vögel durch die Stadt bewegten.

Dort saß José Luis jahrein jahraus in einem fensterlosen Raum hinter seinem Tresen, nahm Gäste auf, kassierte ab, gab Schlüssel aus und nahm sie wieder entgegen. Er freute sich über jedes kleine Gespräch, das seine Gäste mit ihm führten, auch wenn sie sich oft mit Händen und Füßen verständlich machen mussten. Er mochte diese Rucksacktouristen, weil sie immer etwas Interessantes zu erzählen hatten. Dafür sagte er ihnen, wo die billigsten Bars waren und wie man einen schönen Tag in der Stadt zubringen konnte, ohne viel Geld auszugeben.

An Gästen fehlte es ihm nie, denn sein Neffe Jorge, der Taxi fuhr, wurde oft nach einem billigen Hostal im Zentrum gefragt. Er erkundigte sich dann telefonisch, ob bei seinem Onkel etwas frei sei, und führte ihm dann gegebenenfalls seine Fahrgäste zu.

Wenn alle Insassen das Hostal gegen Mittag verlassen hatten, ging José Luis in die Bar auf der anderen Straßenseite, wo er bei Jesús in aller Ruhe seinen Milchkaffee oder auch einmal ein Bier trinken konnte, ohne dabei seine Haustür aus den Augen verlieren zu müssen. Dort erreichte ihn der Anruf seines Neffen. Er würde ihm in der nächsten halben Stunde einen Deutschen bringen, *un tío bastante raro*, einen ziemlich schrägen Typen. Mehr könne er jetzt nicht sagen, denn er wisse nicht, wie viel der Typ verstehe. Nein, er käme nicht vom Flughafen, sondern vom Bahnhof Chamartín.

José Luis war gespannt. Trotzdem trank er gelassen seinen Kaffee und wechselte mit Jesús noch ein paar freundliche Worte. »Ich muss rüber. Jorge bringt mir einen Neuen, einen ziemlich komischen Typen. *Hasta luego.*«

Als der Gast wenig später vor ihm stand, war José Luis etwas überrascht. Er hatte einen seltsamen Rucksacktouristen erwartet, einen Punk mit Irokesenschnitt oder dergleichen, aber niemals einen Herrn über fünfzig im Nadelstreifenanzug mit Mantel und Lederkoffer. Solche Leute, das wusste doch jeder, reisten nicht mit der Bahn an, sondern wurden von Jorge und seinen Kollegen vom Flughafen Barajas direkt zu den großen schicken Hotels gebracht. Wenn man ihn in der Bar gefragt hätte, wo dieser aristokratisch wirkende Herr vermutlich wohnte, hätte er ihn dem Ritz oder dem Palace zugeordnet.

Sein Name war so kompliziert, dass José Luis ihn bat, den Meldezettel selbst auszufüllen, was der Herr ihm auch mit verständnisvollem Lächeln abnahm. Er sprach Spanisch mit starkem Akzent, gab sich aber sehr wortkarg und verschwand schnell in seinem Zimmer, das er bis zum anderen Morgen nicht verließ. José Luis hörte nur einmal undeutlich seine Stimme, als er telefonierte.

Als am nächsten Morgen die anderen Gäste alle schon ausgeflogen waren, kam der mysteriöse Fremde auf ihn zu und bat ihn, er möge ihm aus einer Bar einen Milchkaffee und ein belegtes Brot holen. José Luis wunderte sich über diese außergewöhnliche Bestellung, schließlich brauchte man zum Frühstücken nur über die Straße zu gehen, nahm aber das Geld entgegen und erledigte den Auftrag. Als der Herr sich das Wechselgeld bis auf den letzten Cent zurückgeben ließ, und das fast wortlos, ging José Luis' Verwunderung in Verachtung über. *Un mezquino,* ein Geizkragen. Da waren sogar die jungen Rucksacktouristen großzügiger, obwohl die kaum was hatten.

Erst am frühen Abend verließ der Herr das Haus, suchte wahrscheinlich ein Restaurant auf, und kam schon nach einer Stunde wieder. Auch am nächsten Morgen ließ er sich das Frühstück von der Bar gegenüber bringen. Er nahm es in seinem Zimmer zu sich, stellte dann Tasse und Teller auf den Tresen und zog sich wieder zurück. Als José Luis ihn kurz danach telefonieren hörte, hielt es ihn nicht mehr an seinem Platz. Er ging nahe an die Tür heran und lauschte. Es fielen die Worte *mercancía*, Ware, und *auténtico* und dann wurde allem Anschein nach eine Verabredung getroffen. José Luis setzte sich wieder auf seinen Stuhl und beugte sich über die Tageszeitung. Es dauerte nicht lange, da verließ sein seltsamer Gast das Hostal mit einem flachen rechteckigen Paket unterm Arm.

José Luis rief die Polizei an. »*Hombre*, seit fünfzehn Jahren sitze ich hier, ich kenne doch die Leute. Ich sag dir, das ist ein Gauner. Jetzt will er auch noch etwas verkaufen. Das ist bestimmt geklaut.«

Er buchstabierte den Namen und gab die Nummer des Personalausweises durch. »... Er geht nicht aus dem Haus, er lässt sich sogar das Frühstück bringen ... hast du mal die Zimmer hier gesehen? Kein normaler Mensch bleibt hier den ganzen Tag. ... Ja, macht was, aber wartet nicht zu lange.«

Dann saß José Luis Andrade Puig wie auf Kohlen. Eigentlich wäre es jetzt Zeit für ein Bier bei Jesús gewesen, aber er traute sich nicht, seinen Posten zu verlassen. Wer würde zuerst kommen? Der Deutsche oder die Polizei? Er hoffte, dass die Polizei ihr Auto nicht vor dem Hostal abstellen würde, ehe er zurückkommen würde.

Das Telefon klingelte. »Ist er noch da?«

Die Polizei hatte seinen Namen und die Nummer des Personalausweises nach Deutschland durchgegeben und die Antwort bekommen, dass der Pass falsch war. Man solle den Mann unbedingt festnehmen. José Luis musste das Gespräch abbrechen, weil die Eingangstür geöffnet wurde. Der Herr kam direkt auf ihn zu, verlangte die Rechnung und bat ihn, ein Taxi zu rufen.

Während er seine Sachen aus dem Zimmer holte, rief José Luis seinen Neffen Jorge an, der eben seine Schicht antrat: »Und sobald du weißt, wo du ihn hinfahren sollst, sagst du es mir, verstanden? Und wunder dich nicht, wenn dich unterwegs die Polizei stoppt. Morgen stehst du in der Zeitung, versprochen! Mehr kann ich dir jetzt nicht sagen.«

Der Herr checkte aus, gab ein erbärmliches Trinkgeld und stellte sich auf die Straße, um auf das Taxi zu warten.

»Barajas, *Terminal cuatro*«, kam aus dem Telefonhörer. José Luis alarmierte die Polizei. »Barajas, Terminal 4, der will nach Übersee.«

»*Tranquilo, hombre,* so weit kommt er nicht.«

Die Avenida de América war blockiert. Auf allen drei Spuren stockte der Verkehr. Der elegante Herr fluchte auf Deutsch. Jorge blieb aber ganz ruhig, drehte sich zu ihm um und sagte achselzuckend: »*Hombre, eso pasa.*«

Als die Sirene des Polizeiautos zu hören war, machten die Fahrzeuge links eine Bahn frei, indem sie auf den ohnehin schmalen Spuren eng zusammenrückten. Das Polizeiauto näherte sich und stoppte neben dem Taxi. Dem Herrn gelang es, die rechte Tür zu öffnen und sich hinauszuzwängen. Er versuchte, zwischen den Autos wegzurennen. Aber er kam nicht voran. Immer wieder musste er sich zwischen engstehenden Fahrzeugen seitlich durchdrängen. Schließlich stieg er auf eine Kühlerhaube und löste ein wütendes Hupkonzert aus.

Ein Polizist zog die Pistole und rief: »*Ríndase o disparo.*«

Der Verfolgte reagierte zunächst nicht und versuchte, über die Kühlerhauben der gestauten Autos hinweg die andere Straßenseite zu erreichen. Da gab der Polizist einen Warnschuss ab. Dr. Schimmelpfennig hob die Hände, stieg von der Kühlerhaube, zwängte sich zwischen den Autos zu den Polizisten durch und ließ sich Handschellen anlegen. Er wurde weiß vor Scham und Ärger, als die Spanier ihre Polizei mit einem Hupkonzert feierten.

Als José Luis Andrade Puig am nächsten Morgen seinen Namen in »El Mundo« erwähnt fand, hielt es ihn nicht an seinem Tresen. Er packte die Zeitung, rannte die Treppe hinunter und ging zu Jesús in die Bar hinüber. »Da guck her, Jesús, sieh dir das an, ich bin heute in der Zeitung. Da steht's.«

Jesús legte das Gläsertuch aus der Hand, wischte sich die Hände an seiner Schürze trocken und griff nach der Zeitung. Und da, unter *Sucesos,* Ereignisse, stand es:

Hostal-Portier entlarvt international gesuchten Betrüger

Der Aufmerksamkeit von José Luis Andrade Puig (59), Portier im Hostal Oriente in der Calle Arenal, ist es zu verdanken, dass ein international gesuchter Betrüger gestern in Madrid verhaftet werden konnte. Er wird mit Kunstdiebstahl und dem Handel mit Fälschungen in Verbindung gebracht.

Er war dem Portier schon durch seine Kleidung und sein Alter aufgefallen. »Ich kenne doch die Leute. Ich sag dir, mit dem stimmt etwas nicht«, hatte er zu dem Polizisten des zentralen Reviers gesagt, als er seinen Verdacht meldete. Denn normalerweise setzt sich seine Kundschaft aus jungen Rucksacktouristen zusammen.

Nachdem der Betrüger eine gestohlene Ikone an eine Galerie in der Calle Goya verkauft hatte, wollte er mit dem Taxi zum Flughafen. Dank der Hinweise von José Luis Andrade Puig konnte er auf der N 2 verhaftet werden, wo das Taxi wenige hundert Meter, nachdem es die M 30 überquert hatte, im Stau stecken geblieben war.

Als das Polizeiauto auf der linken Spur stoppte, versuchte der Deutsche über die Kühlerhauben der stehenden Fahrzeuge zu fliehen, gab aber nach wenigen Metern auf, als einer der ihn verfolgenden Polizisten einen Warnschuss abfeuerte. Er hatte ein Ticket für den Nachtflug nach Bogotá bei sich.

Der Verhaftete, ein Doktor der Kunstgeschichte, der bis dato für ein namhaftes Auktionshaus in Köln arbeitete, wird in den nächsten Tagen nach Deutschland ausgeliefert, während sich der Portier José Luis Andrade Puig sicher über eine Belohnung freuen kann.

Jesús gratulierte José Luis und spendierte ihm einen Milchkaffee. Ein Stammkunde, dessen Name in »El Mundo« zu lesen ist, und das gleich drei Mal, das war doch ein Gesprächsthema! So eine Geschichte ließ sich ein paar Tage lang erzählen. »Und geh jetzt schnell noch rüber zum Kiosk und kauf mir die Zeitung. Die muss hier auf der Theke liegen. Machst du's?«

11

»Aber ich glaube nicht, dass wir von den dreien so einfach ein Geständnis bekommen.«

»Das brauchen wir nicht unbedingt. Wir haben doch unseren Hobby-V-Mann.«

»Tauscher?«

»Genau. Was seine Aktion in Köln angeht, hat er eine absolut reine Weste. Diese Absichtserklärung, die er beim Notar hinterlegt hat, beseitigt jeden Zweifel.«

»Und der geklaute Zettel?«

»Der spielt im Prozess gar keine Rolle. Alle sogenannten Gebühren, die bei diesen Auktionen bezahlt wurden, werden sich anhand von Wels' Konten belegen lassen, auch wenn das vielleicht nicht ganz einfach sein mag. Außerdem aus den Büchern der Artcredit.«

»Falls die ordentlich geführt worden sind.«

»Das sind sie ganz sicher, und zwar aus dem einfachen Grund, dass jeder dieser Ganoven auf seinen Anteil garantiert so scharf war, dass er die Bilanzen genau überprüfen wollte.«

»Das klärt aber nur den finanziellen Hintergrund.«

»Schon. Aber wir haben ja noch, was dieser Gunno ausgesagt hat, und die ganzen DNA-Analysen.«

»Uhler wird trotzdem kein Geständnis ablegen.«

»Dann gibt es eben einen langen Prozess mit einem Urteil, das sich auf Indizien gründet. Und von denen gibt es genug. Die Beweislast ist erdrückend.«

»Na, dann ist der Fall ja abgeschlossen.«

»Das ist Ansichtssache.«

»Wieso?«

»Man könnte auch sagen, dass das nur der Anfang war. All diese Finanzjongleure, die ihr Schwarzgeld bei der Artcredit waschen ließen, treiben nach wie vor ihr Unwesen. Sie suchen sich jetzt eben eine andere Geldwaschanstalt.«

»Das ist uns aber ein paar Nummern zu groß.«

»Eben. Deswegen sage ich doch, dass unser Fall nur der Anfang ist. Wir haben zwar vier Frösche gefangen, aber der Sumpf ist noch lange nicht trockengelegt.«

Dank

Besonderer Dank gilt meinen Testlesern, die mich bei der Verwirklichung dieses Buchprojekts bestärkten: meinem Freund aus Kindertagen, Dr. Hartmut Stirner, der Kunsthistorikerin Anna Keblowska, meiner ehemaligen Kollegin Ursula Schäfer-Zerbst sowie Michael Raffel und Gertrud Menczel.

Ihnen allen herzlichen Dank!

Dietrich Weichold